谁是窃书之人

谁是窃书之人

[日]深绿野分/著
林枫/译

NEWSTAR PRESS
新星出版社

原作名：《この本を盗む者は》，著者：深緑野分；封面插画：宮崎ひかり
KONOHON WO NUSUMU MONO WA
©Nowaki Fukamidori 2020
First published in Japan in 2020 by KADOKAWA CORPORATION, Tokyo.
Simplified Chinese translation rights arranged with KADOKAWA CORPORATION, Tokyo.
Translation copyright ©2024 by Guangzhou Tianwen Kadokawa Animation & Comics Co., Ltd.

著作版权合同登记号：01-2024-4750

图书在版编目（CIP）数据

谁是窃书之人 / (日) 深绿野分著；林枫译.
北京：新星出版社, 2024.11. -- ISBN 978-7-5133-5776-0
Ⅰ.I313.45
中国国家版本馆CIP数据核字第20241KD830号

谁是窃书之人

[日] 深绿野分 著；林枫 译

责任编辑	李文彧	特约编辑	马佳林
装帧设计	杨 玮	责任印制	李珊珊

出 版 人　马汝军
出版发行　新星出版社
　　　　　（北京市西城区车公庄大街丙3号楼8001　100044）
网　　址　www.newstarpress.com
法律顾问　北京市岳成律师事务所
印　　刷　中华商务联合印刷（广东）有限公司
开　　本　890mm×1240mm　1/32
印　　张　7.75
字　　数　210千字
版　　次　2024年11月第1版　2024年11月第1次印刷
书　　号　ISBN 978-7-5133-5776-0
定　　价　49.80元

版权专有，侵权必究。如有印装错误，请与发行公司联系：020-38031253
本书为引进版图书，为最大限度保留原作特色，尊重作者写作习惯，酌情保留了部分外来词汇。特此说明。

目录

第一章 被魔幻现实主义的旗帜追赶 … 001

第二章 被困在『全熟水煮蛋』中 … 053

第三章 被幻想与蒸汽的雾霭包裹 … 105

第四章 被留在寂寥的小镇上 … 163

第五章 被迫知晓真相 … 203

第一章 被魔幻现实主义的旗帜追赶

说起读长镇的御仓嘉市，那可是闻名全国的藏书家和评论家。从呱呱坠地到靠在檐廊上阅读时突然离世，这位地方名士在读长镇生活了一辈子。

"如果有什么事不明白，就去问御仓先生""如果要找书，在御仓先生那儿保准找得到""如果身体不舒服，先去请御仓先生瞧一瞧"……御仓嘉市被大家尊为活字典，但没有人知道他的书库里究竟藏了多少本书。

读长镇的土地呈圆角菱形——一条宽阔的河流分成南北两支后又汇合，读长镇恰好夹在中间，地形便像岛屿一样与周围分隔开来。

挺立在这个菱形正中央的就是御仓馆。御仓馆的地板与柱子经过多次改造得到加固，到嘉市去世时，这栋建筑已经变成一座地下和地上各有两层的巨型书库。御仓馆是读长镇的名胜之一，坊间甚至有这么一句话："只要是读长镇的居民，就至少去过那里一次，从读幼儿园的小朋友到百岁老人都不例外。"

1900年出生的嘉市从大正时代（**注：指1912年到1926年日本大正天皇在位的时期**）就开始孜孜不倦地收集藏品。后来，他的女儿珠树——一位同样杰出的收藏家继承了他的藏品，规模便越发壮大。

有书的地方会吸引收藏家，但收藏家有好有坏。

某天，珠树发现御仓馆内约有两百本珍本从书架上不翼而飞了。前前后后，藏书屡屡失窃。曾经有一次，珠树还逼着一位和父亲相识的旧书商监视旧书交易所，当有人准备高价转卖那些书时，她就将他们骂个狗血淋头，并交给警察处理。

可是，当看到一下子丢了两百本珍本时，珠树大发雷霆，终于决定关闭御仓馆。邻居们目击到，一家大型安保公司派来一群工人，他们在珠树的监视下，花了一整天的时间给建筑物的各个角落安装了警报装置。从那以后，除了御仓家的成员，任何人都不得进入御仓馆，也无法借阅书籍。哪怕是珠树的父亲的好友和知名的学者，也遭到了严词拒绝。

御仓馆关闭了。从此，人们再也没有听到珠树每每发现盗窃时的大呼小叫。哎呀呀，这下总算清静了，虽说接触不到御仓馆的藏书实属遗憾，但如今的读长镇已是"书乡"，要看书并不是一件难事。镇上的人都松了一口气。

然而，在珠树去世后，一个令人难以置信的传言悄悄地流传开来。

有传言称，珠树不仅安装了普通的警报装置，为了保护心爱的藏书，还委托了与读长镇渊源颇深的狐神，对每本书施加了奇妙的魔法。

这个故事要从珠树的孩子——御仓馆现任管理员御仓步武与御仓昼寐兄妹中的步武住院几天后开始说起。

只是，主人公并非步武与昼寐，而是他们的下一代——步武的女儿御仓深冬。

电车摇摇晃晃，深冬迷迷糊糊地打着盹儿。她正在放学回家的路上，身上是作为高一生还穿不习惯的校服。要是脖子再往左边偏一点，她的头大概就要撞上银色的扶手杆了。此时是下午四点多，正值下班高峰前夕，车上的乘客稀稀拉拉，大多是与深冬读同一所高中的学生。

金色的斜阳像熔化的黄油一样流进窗户。不久，电车穿过桥梁，跨过河流，条纹状的光影从地板、座位和乘客的身上倾泻而过。突然一个急刹车，电车停了下来。深冬因强烈的晃动醒了过来，她把手里的便利店袋子放在膝头上，若无其事地抓了抓脑袋，用手指理了理那头既没精力也没金钱去打理、已经长得不像话的黑发，然后打了个大大的哈欠。电车一直停在靠近车站的地方不走。深冬从黑白条纹的背包里掏出那部被同学嘲笑为"加拉帕戈斯"（注：日本商业用语，指某种产品在孤立的市场环境下进行本土适应化改变，因而丧失了对外输出的能力，该命名来源于太平洋上的加拉帕戈斯群岛，该岛群因远离大陆而有着封闭的生态系统）的翻盖手机，看了看时间。再不抓紧点，就到医院的晚餐时间了。

当电子时钟上表示分钟的数字往上跳的时候，电车缓缓开动了，窗外的风景慢慢从浅墨色的河面与桥梁的钢架变成带圆顶的站台。车站前那家服装店的广告牌上正放着夏季大促销的广告，大型书店的引路牌一闪而过，电车在穿西装的队伍面前停了下来。

"读长——读长站到了。"

深冬忍着哈欠站起身，和坐在对面的同校女生对上了视线。那人戴着眼镜，手里拿着文库本。深冬心想：我知道那本书，还挺畅销吧。她也只是想想罢了。她既不知道那本书的内容，也不想知道，因为她讨厌书。

"请问……"

就在深冬准备赶快下车时，有人叫住了她。那名拿着文库本的女学生追着深冬，也来到了站台上。

"你是御仓同学吧？"

深冬对这名戴着粉红边框眼镜的女学生完全没有印象，她瞟了一眼对方校服领子上的校徽，是代表高二生的蓝色，姑且就用敬语吧。

"是的，正是我没错……"

"果然是你！我听说那个家族的人也进了我们学校，总盼着哪天能碰上呢。"

深冬心生厌烦，转身甩下那名不知姓甚名谁的女学生，大步流星地穿过人流拥挤的站台。

"啊，喂，等等！要不要加入文艺社？听我说啊！"

深冬装作什么都听不见，什么也不知道。真不该这么老实地承认自己是御仓家的人。她一边在心里后悔不迭，一边从西装外套的口袋里取出了月票。

初夏的傍晚，整片天空都快融进暗红色中。深冬走出检票口，拐进右手边的林荫道。光影勾勒出大花山茱萸的轮廓。林荫道的尽头是这一带最大的大学附属医院。深冬从接待探视者的入口进去，来到住院部三楼。四人间的床位用白色的布帘隔开，相互看不到彼此。

"嘿呀——爸爸。"

深冬拉开靠里面的布帘，身穿病号服的父亲步武向她挥了挥手。

他头上缠着绷带，右脸颊上有一大块瘀伤，右腿打着石膏。大概是体格健硕的缘故，他的床看起来格外小。

"感觉怎么样？"

"好得很呢。思路也挺清晰。"

"但你还不能出院，不是吗？"

深冬递出她拎过来的便利店袋子。里面有两听父亲最爱的黄罐麦克斯咖啡，还有一袋江米条。

"还要住院多久？"

"不知道啊，再说还有康复训练呢。道场有崔君管着吧？没事的，没事的。"

"不是这个问题。"

父亲急不可耐地拉开麦克斯咖啡的拉环，深冬见状，叹了一口气。

步武除了担任御仓馆的管理员之外，还经营着一家柔道馆。就在上周，他遭遇了一场事故。那晚，他正愉快地沿着河堤骑自行车，突然一只猫从暗处蹿了出来。爱猫如命的步武急急忙忙转动车把，结果连人带车滚下了堤坝。

幸运的是，猫安然无恙。一位慢跑者恰好跑在他的后面，目击了全程，便叫来了救护车。虽说有长年柔道训练经历的步武使出了受身技能（注：柔道的基本技术之一，是在倒地时减轻冲击力以保护自己的方法），可医生仍表示他的伤要一个月才能痊愈。不过，话说回来，道场交给代授师父崔智勋就行了，至于家务嘛，深冬自己多少也能应付。只是，还有一个大问题需要解决。

"昼寐姑姑怎么办呢？"

父亲拿着麦克斯咖啡的手僵在了半空中。

"……昼寐又干什么了吗？"

"我也不知该说她是干了什么，还是什么都没干所以更麻烦。"

深冬再次叹了一口气——比刚才那次更深长，更发自肺腑。窗外传来了豆腐店叫卖的喇叭声，《晚霞渐淡》的悠扬旋律也响了起来，宣告着傍晚的降临。

"自从你住院以来，我们都被投诉三次了。一开始是她把空便当盒直接扔在了垃圾站。昨天，听说御仓馆的警报每三十分钟响一次，三个小时都没停呢。总之，问题在于昼寐姑姑不管不顾。连市政府都打电话来了。"

深冬扯开江米条的袋子，拎出一块焦茶色的点心咬了一口。食物的碎渣窸窸窣窣地掉落到她的过膝长裙上，她皱起眉头，一点一点捡起来塞进口中。

"我住院几天了？"

"五天。"

"五天就被投诉了三次啊……"步武挠了挠头，"亏那家伙还对我说一个人也能行。"

"才不行呢。爸爸，这么多年来，你既要管理御仓馆，又要照顾姑姑吧？我也知道昼寐姑姑非常出色，但再怎么聪明，哪怕看遍了御仓馆里的所有藏书，如果没人照顾她，她也活不下去，这算哪门子的成年人？况且，这样还会打扰到邻居。"

尽管心中感到难为情与内疚，深冬还是按捺不住长久以来积累的不满，一股脑甩给了父亲。姑姑很年轻，今年才三十岁，可深冬从小就和她合不来。步武也察觉到了这一点。

"那……该怎么办？深冬，你有什么好主意能解决昼寐的问题？"

"咦？"深冬原本只是想让父亲听自己吐吐苦水，此刻交握双手，结结巴巴地说，"我也想不出什么办法。"

"可我没法马上出院。就算能出院，但我的腿是这副样子，一时间也干不了御仓馆的活。"

"……那就让昼寐姑姑搬出御仓馆，彻底把那儿关了。"

"你要她搬去哪儿？我们家吗？珠树奶奶去世的时候，反对和昼寐住在一起的人不就是你吗？况且，昼寐绝不会离开御仓馆。要知道，那家伙没有书可活不了。"

父亲的表情很温和，语气却认真极了。深冬别开视线，又往嘴里塞了一根江米条。指尖变得黏糊糊的。

"那我去和邻居沟通，请他们先忍一忍。"

"暂时还是这样比较妥当吧。对了，把便当盒直接扔垃圾站那件事，之后还有人来投诉吗？"

"倒是没听说……"

"行。看来那家伙也学乖了点吧。"

"我觉得不可能。"

"也是。话说，昼寐姑姑很贪睡吧？"

深冬抬起头，对上了父亲的视线，一种不祥的预感在她心头蔓延开来。

"深冬，你也很担心吧？昼寐说不定饭也没吃水也没喝，一直都在睡觉。"

御仓昼寐人如其名，如果放任自流，她会连续睡上半天，甚至是二十个小时，以至于被嘲笑"生来就是为了在昼间睡寐"。听说她年轻时醒着的时间还比较长，自从深冬出生后，她就成了那样，所以在珠树去世以后，步武便开始去御仓馆照顾她。

深冬想，找个人来帮忙不就好了吗？可步武始终遵循着珠树定下的规矩，只许自家成员进入御仓馆。深冬的母亲又早早地过世了，他们与其他亲戚也比较疏远。

姑姑不是在看书，就是在吃饭或睡觉，生活基本不能自理。父亲每天都要去照顾她的起居。深冬从小看着这样的父亲长大，一直在想：如果爸爸去世了，只剩下昼寐姑姑，是不是就得由我去照顾那个游手好闲的人了？她对自己的未来感到烦躁。

万万没想到，烫手山芋这么快就丢到了她的手里。

生在御仓家真是有百害而无一利。刚才也是，完全不认识的学姐突然就邀请她加入文艺社。她心想：我对书一点兴趣都没有，非但不看，还讨厌至极。

深冬打开另一罐麦克斯咖啡，把涌到嗓子眼儿的不满冲刷下去，打了个混着甜味的嗝。

"我知道了，真的。毕竟就剩我一个了……只要给她送点饭和水什么的就行了吧？"

父亲微微一笑，点了点头。

离开医院后，深冬试着往御仓馆打了一通电话，但和往常一样只听到"嘟——嘟——"的忙音。没办法，她只好去便利店的自动取款机那里，从她与父亲共同的生活费账户里取了五千日元。

车站前，准备回家的上班族和学生来来往往。在绿色的告示牌前，两个戴帽子的中年男人正在张贴读长神社水无月节的海报，上面写着："欢迎来到'书乡'读长镇的著名神社！"读长神社就位于御仓馆的后面，每年到了这个时期总是人山人海。深冬飞起一脚把一个空罐子踢向自动售货机，但一番纠结过后，还是把罐子捡起来扔进了垃圾箱。

读长镇的海拔比较低，从车站附近往小镇中心的方向是接连不断延伸着的下坡。尤其是商业街一带，道路猛地往下俯冲，商业街入口前的阶梯因此成了一个小有名气的摄影打卡点，就像站在悬崖上一样视野颇好。这会儿，如铁块烧红般的太阳正沉入街道的尽头，不少人举着智能手机或相机，对着洒满耀眼余晖的小镇按动快门。

商业街里充斥着酱油和烧汁的香味，充满烟火气。肉店前像往常一样排着队，穿着白围裙和白胶靴的店员麻利地将新鲜炸好的可乐饼和日式炸肉饼装进袋子里。今天鲜鱼店的推荐商品是鲣鱼，老板的二儿子正在店门口的烤炉前均匀地炙烤着穿在铁扦上的鱼肉，接下来要做成鲣鱼半敲烧（注：日本高知县著名的乡土料理，先将鲣鱼表面烤熟后再切成片，呈半生半熟的状态）。青色的鱼皮还有鱼肉脂肪在炭火上滋滋作响，香味实在令人垂涎欲滴，不时有路人驻足门前，还有白猫"喵喵"地叫着等在一边。一盒是四百五十日元。佐料是单独出售的，用到了切碎的小葱、紫苏、阳荷以及生姜泥，小小一杯是五十日元。

可是，一人份要五百日元，还是贵了一点。深冬咽下从嘴里渗出的口水，心里恋恋不舍，又瞄了瞄对面的果蔬店。店门前摆着鲜红的番茄、碧绿的辣椒、光润的茄子，还有早早进货的玉米，等等。

"哎呀，深冬，你爸爸怎么样了？还好吗？"

当深冬提着装了一袋番茄、一根长茄子以及一盒阳荷的购物篮去到收银台时,一位熟悉的店员向她问候道。这女人在茶色的刘海上随意地夹着发卡,年龄在四十岁上下,成天忙忙碌碌,向来不管听者方便与否,总是快人快语地直奔主题。深冬心想:要是爸爸的状况不好,我就不会这么不慌不忙了。不过,她还是答了一句:"挺好。"店员便应了一声,点了点头,立马接待下一位顾客。

深冬做家务基本是真的有必要时才会行动,厨艺只能做个味噌汤什么的,不过,所需的高汤用高汤粉就可以搞定了。至于对汤材的运用,她既不擅长也没兴趣培养这方面的技能。比如当下,负责做饭的父亲不在身边,她必须自己做味噌汤。她就会在豆腐与裙带菜、卷心菜与胡萝卜还有茄子与阳荷这三种搭配之间轮换着来。最后再煮个米饭,买些熟食来搭配就搞定了。

深冬路过荞麦乌冬面店和中华料理店,发现鸡肉专卖店正在卖九十日元一串的烤鸡串,门前排着一小段队伍。厨房里的烤炉已被经年累月形成的污垢染得黑黢黢的,身材魁梧且烫了爆炸头的店主正用行云流水般的手法翻动着上面的烤串。

"请给我三串葱烤鸡腿肉、三串鸡肉饼、三串鸡肉……还有四串鸡皮。要酱汁味的。"

窗口糊满了飞溅的鸡油和酱汁,深冬一边往里张望一边点了单,但或许是里头太吵了,店主好像没听见。店主的女儿由香里在一旁炸好了鸡块,便代为记下点单的内容。

"不好意思哦,排风扇坏了,店里吵得很。三串葱烤鸡腿肉,三串鸡肉,还有什么来着?"

"三串鸡肉饼和四串鸡皮。"

鸡皮是深冬的心头好,她每回都是两串一起吃。

"好嘞!你还是那么喜欢鸡皮,深冬。人有点多,得等上十分钟哦。是要带给你爸爸的吗?"

"不是,这是崔君和我的份,还有待会儿要带给昼寐姑姑吃的……"

听到这儿,由香里皱起了眉头。

"哎呀，要带给昼寐？她的那份还是做成盐味比较好吧？每种都把其中一串换成盐味的怎么样？"

看来人家很清楚她的喜好。深冬莫名地感到尴尬，红着脸用几乎听不见的声音说了句"麻烦你了"。五分钟后，烤鸡串新鲜出炉，体贴的由香里把它们分装在三个盒子里。深冬接过塑料袋，底部烫得都快把她烫伤了。

她将一只手插在西装外套的口袋里，弓着背，有些疲惫地穿过商业街。一家老旧美发店的白色店门前有一摞用绳子捆起来的书，旁边摆着一块牌子，写着"奉纳"二字。深冬想起在车站前看到的水无月节海报，于是更用力地缩起身子。

穿过商业街后，热闹的气氛陡然一变，读长镇又变成那个宁静得一如既往的"书乡"。

在御仓馆建成之前，读长镇是个依河而建、平平无奇的寺院城镇，有许多农田和树林。它被称为"书乡"，主要还是受到御仓馆的影响。然而，平成时代（注：指1989年到2019年日本天皇明仁在位的时期）经济衰退的余势也波及这个小镇，与昭和时代（注：指1926年到1989年日本天皇裕仁在位的时期）的鼎盛时期相比，这里已经发生了很大的变化。

每逢节假日，那条恰好横在商业街出口的大路上就会挤满各种各样的书籍爱好者。有着红色大门和蓝色招牌的可爱小店是专卖绘本的，旁边是一家修有斜坡的无障碍书吧，人行横道的另一头是由大型书店的退休人员开设的一家新刊书店，装修颇为时尚。此外，还有历史悠久的旧书店、专卖翻译小说的旧书店、由当地小说家的书房改建而成的咖啡店、连锁新刊书店等，真的是鳞次栉比，每走十步就能碰上一家与书相关的店铺。

若叶堂是深冬的父亲经常光顾的一家新刊书店。门前，一名戴眼镜的年轻男店员正在清理脚垫，他留着蘑菇头，就像顶着一朵黑蘑菇一样。深冬从门前走过时，双方目光相遇，店员向她鞠躬致意。

深冬拐过大路的转角，沿着弯度较缓的窄路往前，民宅的庭园和阳台上冒出一片郁郁苍苍的绿色，令人眼前一亮，让人忍不住想深呼吸一口。在一片茂盛的藤本蔷薇之下，一块写着"书籍之谜"（BOOKS MYSTERY）的牌子微微晃动。隔壁的杂货店里，扎红头巾的老板正在收拾摆在店门前促销的书皮和阅读灯。

窄路的尽头又是一条宽阔的道路。这一带车水马龙，现代风格的书店比较少，各式住宅、洗衣店和医院等建筑物林立，颇有生活气息。

深冬摇晃着装烤鸡串的袋子走下缓坡，很快就听到练习受身倒在榻榻米上的沉闷响声接连不断地传来。她明白，道场不远了。道场是一栋坚固的两层建筑，由钢筋混凝土建造。白光从磨砂玻璃窗里溢出，照亮了停在人行道角落里的儿童自行车。隔壁那家已有些历史的旧书店闭着卷帘门，一股旧纸张特有的霉味从下方的小缝中飘散出来。

"各位好！"

一拉开沉重的铁质移门，练习受身的声音一下子就变得清晰响亮。道场里亮如白昼。地上铺满了道场专用的榻榻米。下至小学生，上到中年人，各年龄段的学员们正在场上和各自的对手扭打进行练习。

"崔君，这个给你。"

话音刚落，崔就用毛巾擦着脑袋向深冬走来。深冬拿出一盒有点黏糊糊的烤鸡串递过去。代授师父崔的腰间束着黑带，一身柔道服历经训练，已变得软绵绵的。他刚过三十岁，还很年轻，体形比步兵要纤瘦一些。他一门心思练柔道至今，双耳已经变形，鼻子也有点歪。深冬是独生女，对她来说，崔就像哥哥或年轻的叔叔。在傍晚给有点小饿的他投喂食物已是深冬每天的惯例，但这不是免费的。

"太棒啦，有烤鸡串吃。谢谢。多少钱？"

"四串一共三百六十日元。抹掉六十的零头，算三百日元就好。"

"那你可是'大出血'了。对了，师父的情况怎么样？"

"他好像还不能出院，但状态还行。不过，你听我说啊，接下来我每天都得去昼寐姑姑那儿呢。"

"昼寐小姐？那真够呛的。"

崔一边从零钱包里拿钱付烤鸡串的费用，一边下意识地皱了皱眉，越过深冬的头顶望向远处的天空。那是御仓馆的方向。

"道场刚才也接到一通投诉御仓馆的电话,说是警报又响了。"

"真的假的?烦死了!"

深冬气得大声嚷嚷,将背部重重地靠在道场的墙上。这回可得把那位姑姑赶出去了吧?深冬突然懊悔给她买了烤鸡串,恨不得把她的那份也给崔,让他和心上人——事务员原田小姐一起吃算了。

崔却说了一番更令人在意的话:

"可是啊,我们这里没听见警报。前几天,那一带确实响过警报,但今天什么声音都没有。昼寐小姐是不会接电话的,我就绕着庭园走了一圈,可没发现有什么问题。"

"是吗……因为你在分馆,所以才听不到吧?那里可是连救护车的警笛声都听不见。抑或是那时你刚好去了超市……"

"没有,我一整天都在这里训练呢。不仅如此,附近人家的几条狗也很安静,原田小姐也说没听见。"

崔似乎打算隐瞒对原田的好感,可他的态度明显得连深冬都能察觉到,已然成了公开的"秘密"。深冬本想像平常那样开开崔的玩笑,但明白现在不是时候,得快去御仓馆才行。

"可是,既然被投诉了,就说明出了什么状况,对吧?也许只是这里听不见,但对某些人来说已经算噪声了。那还是挺对不起人家的。"

尽管放在塑料袋里的烤鸡串盒子已经倾斜,深冬也顾不及了,愤然往御仓馆赶去。

读长镇上星星点点地分布着与书有关的店铺,多达五十家。无论是想找些装帧精美的书充当室内摆设,还是以书签和书皮等杂货为目标,抑或是冲着初版或带腰封的稀缺珍本而来——不管是什么类型的书籍爱好者,读长镇都能接纳。在这当中,还属御仓馆附近的书店街最受瞩目,被狂热的藏书家奉为"书乡"深层核心地带。

深冬离开道场后原路返回,慢慢爬上一个缓坡后,便看见一棵巨大的银杏树和御仓馆。道路在此一分为二,就像河流遇到沙洲分成两股那般,灰蒙蒙又脏兮兮的老旧书店沿路排开,像包围着御仓馆那样一家挨着一家。

分开的两条路各绕御仓馆半周，然后再度合拢，碰上前方那座不高不矮的山丘时又左右分开，变成了丁字路，一条通往住宅区深处，另一条则通往车站的方向。读长神社就位于植被茂密的山顶上。山坡上已竖起用来插幡旗的杆子，大概是在为下下个月举行的水无月节做准备。

读长神社的人流量很大，据说这里供奉着专门掌管书籍的稻荷神。参拜者们扔完香油钱摇铃祈祷的时候，脑袋里的想法可能千差万别，不过那些随风摆动的绘马（注：日本一种在木牌上许愿的形式，源于人们认为马能向神灵传达愿望，便在木牌上画马祈福）上写着的大多是与书籍、阅读和文字工作有关的内容：

"希望有机会以低于十万日元的价格买到限量三十五本的1980年版特装版《定本搜书散书》。"

"请让科幻作家陶片朴太郎鼓起干劲工作吧，我等他出新书都等了二十年了。"

"我要拿下文艺新人奖！这次绝对要拿到手！让我得奖吧！"

"愿我们书店的营业额蒸蒸日上。可能的话，最好让线上书店'伊马逊'因经营不善或丑闻曝光而倒闭。"

诸如此类，等等。种种与书有关的祈祷、愿望和诅咒都随风荡漾在蓝天下。全国各地抱有与书籍相关的烦恼的人纷纷来到这座祭祀"书神"的神社，但很少有人拜读沉睡在读长镇图书馆资料室里的书，也少有人知道这里供奉"书神"的历史有多长。就算知道也不会说吧。

总之，深冬对这座神社、御仓馆和通往御仓馆的旧书店街都厌恶得不行。每当神社因节日挤满人时，奶奶就会非常不高兴，神经比平时绷得更紧，生怕有人闯进御仓馆。即使是现在，深冬依然觉得本已过世的奶奶仿佛就在自己的身边大发脾气。

太阳落山，原本笼罩着小镇的黄色与红色的光纱渐渐消失，天空显露出原本的藏青色，星星闪着微弱的光。深冬来到御仓馆附近，只见那棵经受住地震和战火考验的大银杏树沐浴着电灯的光线，在地上投下了复杂的阴影。迎面吹来的风隐约夹杂着旧书的气味。大银杏树后面有座绿意盎然的庭园，被围在水泥砖墙之中，在它的另一头，御仓馆的屋顶隐约可见。

御仓馆是一幢西式建筑，最吸引路人注意的是那间有着三角屋顶、安有大块玻璃的阳光房。在这幢让人觉得庄严肃穆的建筑物中央，有一整面巨大的窗户，从一楼直通二楼，外围装饰着优雅的白色细窗框。

然而，御仓馆中光照充足的地方也只有这间阳光房。这幢建筑物的大部分地方都没有窗户，构造和地窖差不多，涂抹了石灰的土墙上开了带门的小窗，用来通风。之所以这么做，是因为书籍不喜欢阳光和湿气。

御仓馆是为书而不是为人建的，除了阳光房，馆内没有预留供人待着的地方。继任者珠树对书籍更为忠诚，她牺牲一部分庭园增设了分馆，并在里面装了排风扇，所以连带门的窗户都省了，活像个监狱。

深冬还小的时候，每次父亲带她到御仓馆，她都会哇哇大哭，吵着要回家。攀爬在石灰墙上的常春藤令人毛骨悚然，这里仿佛随时会闹鬼。大银杏树表面凹凸不平的树瘤也让深冬感到恶心。待在这里准没什么好事，她想。

深冬探头往水泥砖墙里张望了一下，阳光房一楼的窗户是暗着的，二楼则漏出一点微弱的橙光，里面似乎有人。

已是高中生的深冬当然不会再哭闹，可当她打开铁门走进庭园时，心脏还是"扑通扑通"地狂跳起来。瞧一眼昼寐的状况就立马回家吧。早早回去，看看综艺节目，趁明天是星期六，熬夜看看漫画。反正也没有可以约出去一起玩的朋友。

庭园里有正开始变色的紫阳花，有叶片描了白边的宽叶羊角芹，还有紫罗兰……深冬穿过草木繁茂的庭园，站在铺满蓝色地砖的门廊里，按下了门铃。肯定不会有反应吧，她想。果不其然，昼寐没来开门。

深冬把父亲给她的钥匙插进门上的孔里——不是轻轻一拧，而是用力转了两圈，直到听见一声机械声。这样真的就解除警报了？她抬起头，只见一部带有知名安保公司标志的警报装置正不动声色地立在门的上方。

不过,深冬有些疑惑。警报装置旁边贴着一块金属牌,上面有一串难以辨认的怪异红字。她心想:以前有这玩意儿吗?不,原本我就尽可能不来御仓馆,哪怕偶尔过来,也总是盯着地面,从没注意过玄关上方。

深冬满心不安,轻轻地推开门。警报并没有响。

"昼寐姑姑?"

外面分明还是夏日,里面却凉飕飕的,惹得深冬起了一身鸡皮疙瘩。旧书特有的刺鼻气味让她觉得从鼻腔深处到上颚的那部分像麻痹了似的,喷嚏都要呼之欲出了。

打开电灯的开关后,室内立刻变成了明亮的橙色。虽说是西式建筑,但内部还是日式的,玄关铺着棕色和白色的地砖,还有一个大大的鞋柜。深冬脱下运动鞋,正准备拿拖鞋换上时,突然尖叫出声。鞋柜里有只六脚朝天的死蟑螂,她差一点就碰到它了。

"我想回家……"

但愿这蟑螂不是像夏末的蝉那样装死。但愿这蟑螂别突然醒过来乱飞。深冬忍住想哭的冲动,一边祈祷,一边跳过鞋柜的一格,战战兢兢地拿出了拖鞋。

铺着地毯的玄关大厅延伸出一条走廊,碰到尽头的墙壁后向右拐去。走廊两侧的奶油色墙上各有一扇门,通往不同的书库。

右手边的小房间承载着御仓馆所谓的"创世纪",里面有嘉市自二十岁左右起从创刊号开始收集的日本杂志《新青年》(**注:指1920年创刊的日本推理杂志,这本杂志诞生了日本推理小说史上的多部杰作**)、大正时代末期发行的"一日元丛书"(**注:指日本从1926年开始出现的一种平价书籍,以每册一日元的定价接受订购**)全集和近代名著文库的译本等早期的收藏品。左手边的L形长房间里则保留了当初向公众开放时的样子,书架上排满了昭和时代的绘本和童书,以及面向成年人的娱乐小说和文学书等。御仓嘉市的藏品基本以小说和其他读物为主,跨越了很长的历史。而且像许多收藏家那样,一有新版本,他就会再次购置补足,要是有书评也会一并收集。

不过，这些完全没能引起深冬的兴趣。保险起见，她打开门找了找，但昼寐不在里面。

深冬沿着走廊往前，再向右转，便到达了阳光房。铺满地面的红地毯已接受过无数人的踩踏，变得相当扁平。家具都非常有品位，只可惜太老旧了。翡翠色的长椅上团着一条皱巴巴的红毯子，枕头掉在了地上。馆里设有洗手间，但因为怕起火，所以没建厨房，只有一台单门冰箱孤零零地待在房间的角落里。御仓馆连网络都没接入，唯一的通信手段是一部黑色的拨盘电话，这会儿它被丢在地板上，听筒滚到一边。难怪电话总打不通。

一楼没看见昼寐。那么就剩二楼了。

通往二楼的楼梯在阳光房的左侧，在那下面有个被压扁的纸箱，里面随意地塞着便利店的便当盒、一次性筷子和像是擦过鼻涕的纸巾。

虽然房间里一片狼藉，但桌上的旧书还是书角对着书角，摞得十分规整，没有一本是打开的或折了角的。

昼寐姑姑真的对书本以外的一切毫不讲究。深冬心中交织着错愕与尊敬这两种复杂的情绪。她望望窗外，天色已晚，附近的民宅彻底化为黑影，天空在远处铺展开来，呈现出深深的宝石蓝色。

深冬从阳光房的一楼上到二楼。阳光房有一半是挑高的设计，一楼到二楼的一整面墙上装了书架，人能从二楼的悬空走廊俯瞰一楼。走廊像屋顶阳台一样宽，就连走廊的墙壁也被当成书架利用起来，密密匝匝地塞满了书。除了书架，这里唯二的家具就是摆在中央栏杆那一侧的皮沙发和矮桌。深冬终于在这里发现了昼寐的身影。

她没有待在沙发上，而是仰躺在沙发和矮桌之间的红地毯上，起劲地打着呼噜。

昼寐戴着一副大大的眼镜，白皙的皮肤上散落着雀斑，那张脸看起来既像二十几岁，又像三十几岁，甚至是四十几岁，总之就是年龄不详。一头亮棕色的头发肆意地铺散在红地毯上，她身穿大概几天没洗的条纹毛衣和像睡裤般的宽松长裤，睡姿规矩得就像躺在棺材里的死者，双腿伸直，双手整齐地叠放在胸前，手中还夹着一张像是便笺的纸片。

"姑姑，醒醒啊，姑姑。"

深冬心里烦得要命，但还是摇晃着昼寐的肩膀，试图叫醒她。可她到底没辜负"昼寐"这个名字，一点睁眼的迹象都没有，只是不慌不忙地用鼻子哼了一声。

矮桌上有一本厚厚的登记簿摊开着，上面用工工整整的小字记录着藏书的情况。本馆和分馆加起来怕是有几十万本书，它们被一一分门别类地归在书架上。如果有书籍需要修缮，昼寐就会列入清单交给修补技师。

深冬往登记簿里夹进一枚书签，然后合上簿子，叹了一口气。

"算了……烤鸡串放这儿就行了吧。"

在深冬看来，年长十五岁的姑姑竟比她还贪睡，还不靠谱好几倍，这实在不可理喻。如果只是送送饭倒也罢了，若要花更多精力去照顾姑姑，她可是一万个不愿意。深冬从袋子里拿出用红色马克笔写着"盐"字的盒子，放在矮桌上后，又想了想，把盒子移到昼寐的脸旁边。那人正睡得口水淌到了地上，这勾人食欲的气味说不定能唤醒她。

要是此刻立即离开御仓馆，深冬就能在三十分钟后回到自家公寓，在厨房里用茄子与阳荷做味噌汤，按下电饭煲的快煮模式，用免淘洗的米煮一锅米饭，配上烤鸡串吃一顿晚餐，然后悠闲地度过星期五的晚上。

可就在准备站起身时，她注意到了姑姑手中的纸片。

起初深冬以为这是姑姑用来记什么内容的便笺，但仔细一瞧，那说不上是文字，更像是用鲜血般的红墨水画出来的奇怪花纹。她伸出手，用指尖捏住纸片的一角慢慢地拎了起来。

那不是便笺，而是符。或者，也可以说是护身符。

深冬想起来了，她在玄关前看到警报装置旁有一块奇怪的金属牌。这张符和那个非常相似。细细长长的白纸上写着横向拉宽、纵向被挤扁的文字，就和小时候看的那种贴在僵尸脑门上的符一样——深冬突然意识到了什么，把纸条翻转过来。

她发现，是装饰的效果令它看上去像花纹，但其实上面是能看懂的日文。

"嗯……'偷窃本书的人会被魔幻现实主义的旗帜追赶'？"

深冬把这句话念出声的同时，就觉得仿佛有个冰冷的指尖自下而上划过她的脊背，让她汗毛倒竖。

"什么东西啊，好诡异……"

深冬意识到自己不小心接触了来路不明的东西，急忙扔掉那张符，就在这一瞬间，不知从何处吹来一阵风，包住了她的身体。到底是从哪儿吹来的啊？她惊讶地回过头，但阳光房的窗户关得严严实实的。

那阵风像是有自己的意志一般离开了深冬的身体，那张符便轻飘飘地被吹向空中，骨碌碌地转了好几圈后，落在了走廊墙边的某个书架前。

而那里出现了人类的两只脚。

雪白的运动鞋，雪白的袜子，和深冬同样的高中校服，来人站得笔直。那是一个满脸稚气的少女。

深冬声嘶力竭地尖叫着向后退去，跌坐在地上。她认为那少女是幽灵。毕竟对方悄无声息就突然出现，齐肩的头发还像雪一样白。

"你……你……你是谁？"

少女闭口不答，慢慢地弯腰捡起那张符，没有发出一点脚步声就走近深冬，直接伸出手来。

"你掉东西了。"

"什……什么？"

"你掉东西了，深冬，这是你的哦。"

深冬的面孔皱成了一团，像被揉烂的纸。

"这……这不是我的。只是姑姑拿着它而已。"

"可它就是你的东西哦，深冬。"

深冬的脑门上青筋暴起，她心想：真是莫名其妙。到底怎么回事？这个人突然出现，都说了那张符不是我的，她偏说是……

气愤的情绪大过恐惧，深冬迅速地冷静下来。从记忆深处浮现的是回家路上那个向她搭话的女生的面孔。

"等等。我明白了。莫非你是文艺社的？是不是那位学姐要你跟踪我的？"

在这个小镇上，自称御仓就等于变成了一块行走的大广告牌。在不知道她不看书的情况下，仅仅因为她是御仓家族的一员，书迷们就会像找到了同道中人一般趋之若鹜。其中还有些人是盯上了御仓馆的藏书，企图搭个关系。今天下电车时追来的那位学姐恐怕也是抱着这个目的吧。

如此一想，这个少女也就不显得奇怪了，深冬完全不必怕她。反正那头发要么是漂白的，要么就是天生的。而她之所以会在这儿，肯定也是因为阳光房一楼的窗户没上锁，或是她撬开了玄关先一步闯进来，躲在二楼的书库里等着。趁深冬被昼寐吸引了注意力的时候，她就拉开移门现了身。这里只有一扇移门能进入书库，位于书架之间。没错，正是那个少女出现的地方。

于是，源源不断的勇气充满全身，深冬的腿上也有了劲。一直瘫坐在地上的她眼神变得锐利，翻身站起，昂首挺胸，伸手一指。

"出去。我是不会加入文艺社的。我最讨厌书了，就连看语文课本都痛苦得要命。除了漫画，我一年都不会看完一本书。让我加入文艺社可是没有一点好处哦。如果希望通过拉拢我而获准进入御仓馆，那你去告诉她，没用的，死心吧。"

"文艺社？"白发少女不解地歪着脑袋，眨了眨漆黑的眼睛，"文、艺、社……不是回文啊，好可惜。"

"什么？"

"如果是'摄艺社'，正着读和倒着读就是相同的发音了。"

"少废话，快走。我可没空听你说笑话。再不走我就报警了，这可是私闯民宅！"

深冬推着少女的背，让她往楼梯的方向走，同时心想：瞧，我能碰到她，要是她是幽灵，我可就碰不到了。少女来到楼梯前，却一把抓住扶手,没有下楼的意思。

"这不是私闯民宅哦。我是被那个人叫来的。"少女说着,指了指仍在睡梦中的昼寐,"我也不知道什么文艺社。我没骗你。"

"真的吗……你是昼寐姑姑的熟人?"

"熟人,从广义的角度来说,算是吧。"

"讲话别像字典那样好吗?从'怪人'这个角度来说,你确实很像昼寐姑姑。"

深冬减缓了往对方背部施加的力道,从头到脚打量了少女一番。她比深冬高一点,矮鼻梁,嘴有点大,再怎么看,深冬都对这张脸感到陌生。她的校服是白衬衫配绿领带,藏青色的西服与裙子是冬装的款式。裙子长度过膝,和深冬一样认真地遵守着校规,但由于没有佩戴校徽,深冬不清楚她在哪个年级。

"你叫什么名字?"

深冬的提问不过是为了弄清她的身份,但不知为何,少女却眼前一亮,看上去很开心。

"真白。认真的真,白色的白,真白。"

这时,深冬的脑海深处有什么东西像线香烟花迸出的火花那般闪了一下,但只发生在须臾之间,不等伸手去抓就消失了。深冬很快摇了摇头,抓起少女的手臂回到昼寐的旁边。

"姑姑,起来,你快起来啊。这个女生到底是谁?"

可不管她怎么推怎么拽,姑姑就是不睁眼。

够了。真没想到会在这儿浪费这么多时间。要是买了鲣鱼半敲烧当晚饭,这会儿大概已经不新鲜了。还好烤鸡串只要放在微波炉里热一热就行,煮饭太麻烦就不煮了,去便利店买盒速食的吧……深冬浑身无力,重新拿好手里的塑料袋,准备下楼。这时,那个叫真白的少女抓住了她的手。

"干吗……"

"你回不去的哦。"

"什么意思?"

"你是没法从那里回家的。因为有贼来了,触发了诅咒。"

"贼?诅咒?你在说什么啊?"

"相信我,深冬,你必须看一本书才行。"

真白那对又黑又大的瞳仁凝视着深冬,深冬感觉自己要被吸进去了。这个女生比昼寐姑姑还怪异。深冬慌张地想甩开真白的手,谁知对方的握力很大,纹丝不动。

"放手啊!你好可怕。"

"对不起,但是,你必须看一下那本书。"

说着,真白毫不客气地走到书架之间,用力地拉开了移门。

一阵带有旧书霉味的风立刻扑面而来,灰尘飞扬,深冬一边咳嗽一边用手捂住了脸。为什么书库里会有风呢?正在换气吗?但姑姑实在不是会在这种时候睡觉的人。

深冬抬起头,映入眼帘的是一整面书架。几十个书架造得顶天立地,像是舍不得那点给人通行的空隙,一直排到房间的最深处。光是这一个书库里就有两百多个书架,而且全塞满了书。与其说壮观,不如说这里给人一种威严感,仿佛身处鸦雀无声、戒律森严的神殿之中。

深冬的脚底冒出汗来。对于讨厌御仓馆的她来说,这儿是个不吉利的地方。她只在小时候拉开过这扇移门一次,留在记忆中的只有奶奶那张如厉鬼般俯视着自己的面孔。

"往这边走。"

深冬目瞪口呆,反应慢了半拍,就这么被真白牵着手进了书库。书架和书架之间仅隔了大约五十厘米,她们在只够一个小个子通过的狭窄走道里穿行前进。尽管天花板上的灯一盏都没亮,但书库中像点着蜡烛一般笼罩在昏暗的橙光之中,书架的阴影浮现其中。

"明明不可能有蜡烛才对……"

自珠树那个时代起,御仓馆就严禁烟火了。昼寐和步武也绝不会把火带进来。深冬揉了好几下眼睛,但来源不明的灯火始终没有熄灭。

这里的书架在深冬的眼中都差不多,真白却一会儿往右一会儿往左地在其间曲折前行。深冬惴惴不安地盯着她的背影和那半隐于黑暗的白发，任由对方带着自己往前走。

"就是这儿了。"

真白在某个书架前停下了脚步，这才放开了深冬的手。深冬揉着生疼的手腕，抬起头来，顿时瞪大了眼睛。

连无比讨厌书的深冬都发现了这里的异样。其他书架上的书都摆得密不透风，只有这一层空空荡荡。也就是说，放在这里的二三十本藏书丢了个精光。

"莫非……"

"看看这本。"

深冬顺着真白所指的方向看去，只见书架的一头放着仅剩的一本书。书脊上画着和那张符相似的花纹。深冬拿起书，薄薄的灰尘扬起，封面上的圆形印记在橙色的灯火下闪闪发光。细腻的常春藤图案包裹着整本书，装帧十分精美，上面用优雅的明朝体印着《繁茂村的兄弟》这个书名。

"看一看吧，深冬。"

在真白的催促下，深冬咽了一下口水。换作平时，光是要拿起书，她的身体都会因抗拒而抽筋，但现在她意外地沉着，心里也不觉得厌恶。《繁茂村的兄弟》，好古怪的书名。刚翻开封面，一股莫名让人怀念的芬芳便弥散出来。

她想象不出这本书的内容，却没来由地被吸引，产生了想看看的冲动，就好像躲在书里的某个人正温柔地呼唤着她的名字那般。

"我上一次看语文课本以外的书还是在读小学的时候。"

深冬鼓起肚皮深吸一口气，然后边慢慢地吐气边翻起书页来。

任何故事都有开端和结束。在贝泽尔和克泽尔这对兄弟追着黑色的甲虫来到繁茂村之前，这里起初也只是一片干旱的红褐色荒野。无论发黄的云彩带来多少雨水，雨滴一接触到炙热的土地就会蒸发，别说人了，就连昆虫，甚至水都不会接近这片土地。

贝泽尔是个恐怖的"雨男"。新月之夜，在他降生时发出第一声啼哭的刹那，村子上空就突然乌云密布，无休无止的暴雨倾盆而下。到再次月圆之时，村子已完全被淹没了，逃过一劫的村民别无选择，只能塞住鼻孔和耳朵潜到深深的水下，从沉入水底的家中找回他们遗忘的东西。

母亲带着贝泽尔去邻村见她的父母时，雨就停了，可他们一回家，雨又下起来。很快，人们就把贝泽尔叫成"雨鬼"，只允许他在刚重建好的新村子里待三天三夜。于是，母亲背着襁褓中的贝泽尔踏上了旅途。一抬头，只见滚滚的乌云正跟在她的身后。一停下来，乌云就立刻追上她，本以为只是毛毛雨，没想到却是砸得人皮肤生疼的暴雨。母亲片刻没有停歇，她决定去一个不下雨的地方。

母子俩给干燥的土地带来降雨，趁植物的根还没被泡烂时离开，前往下一个村庄。

地球转啊转啊，衣服的布料从薄到厚，又从厚到薄时，母亲生下了第二个儿子：克泽尔。

克泽尔是个恐怖的"晴男"。当母亲把小贝泽尔托付给他人，靠接生婆生下克泽尔时，热辣辣的太阳便侵袭了村子，以至于克泽尔刚吸了一口乳汁，储水池就干涸了。垂死的鱼和小龙虾的灵魂升到天上，循环成愤怒的闪电摇撼大地，吓得接生婆尖叫连连。死去的灵魂不久之后钻入深深的地底，化为种子，等待破土而出的一天。

灼热的日光持续不停地照着大地，眼看着庄稼成片地枯死。这时，贝泽尔被带去探望躺在接生婆家里的母亲，天上立刻下起了雨。太阳分明还在放射耀眼的光芒，云层中却掉下大颗大颗的雨珠，淋湿了周遭。曾诅咒世间的鱼和小龙虾的死灵也发了芽，抽出了艳蓝色和鲜红色的嫩叶。

望着这一切，母亲悲喜交加。她不禁哀叹，她生养的这两个孩子都没能得到上天的眷顾。

乌云团团围绕着太阳，刚以为云层哭了，太阳又笑起来。人们对这颠三倒四的天气感到害怕，于是涌到统治这片土地的首领身边，用轿子抬着他去造访了仍在卧床的母亲和那对年幼的兄弟。伟大的首领不理睬母亲的哀叹，将兄弟俩带离她身边，交给了一个外乡的旅行者。然后，首领开设了气象厅，雇用了学者，在一块黑曜石板上定好兄弟俩旅行和逗留的日程表，并严格执行。

这对兄弟跟着旅行者，一路拖着乌云拽着太阳，在他人的爱与恨之中成长起来。孤身一人的母亲脸上渐渐爬满了皱纹，头发斑白，身形佝偻。终于有一天，她凝视着黑曜石板上的日程表，停止了呼吸。这个消息乘着一片黑色的花瓣飞到了儿子们的身边。长大成人的两个儿子悲痛欲绝，不禁憎恨起彼此来。要是不下雨，要是不放晴，母亲或许就不会在孤独中死去了。漫天的太阳雨中，贝泽尔举起一块巨大的岩石试图压死他的弟弟，克泽尔刺出一根锋利的树枝试图捅死他的哥哥。就在这时，旅行者抛出了两个骰子。骰子停下来时，一个指向西方，另一个指向了东方。

"都给我住手。贝泽尔，你向西，克泽尔，你往东。谁都不许回头，不许追赶，也不许考虑对方，只管往前走。迟早有一天，虫子会指引你们回到彼此的身边。要是下起太阳雨，你们就在那里建个村子吧。"

两人听从旅行者的吩咐，一个往西一个往东上了路。兄弟俩一分开，裹在太阳周围的乌云便跟在贝泽尔身后飞走了。这下可就太平了——人们心头的大石落了地，但喜怒无常又难以控制的天气始终还是个问题。

这对兄弟在分别是十二岁和十一岁的年纪暂别，当他们重逢后建起繁茂村的时候，已是过了成人仪式的许多年以后。贝泽尔和克泽尔各自在储存雨滴的水瓮下和艳阳高照的市场里发现了一只黑色的甲虫。当时，独角仙正腆着肥肥的肚子仰面大睡。

"真白……"深冬从书本上抬起头来，不满地问，"你该不会要我把这本书全看完吧？"

真白听罢，费解地歪着脑袋反问道："难道你不想看看后续吗？"

她的头顶一下子钻出两只耳朵，长长的鼻子像狗鼻子那样"嘶嘶"地抽动着。

"因为这个故事肯定很长啊。那个贝泽尔啊克泽尔啊的到底是什么人？应该说，这个故事也太古怪又太乱糟糟了。又是雨的诅咒又是晴的诅咒，简直不知所云，我都跟不上思路。虫子也好恶心啊——对了，你怎么长出了狗耳朵，还在鼻子上戴了口罩？别玩什么角色扮演了，行不行？"

深冬像打机关枪似的冲着真白说了一通，不等对方回答就合上了书，放回空书架上。真白头上的狗耳朵动了动，像真的狗耳朵那般垂了下来。不过，深冬正盯着书看，没注意到这一幕。

"很无聊吗？"

"不是无不无聊的问题啦。这地方太小了，坐都没法坐，不是吗？一直站着看书多累啊，况且像我这种讨厌书的人，光是看到那些字就够痛苦了。说真的，我都几百年没看过这么多字了。"

深冬伸手抵住僵硬的脖子，一边打了个大哈欠，一边上下左右地转了转脑袋。她抬手看了看表，已经七点了。

"话说，我得回家啦。书我改天再看。倒是你，回家前记得把这副狗狗的装扮卸下来哦。"

深冬说着，伸出手去拿一直丢在地上的果蔬店塑料袋和烤鸡串盒子——然而，指尖碰到的是一种生物的触感，软乎乎的，又有种滑溜溜的异样感。

"咯咯。"

深冬的脚边出现了一只公鸡，它往左右动着脖子，红色的鸡冠一晃一晃的。她惊得张大了嘴，像是要用手掌包住公鸡似的摸了摸它。真的是鸡。公鸡用黄色的爪子一脚踩瘪了烤鸡串盒子，在书库里走来走去。

"为……为什么这里会有只鸡？"

深冬看了一眼瘪掉的盒子，本该在里面的烤鸡串没了。黏糊糊的酱汁也消失得一点不剩。此外，果蔬店的塑料袋里冒出了三根芽，你追我赶般越长越高。

深冬不禁后退几步,背脊撞上了书架后,她晕头转向地看着真白。真白对鸡的登场并不吃惊,只顾望着后方的墙壁。有雨声。那是敲击着墙壁的雨点声,还有从屋檐上滴答落下的水滴声。

"天气预报明明说今明都是晴天啊。"

深冬嘟囔了一句后,像是想起什么似的发出一声惊叫。突然出现的鸡和不知为何物的芽都无关紧要了,她匆匆地转过身去,在狭窄的走道上小跑起来。

"深冬,等等,你去哪儿?"

"衣服!我忘了今天上学前还晾了衣服!"

深冬感觉到真白跟了上来。她穿过似乎比刚才还复杂几分的书架迷宫,向出口跑去。

终于,深冬拉开移门回到走廊,跃入眼帘的是仍在地板上熟睡的昼寐,但她的样子和先前有所不同。如水晶般透明的石头包裹住昼寐的全身,外面还盘绕着弯弯曲曲的常春藤。

"姑……姑姑?"

深冬紧紧地交握双手,战战兢兢地靠近她。她该不会在石头里窒息而死了吧?深冬想到这里,后背不禁颤抖了一下。不过,仔细一瞧,她的腹部在缓缓地起伏,说明她在呼吸。深冬发现,她的眼皮上写着一个"母"字,深红色的字令人毛骨悚然。

"这是什么呀,怎么回事?"

"咯咯。"

"哇!"

一只鸡冠较小的母鸡碰到了深冬的脚。

"这……这次又变母鸡了?"

"因为烤鸡串是盐味的。"

"这算什么理由?话说你的狗耳朵是怎么回事?动个不停啊……鼻子也好长。"

来到明亮的走廊后,深冬再次端详真白。她头上的白耳朵怎么看都像真的，长长的鼻子向前凸出，小巧又湿润的黑鼻尖一抽一抽的。眼圈和头发以外的面容似乎都变成了狗。事态如此异常，真白却若无其事地说："这样能帮上深冬的忙。"

"我……好像是在看书的时候睡着了。"

深冬紧紧地闭上双眼，冲着应该是在现实世界中看书时打起瞌睡的自己说话。快醒过来。够了，梦已经做够了。

醒醒，醒醒，醒醒，醒醒，醒醒……

她拼命地祈祷着，一点点睁开眼睛——可是，姑姑依旧在水晶里，真白依旧长着狗耳朵和狗鼻子，甚至比刚才更像真狗了。

"啊啊，快适可而止吧……"

无论深冬说什么，真白都只是一个劲地歪着脑袋。只见地板、墙壁和书架里长出了许多植物。藤本蔷薇"唰唰"地抽着枝条，开出一整墙黄色和粉色的花；郁郁葱葱的羊齿植物正摇动着细叶；远处的角落里似乎还钻出了蕨菜。不知从哪里传来了水声。猛烈的暴雨冲刷着阳光房宽大的窗户，雨水像瀑布一样滑落，在下方形成了一片小池塘，里面还有鱼儿扑通乱跳。

深冬尖叫着，发疯似的冲下楼梯。当她从那台指针停在六点五十分的落地钟前跑过时，一阵旋风卷起。

有人声，而且是好多人在喋喋不休。说话声越来越响，听上去甚至盖过了雨声，吵得深冬恨不得堵住耳朵。这里没有人的气息。然而，无数分辨不出语种的对话声层层叠叠地混杂交会，震撼着她的鼓膜。书架微微摇晃着。一楼书库的门开着一条缝，深冬意识到，声音的来源是书。

书里的言辞自说自话地入侵了御仓馆！

深冬奋力支撑起发软的双腿，试图从玄关跑去屋外。可这一次，串在长绳上的各色彩旗从四面八方的书本与书架的缝隙中蹿出来，缠上了深冬的手脚和脸庞。

"这绝对有问题！我才不信！这是梦，是梦！"

——都怪我看了那本奇怪的书。都怪我看了那个奇怪的故事。世上哪有什么极端的雨男和极端的晴男，"故事"这坑意儿真的净会胡扯。如果我对生物老师说，鱼和小龙虾会上天变成闪电，入地变成种子发芽，怕是分数会不及格吧。

——啊啊，真不该看它！所以说我讨厌书嘛！

深冬一边把缠在身上的彩旗扯下挥开，一边抬头望去，只见玄关门上那扇采光窗的外侧正"噼里啪啦"地下着小龙虾雨。她整个人都没了力气。

"深冬。"

深冬吓得一激灵，转过身去。白色的狗脑袋上长着头发——真白就在她的身后。她细心地把深冬身上的旗子一面面摘下来，同时说道：

"这不是梦，是诅咒。你刚才看到那张符了吧？上面写着'偷窃本书的人会被魔幻现实主义的旗帜追赶'。"

深冬肩膀起伏，气喘吁吁地盯着真白。

"够了。别再说什么诅咒了，让人心里直发毛。"

可是，真白不为所动。

"御仓馆现在有藏书二十三万九千一百二十二本，它们都被施加了书籍诅咒。要是除御仓家以外的人往馆外拿出哪怕一本书，就会触发诅咒。偷了故事书的贼会被关在故事的牢笼里。这次轮到魔幻现实主义的书籍诅咒，英语叫Magic Realism。这种诅咒会将偷书贼囚禁在魔幻现实主义的世界里哦。"

就在真白解释的时候，走廊和墙壁里仍在不停地爬出红色、蓝色、黄绿色、棕黑色以及难以形容的暗紫色的彩旗，攀附在深冬的身上。

"这些和那些都是魔幻现实主义的诅咒造成的。在没有印刷机的时代，书籍还十分宝贵，人们为了保护书，就采取了给书下咒的行动。这就是防御魔法。修道士们也称之为anathema，即逐出教门的诅咒。"

"……你是撞坏脑袋了吗？"

深冬憋着那股想哭的冲动，将手伸进鞋柜里，谁料指尖正巧碰到了那只肚皮朝天的蟑螂——她完全忘了这回事。深冬发出一声惨叫，而蟑螂像是闹铃恰好响了那般翻身爬起，挥动黑亮的翅膀，用细长如弓状的触角探查了一下四周,轻轻地飞了起来。

真白从后方撑住差点要昏倒的深冬,扶她坐下,然后打开门把蟑螂放了出去。瓢泼大雨中,乌云正以极快的速度流过天空。蟑螂一头冲了进去。

在御仓馆的周围,读长镇的旧书店街也充斥着华丽的彩旗,马路都被旗帜掩埋了。本是绿色的银杏树叶现在闪着金黄色的光泽,风一吹就像金粉一样片片散落,照亮了灰色的城镇。叶子一落,枝头又冒出新芽,不管怎么落叶,都生生不息。

"过去是一本书对应一个书籍诅咒,如今因为书太多了,不管偷了几本都算一个诅咒。所以相应的,诅咒的效力也十分强大,整个小镇都会随之变化——也就是说,现在我们正身处《繁茂村的兄弟》这本书的世界。诅咒只对读长镇有效,这会儿,偷书贼正在镇上某处,被关在故事的牢笼里。"

真白站在门口,全身闪闪发亮,仿佛被逆光镶上了一道白边。

"深冬,现在你必须去找那个偷书贼。只要抓住了贼,书籍诅咒就会消失,小镇也会恢复原样。"

深冬来到屋外,只见黑暗的天空中劈着闪电,狂风"咻咻"地呼啸着,卷起大大的雨滴。她仰望夜空,却见一轮满月高高在上,厚厚的乌云打着旋儿,被拨在一旁。满月泰然自若地俯视着读长镇,眨巴了两下三下,就像一只有着黄色眼珠的黑猫在向人打招呼。

"月亮在眨眼……这是怎么回事?"

深冬将视线往下移,发现地面上也和馆内一样,到处是发芽的植物,它们就像从坡上翻滚下来的绿色地毯一般,越长越茂密。

这个小镇正在以惊人的速度变化着。常春藤四下蔓延,家家户户的瓦片和着雨声起舞,狗在唱歌,猫在哼曲,沥青马路也变成了泥泞小道。

深冬怔怔地站在原地,真白轻轻地碰了碰她的手。真白的脸几乎完全变成狗了,校服长裙下还探出了一条白尾巴,不过,她的头发、眼睛和手仍是人类少女的模样。

"来，我们走。得快点抓住偷书贼。"

"只要找到那个偷书贼……镇上就会恢复正常吗？"

真白对着已经脸色铁青的深冬重重地点了点头。

"嗯！大概吧。"

"什么叫'大概'！"

"其实我也是第一次碰上这种事，并不太清楚……除了要抓贼，其他一概不知。毕竟我才刚刚出生。"

"可你怎么看也不像人类的婴儿……"

"的确，严密的说法是，我不算婴儿。"

"够了！"

深冬气得直跺脚，她感觉自己的恐惧正逐渐转为恼怒。这么一来，人倒好像越来越有干劲了，真不可思议。

"严密也好甜蜜也罢，都无所谓了！你一副对这个世界很了解的样子，刚才还自信满满地说会恢复成原样，现在也太含糊其词了！说到底，要是你没叫我看那本书，我就不会做这种奇怪的梦了！"

深冬如连珠炮般说着话，简直像要扑上来咬人。真白宛如被主人训斥的狗，耷拉着耳朵，不知所措。就在这番对话进行的时候，雨越下越猛，一颗颗雨滴恨不得有黄豆那么大，周围像下起冰雹似的，传来"噼里啪啦"的响声。仔细一看，这场雨下的并不是水，而是发亮的白色颗粒。深冬捡起一颗，发现那是真正的珍珠。庭园和马路上滚满了珍珠，在月光下反射着白光。

"我受不了了。"

就在深冬准备逃进御仓馆的时候，真白耷拉着的耳朵突然竖了起来。深冬什么也没听见，可真白不时轻轻地摆动狗耳朵，黑亮的鼻尖微微颤动。

"灌木丛里有人……是谁在那儿？"

庭园里的紫阳花丛里传来动静，过了一会儿，一个黑影跳了出来。那生物沐浴着满月和耀眼的珍珠雨的光芒，原来是一条耳朵尖尖的橙色狐狸。它用相当粗重且不雅的嗓子叫了一声。

说时迟那时快,真白像猎犬一般朝狐狸扑了过去。可怜的狐狸跳起来就逃,但终究不敌真白的神速,被逼到了庭园的角落里。

"我说你啊!"

喜爱动物的深冬赶忙追过去,一把抱起狐狸,躲得离真白远远的。

"欺负小动物的人最差劲了。对吧,小狐狸?让你吃苦头了。"

怀中那柔软又温暖的身体正在瑟瑟发抖。深冬狠狠地瞪了真白一眼,于是,真白又变得不知所措。

"对……对不起。看到狐狸,我的身体就条件反射地动起来了。"

"你该不会连本性都变成狗了吧?"

深冬抱着狐狸,迈开大步在珍珠雨中艰难地往前走去。

"深冬,你要怎么处理这只狐狸?"

"总不能把它独自留在这个疯狂的世界里吧?"

深冬抚摸着那蓬松的橙色毛皮。狐狸大概是放下了心,迷迷糊糊地眯起了眼睛。真白皱起鼻子,看起来颇不开心,但既然深冬要这么做,她也只好不情不愿地同意了。

离开御仓馆,两人沿下着珍珠雨的马路走了起来。旧书店街的灯光朦朦胧胧,下班回家的人们冲着店门前均价一百日元的书架探头探脑。尽管小镇已发生如此大的变化,却没有一个人是慌慌张张的。而满心以为自己身处异世界的深冬惊讶地发现,人群中竟还有几张熟面孔。特别是那名正在书架右侧淘书的微胖的男性上班族,他是这家店的常客,每次见到深冬,都会满脸笑容地挥挥手,叫道:"啊,御仓家的!"

"真白,你在那儿等我一下。"

深冬让真白在自动售货机前等待,自己则抱着狐狸小心翼翼地走了过去。那名男子正从图书均价一百日元的书架上抽出旧文库本,深冬向他打了个招呼:

"那个……晚上好。"

肤色白净且脸盘丰满的男子眨了眨他的小眼睛,看向深冬问道:

"有什么事?"

平常总会亲切地挥手的人此时却摆出一副冷面孔,搞得深冬一句话卡在了嗓子眼儿里,但她还是鼓起勇气追问道:

"与其说有事……你怎么看待这场雨?"

"雨?"中年男子挠着日益稀薄的头顶,看了看天,疑惑地歪着头,"你问我怎么看……这不就和平时一样吗?米是留先生的婚礼在明天举行,想必天空也在祝福他吧。"

"……贝泽尔先生?"(注:在日语中,"米是留"与"贝泽尔"的发音是相同的。)

"是啊。大家不是都在捡珍珠吗?"

撒满了珍珠雨滴的马路闪闪发光,小孩子们聚在一起,专心地收集着仍不断从天而降的珍珠雨滴。他们蹲成一圈,中央放着一个藤条筐,捡来的珍珠雨滴在里面堆成了一座小山。

这里就是这么一个世界,看来,只能死心接受现实了。深冬握紧拳头,再次用锐利的眼神盯着那名男子,问道:

"那么,能不能再请教你一件事?"

"啊?还有事吗?"

"你有没有看见什么可疑的人?我家的书库里有书失窃,一整排书架都被搬空了,所以我正在寻找偷书贼。"

"不知道啊。话说回来,你可别让这只野兽靠近宝贵的书哦。"

中年男子嫌弃地说道,从书架上抽出三本书来,推开沉重的玻璃店门,快步走了进去。

和原来的世界一样,那一家家历史悠久的旧书店门口和店内的书架前挤满了来淘好书的书迷。这就是所有人都对御仓馆不闻不问的原因——猎物当前,没有一个猎人会傻傻地回头向后看。

"等等。这么说的话,偷书贼躲在这里不就行了?不,应该说,他大概就在这群人中间吧。"

贼为什么要偷书呢?深冬认为,要么是为了高价卖给想要珍本的人大赚一笔,要么是自己想拥有这本书。因此,她觉得偷书贼很有可能就混在这群书迷里。

可是，难道要把这儿的每个人都盘问一遍吗？就在深冬犹豫不决的时候，她发现原本就里三层外三层的书迷队伍越来越壮大，一百人变成了两百人，两百人变成了四百人，四百人变成了八百人……究竟是从哪儿冒出来的？深冬一看，发现他们似乎是从马路边的沟渠里不断冒出来的。

"我快疯了。"

深冬投降了。她束手无策，不禁抱紧了怀中的狐狸，狐狸好奇地抬头看了看她。

"我可抓不了偷书贼，还是交给更优秀的人去办好了。嗯。就这么和真白说。"

这时，一只黑色的虫子——可能是蟑螂——"嗡"地振动着翅膀飞了过来，落在深冬面前的书架上。深冬没出息地放声尖叫，狐狸则对着虫子发出威吓声。

"好，狐狸，快吃了那只蟑螂！"

这时，真白拉了拉深冬的袖子。

"深冬，跟着那只虫子走。"

"什么，我死也不要！"

"别这么说。在《繁茂村的兄弟》里，人们称那种像甲虫的黑色昆虫为'带甲壳的虫'，将它当作神的使者来崇拜。因为它是让那对一个往东一个往西的兄弟再会的关键。而现在的读长镇就和繁茂村一样，说不定蟑螂能引领我们找到那个偷书贼。"

深冬总会在厨房或垃圾站里被蟑螂吓一跳，但与那些相比，这只虫子看起来翅膀圆圆的，确实像背着甲壳。店门随顾客进店而打开来，蟑螂便抖了抖身体，然后迅速地张开闪亮的甲壳，露出其中如丝绢般轻薄的后翅，朝着珍珠雨中的满月飞了上去。

"我说……读长镇真的变成了那本书里的世界？那位大叔说到了米是留什么的。"

"对对，所以我们必须尽快找到偷书贼。"

真白拉起深冬的手，一转身便裙裾翻飞，整个人像风一样轻巧地跑起来。两人追着蟑螂跑，和真白手牵手后，深冬感觉自己也像长了翅膀似的身轻如燕，甚至都不知道脚有没有沾地。

现在是晚上，但人类的城市中早已没有了供生物躲藏和栖息的黑暗角落。万家灯火，超市亮着白光，泛着淡紫色光的酒吧招牌埋没其中，还有亮得稀稀落落的路灯，都"嗖嗖"地一闪而过，往深冬的身后退去。很快，她就来到了道场门前。代授师父崔恰好在路边和事务员原田聊天。原田留着染成棕色的齐长直发，五官清秀，她品着细细的香烟，频频向崔点头。而崔的眼中只有原田，他的耳朵和后脑勺上还开出了红色和粉色的可爱花朵。

"这也太色眯眯了。"

两人都没注意到深冬她们，只当刮过了一阵旋风，伸手去按被吹乱的头发。

真白的脚程很快，快得连趴在深冬肩上的狐狸都发出了惨叫。不知从什么时候起，真白的手脚变成了狗的四肢，整个人以前倾的姿势四脚着地。她终于变身成一只穿校服的大狗，背上驮着深冬，在一条满是珍珠、彩旗与彩色植物的马路上奔跑着。带甲壳的蟑螂悠然地飞翔在空中，似乎完全不介意一人一狗一狐正追赶着自己。

深冬紧紧地抓住真白的脖子，扯着嗓子问道：

"喂，真白，《繁茂村的兄弟》是个什么样的故事？结局怎么样？"

事到如今，讨厌看书的深冬开始觉得，之前或许应该把那本书看完才对。这并不意味着她对书产生了兴趣，她只是觉得有必要知道这本书的内容，以便走出这个奇妙的世界。

真白往后瞥了一眼，低声说了起来：

"雨男贝泽尔和晴男克泽尔分别在带甲壳的虫子的指引下，到达一片荒芜的土地。这就是兄弟俩的命运之地。长大成人的他们已经能在一定程度上驯服天气，大地因此充分吸收了阳光和雨水的恩泽。水流成河，汇集成湖，世间四季如春，处处绽放着绚烂的花朵，草木繁盛。充沛的水源与繁茂的植物创造出了丰饶的土壤，家畜茁壮成长，原本贫瘠的土地日益肥沃起来。于是，人们渐渐聚集于此，建造家园，很快形成了一个村落。

"贝泽尔和克泽尔合力治理村庄。哥哥贝泽尔当上了村长,负责管理政务;弟弟克泽尔则成了掌管全村物产的植物局长。然而有一天,贝泽尔爱上了村里的一个女人——哈乌丽。结果从那时起,雨水居然就变成了珍珠。

"漂亮的珍珠雨卖出了高价,为村里创造了大量财富。可对繁茂村所产的农作物来说,珍珠雨却是有百害而无一利。因此,村民分成了两派,一方是想靠珍珠获利的珍珠派,另一方是想继续靠农产品获利的植物派。为了保护村子,身为植物局长的克泽尔劝哥哥放弃与哈乌丽的恋情。然而,贝泽尔将他拒之门外,甚至撤销了植物局长的职务,宣称村里的财政将完全依靠珍珠。

"气疯了的克泽尔把满月封进一只黑猫的体内,然后送往天上,他本人则不知去向。从那以后,月亮一直没有落下,因此,整天都是黑夜,太阳再也不会升起。就在这无尽的黑夜和不间断的珍珠雨中,贝泽尔和哈乌丽的婚礼终于到来。"

"难道就是明天?"

"没错。"

不知不觉间,真白飞到了空中。深冬感觉站在肩头的狐狸伸长了爪子,紧紧地抓着她,以免掉下去。低头一看,读长镇的全貌渐渐出现在视野中。

升到云层上方后,珍珠雨便不见了,一人一狗一狐来到了漆黑的夜空中。蟑螂依旧往前飞着,但从穿过云层开始,原本当空的皓月忽地消失不见了。她们继续跟着蟑螂往前,在一块云层卷绕的地方发现了一根闪着银光的长杆。它从地面延伸上来,长度得有几千米,但这根细得像针的杆子立得笔直,稳如泰山。

蟑螂停在了杆子上,她们跟上去一瞧,只见一只黑猫正蜷缩在杆子的顶端。

"这次是猫。"真白不耐烦地哼了两声,"是偷书猫吗?"

对其他生物,尤其是对猫和狐狸显露出敌意,说明她已经完全变成狗了吧？深冬想着，温柔地拍了拍她的身体。

"这就有点离谱了。你说猫要怎么偷书啊？"

"也是……我还以为虫子会指认犯人呢。"真白没有掩饰沮丧，耳朵耷拉下来，"我想，那只猫可能是克泽尔封印了满月后放走的'暗夜黑猫'。只要把它送回地面，白天肯定就会到来，深冬。这么一来，故事或许又能往前推进了。"

真白说着，走到杆子的旁边。黑猫有一双深黄色的眼睛，活像金橘的果实。深冬回忆起先前见过的满月。她打算把黑猫抱过来，于是站起了身。

然而，这可是在云上，况且脚下还是狗的背部。若是杂技演员倒也罢了，但深冬只是个再普通不过的少女，要站在动物的背上简直难于上青天，她的膝盖都止不住地颤抖起来。深冬踌躇了半天，最终脱下运动鞋，再卸下肩头的狐狸，和鞋底朝上的鞋子一起放在了真白的背上，然后弯着膝盖，踩上了真白的脊背。

深冬从蹲着的姿势慢慢直起腰，伸展膝盖，感受着脚心渗出的汗，把手从真白的背上放开，告诉自己：慢点，没事的，别往下看，慢点。此时，从东方刮来一阵冷冽的夜风，失去平衡的深冬倒抽一口冷气，双臂在空中胡乱地摆动。就在她往前扑去时，指尖碰到了银杆，她拼了命一把抓上去。黑色的长发和领带随风飘舞。

"别往下看，别往下看。"

深冬告诫着自己，用左手抓住杆子，伸出右手去够那只黑猫。黑猫完全被吓坏了，张开血盆大口直凶她。

"到这儿来，乖。"

一只手不够用。深冬咬紧牙关，从杆子上放开了左手。一瞬间，身体又晃动起来，膝盖打战，脚底直冒冷汗。一点点微风恐怕都能让她失去平衡，她不禁想象自己坠入暗夜深渊的情景。即便如此，她还是向黑猫伸出了双手。

指尖触碰到了一团柔软且温暖的身体。这次，黑猫没有再凶她，乖乖地接受了她的手。她将手掌滑进猫的腋下，轻柔地把它抱了起来。

"好,抓住了!"

下一刻,夜色动了起来。

整块漆黑的天空剧烈晃动,突然,一团光在深冬的眼前膨胀开来。

是满月。那光芒实在太过耀眼,深冬感到一阵眩晕,站立不稳倒向一旁,就这么抱着猫一头栽了下去。

"嗷呜!"

刹那间,真白掉转方向,弯曲双臂,双腿伸得笔直,像子弹一样飞快地追向下落的深冬。就在深冬要掉穿云层的前一秒,真白用牙齿咬住了她的长裙下摆,就势猛地往上一挑。深冬被甩得浮上半空,接着落到了真白的背上。

"吓……吓死我了……"

深冬眼泪和鼻涕一大把,用袖子擦了擦脸。刚才那只黑猫从她的臂弯里抽身而出,乖巧地坐在了真白背部的正中央。它的身后是一脸气鼓鼓的狐狸,警惕地盯着这位新客。

"黑猫明明在这里,怎么还有满月呢?天也还没亮。"

就在深冬嘀咕的时候,空气中传来地鸣般的响声,仿佛巨人正在如山那么大的石臼里捣杵。随后,满月的旁边出现了另一轮满月,下面开出个粉红色的洞,里面发出了"喵嗷嗷"这般粗重的吼叫。

原来,她们以为的夜空其实是一只巨大黑猫的身体。黑猫再一次从喉咙里发出"咕噜咕噜"的轰鸣,伸了个懒腰,夜色便随之摇摇晃晃,从两只猫耳之间露出了黎明的那一抹淡紫色天空。

这时,那只被深冬救出的正常大小的黑猫高兴地叫了一声,纵身跃起,跳向空中,然后用力一抓,紧紧地贴在了暗夜黑猫的毛皮上。暗夜黑猫大概是看到同伴安全地从银杆上下来,回到了自己的身边,因而十分满意,便眯起那满月的双眼以示问候。接着,它背起同伴,轻巧地掉转庞大的身躯,掀起一股狂风,不知飞去了何方。

暗夜黑猫消失不见了,取而代之的是清晨的到来。

白晃晃的太阳闪闪发亮,一缕缕金黄的光带穿过浅紫中泛着水蓝的天空,澄澈的风儿迎面吹来。真是个明媚晴朗的早晨。深冬和真白,甚至是剩下的那只狐狸，都惊愕地抬头望着天。到底发生了什么？本该担任向导的真白也弄不清状况，或许是因为她"刚刚出生"吧。

"回到起点去。"

说着，她们再次回到地面，谁知虽然晨风吹散了云朵，但珍珠雨仍在下。小镇的景象发生了些许变化。书籍诅咒被触发后，植物曾生机勃勃地肆意生长，这会儿却都成了褐色，蔫头蔫脑的。相反，建筑物上镶满了雪白的珍珠，熠熠生辉。

"就和真白说的一样。珍珠雨让植物枯萎，让'村子'的财政富余起来了。"

当她们愣愣地望着小镇时，人们围拢过来，用掌声迎接了深冬一行人。

"干得漂亮！"

"没想到你把那只大黑猫赶走了！"

她们降落的地点恰好在商业街的跟前，放眼望去，净是熟人。深冬几乎从未接受过他人的掌声，此时怪不好意思的。她挠挠头，腼腆地笑着答道："谢……谢谢。"

然而，即便在这里，那些本该熟悉深冬的人也没发现她到底是谁。无论是曾在鸡肉专卖店为她点的烤鸡串记账的由香里，还是果蔬店的店员——那个在茶色刘海上夹发卡的女人都是如此，虽然风风火火的脾气是一点没变，但都用着敬语，简直把深冬当成了名人。

"哎哟，您真厉害啊，看上去还那么年轻。"

"您可真勇敢啊。"

深冬感到内心的温度正在不断下降。

"大家这是怎么了……"

深冬曾经那么厌恶别人提起她的家族，可现在，一股想大喊"我是御仓"的冲动油然而生。不过，她紧闭双唇，一言不发，心想：都怪那个故事。肯定是那个奇怪的故事搞的鬼，让大家也成了怪人。既然如此，我更要快点让世界恢复正常，再好好地盘问昼寐姑姑一番。

可是，目前她们还没找到关于偷书贼的线索。犯人可能潜伏在这群人里，但深冬完全推断不出是谁。

商业街里的所有人还有身穿蓝围裙、红围裙和绿围裙的书店店员都向深冬表示热烈的欢迎。"务必赏光来喝杯茶，让我们好好答谢您一番。"他们牵着深冬的手，将她带往商业街的深处。若叶堂的那个蘑菇头青年也在人群中。大家喜笑颜开，看上去心情好极了。这个情景温暖了深冬先前冷却的心，她也跟着笑了，脑中像笼罩着一片雾霭似的模模糊糊。"哎呀，有这种待遇还挺开心的。"深冬咧嘴笑着，面容松弛下来。没笑的只有头顶上留着狗耳朵的少女真白，她的身体已经恢复成人了。她在一旁死死地盯着在众星捧月中前进的深冬，就像确保主人安全的忠犬一般。

珍珠雨依然下个不停。商业街的人们像抬神轿似的把深冬抬着往前走。珍珠雨"噼噼啪啪"地打在她的头顶，但奇怪的是一点也不疼。下方有三人支撑着她的腿。"一、二！一、二！"那种劲头令她不禁想起了运动会上的骑马战。这时，她突然清醒过来：我是为了什么才待在这儿的？

"啊，请问，你们知不知道谁是贼？有人从我家的书架上偷了书。"

后方有几位书店从业者立刻发出惊叫。

"你说偷书贼？"

"绝饶不了偷书的家伙！"

"那人到底偷了什么书？前不久我们店里被偷了一大沓漫画呢。要是抓到了贼，拜托把我们店的那份也追回来！"

"我们店还强迫员工用工资填上那些被顺手牵羊的损失！真是气死人了。不单是偷书贼，真希望把我们老板也好好教训一顿！"

新刊书店、旧书店、绘本专卖店和书吧的店员同仇敌忾，对深冬遭受的损失表示巨大的同情。说着说着，他们的愤慨达到了沸点，穿蓝围裙的书店店员从耳中喷出浓烟，整个人像火箭一般飞向了高空。然后，穿红围裙和绿围裙的书店店员也接二连三地直冲云霄，围裙"呼啦啦"地随风翻飞，像斗篷似的。

"等等，那贼呢？你们知道吗？还是不知道……飞走了。"

书店店员消失以后，深冬继续被抬着进了商业街。鳞次栉比的店铺也好，入口处那红蓝基调的拱门也罢，都和原本世界里的一样。可事实上，里头还是发生了很大的变化。

商业街的喇叭里传来广播，像是"今天大减价，一举两得果蔬店的'小番茄任你装'一盒只要100克珍珠""鲜鱼推荐，刚从干涸湖的淤泥里捞上来的田螺，和蚱蜢一起做成佃煮（注：**在海鲜和蔬菜中加入酱油、糖等调味料慢火炖煮出来的日式传统食物，常作为佐餐小菜**）吧"，等等。在支起标志性红雨篷的点心店门口，攥着珍珠的孩子们把小棍插进罐子里，挑起一缕缕彩虹色的麦芽糖。光头少年把珍珠递给店主老婆婆，对方像乌龟一样伸长那布满皱纹的脖子，清点了一番后，粗鲁地把一个用塑料袋包着的鲜红色点心扔给了少年。

果蔬店门前放着一个像南瓜那么大的番茄，旁边还在卖茄子与阳荷。深冬想起自己本打算用这些来做晚饭，肚子不禁咕咕叫。而鲜鱼店里，店员正在炙烤一条长得出奇的鱼。

尽管与原来的世界有一些偏差，但大体都是平时的那番光景。

——放学回家的路上，我在这里买了点东西，虽然只过了几小时，可感觉就像昨天发生的事一样。不，也许是一个星期前？或者是一个月前？一年前？

现在究竟是什么时间？从鸡肉专卖店里逃出的几百只鸡在眼前大闹特闹也好，巨大的田螺在鲜鱼店的泡沫塑料箱里一拱一拱地蠢蠢欲动也好，用珍珠来支付也好，现在深冬对此都见怪不怪了。

她开始慢慢适应这个世界。

可是，一直紧跟在人群后面的真白"嘶嘶"地嗅着气味，不断防范着周围。

"深冬。深冬，快看。"

她大声地呼唤在人群中格外醒目的深冬，告诉她，商业街的人们在屁股上发生了异变——所有人都长出了相同的尾巴。那尾巴粗粗的，除了尖端带着白毛，其余部分都是橙色，和趴在深冬肩上的那只狐狸非常相似。然而，无论真白如何设法引起深冬的注意，如何努力地告知事实，深冬始终稀里糊涂的，好像完全没在听，也意识不到一丝异常。

沿着商业街的大路直走，快走到车站的时候，抬着深冬的队伍突然停了下来。

从车站的方向传来了华丽的音乐声，而且越来越近。

车站位于坡道之上，从海拔较低的商业街过去必须爬一段阶梯。整条阶梯有三层楼那么高，所以下面的人很难知道上面的情况。哪怕能听到声音，也不清楚发生了什么。不久，声音越发近了，面前那条挡住视线的灰色阶梯上方出现了一面透明的极光色旗帜。

"那是米是留先生的婚礼！"

那些围着深冬的商业街居民齐声欢呼，鼓起掌来。鸡肉专卖店的由香里、果蔬店的熟悉店员、中华料理店穿白制服的厨师长都在拍手欢迎，于是，深冬也跟着拍起了手。

天空透出一种缥缈得令人困倦的颜色。深冬感到很惊讶，这片天空就像鹌鹑蛋的壳的内侧一样，蔚蓝中掺杂着柔和的黄色。万里无云，但珍珠雨依然在下。

对婚礼来说，这样的天气真是再完美不过了。队伍中出现了彩旗、管乐队和弦乐队，后面还有合唱队，他们高歌着走下阶梯，进入了商业街。在撒着纸片的花童后面，新郎和新娘现出了身影。

起初深冬还在鼓掌，可她的动作渐渐慢了下来，在看清那两人的面孔时，她的手停住了。

"真的假的？那不是崔君和原田小姐吗！"

道场的代授师父崔和事务员原田正相视而笑，缓缓地向前走着。崔身穿白色燕尾服，原田则是一袭婚纱，两人的胸前都贴着一块长方形的布片，崔的贴布上是深红色的"米是留"三个字，原田的则是"羽瓜"（注：在日语中，"羽瓜"与"哈乌丽"的发音相同）。

"等……等一下。"深冬拼命扭动身躯，冲抬着她的三个人喊，"让我下去！"

三人一惊，手上的力气一松，深冬便趁机跳到地面上，挤进人群里。可是，商业街的每家店铺和附近的每户人家都敞开了大门，居民倾巢而出,深冬无法接近婚礼队伍。

肩上的狐狸嘶吼着,发出了抗议。深冬也顾不上那么多了,用自由泳的动作艰难地拨开拥挤的人潮,好不容易见缝插针地钻到了最前头,这才喘了一口气。

走在婚礼队伍最前面的旗手们举起极光旗,人群立刻像被摩西分开的大海那般退向两边,让出一条道路。崔和原田笑盈盈地向众人挥着手,很快就要来到深冬的面前了。

"崔君!原田小姐!是我,我是深冬啊!喂!"

于是,队伍忽地停了下来,音乐也戛然而止。崔和原田缓缓地望向深冬。

"那是哪位?"

他们果然不记得了——深冬明显遭受了打击,双手颤抖着。变回人形的真白追赶过来,握住了她的手。真白的手和深冬的一样,又小又纤细,不过十分温暖。

"没关系,只是现在而已。等抓住了偷书贼,等世界恢复原状以后,大家也会恢复正常。"

真白用乌黑的眸子直直地望着深冬,不像在撒谎。深冬点头,也握紧了她的手。

"爷爷,那位是……"

听到崔的询问后,旁边那位清瘦的老人躬身答了一句"是",严厉地板着布满沟壑的面孔,向深冬她们走来。这位秃头老人弯腰驼背,身体像一条柳叶鱼,头上和衣服上系着红丝带,胸前贴着写有"侍从"的布片,而在现实世界里,他是"书籍之谜"书店的老板,单名一个"要"字。深冬还在上幼儿园那会儿,有一次在公园里边吃零食边看绘本,结果被这位要翁怒斥:"不许边看书边吃东西!"他甚至十分鄙夷地加了一句:"没想到御仓家也有不爱惜书的人啊。"从那以后,深冬就恨透了这位老店主。

"扰乱婚礼之仪,实乃无礼之徒,报上名来!"

就算变成了书中的世界,要翁还是那位要翁,深冬不禁笑了出来。

于是，要翁更是气不打一处来，酷似火男（**注：日本一种传统面具，形似中年男性，通常有嘟起来的吹火嘴，有时会歪向一边**）的面孔红得像煮熟的章鱼，甚至从耳朵和鼻孔里喷出了蒸汽。就在这时，果蔬店那位熟悉的店员用发卡重新固定了一下刘海，介入他们中间。

"喂喂喂，你干吗大喊大叫的？这位小姐可是把暗夜大黑猫赶跑的英雄啊！"

话音刚落，婚礼队伍就沸腾了，要翁的面色就像头上浇了墨水那样，从上到下变得铁青。

"万……万分失礼。原来是您驱走了无礼之徒桂是留（**注：在日语中，"桂是留"与"克泽尔"的发音相同**）派来的那只棘手的暗夜大黑猫，鄙人实在有所不知。"

要翁弯着柳叶鱼般的身子，猛地低下头来。深冬见状也慌了神，连忙出声制止，赶紧让他抬起头。

这可真够神奇的。本应十分熟悉的人物有了不同的人格，并且表现得如此毕恭毕敬。就连父亲不在时对她很照顾的崔和用点心作为小费犒劳她的原田也纷纷鞠躬，举手投足就像漫画里出现的旧时贵族。

"请允许我一表感激之情。您有什么想要的东西，有什么想实现的愿望，只管畅所欲言。"

"想要的东西？比如还没买的漫画？游戏？不不，这怎么好意思？还是算了。"

"那您有没有什么烦恼呢？"

一身华服更显靓丽的原田用水灵灵的眼睛凝视着深冬。于是，深冬语无伦次地答道：

"那……你们能帮我找到贼吗？有人从我家的书架上偷了书，但我完全找不到关于贼的线索。"

深冬从来没想过，这个请求会引起多么大的骚动。此时她还不太明白，面前的这个人不是被她视为哥哥的崔，而是繁茂村的村长。

贴着"米是留"布片的崔大声下令，要对读长镇的所有人做一次背景调查。于是，婚礼队伍中那些贴着"宪兵"布片、体格强壮的男女立刻扑向手无寸铁的居民们。商业街顿时陷入了混乱。

"等等!这就太过分了吧!我不是这个意思,只要抓住那一个坏人就够了!"

可深冬的声音被震耳欲聋的怒吼和尖叫淹没,根本没有人听见。肩上的狐狸用爪子深深地抓着她的西装外套,瑟瑟发抖,她甚至能感觉到疼痛和颤动。

"没事吧,深冬?"

听见真白的呼叫后,深冬转过头去,只见对方吃惊地瞪大了眼睛。

"耳朵……"

"什么?"

"深冬,摸摸你的头顶。"

深冬产生了一种不祥的预感。她小心翼翼地把手伸到头顶一摸,发现自己的脑袋上长出了两个毛茸茸的尖尖。那手感如天鹅绒般柔滑,明显是野兽的耳朵,但她能清晰地感受到手的触摸,毫无疑问那是她肉体的一部分。而且,她的身后还长出了一条尾巴。她大叫起来。

"耳……耳朵,长出耳朵了!还有尾巴!"

周围的人霎时间鸦雀无声。大家不再抓来挠去,所有目光齐刷刷地集中到了她们身上。先前是欢声笑语,刚才却大打出手,而此刻,商业街的空气凝固了。

居民们的眼中透出一股冰冷。所有人的头顶上都"唰唰"地生出了两只兽耳,屁股后面耷拉着一条粗粗的橙色尾巴。深冬抓着真白的手臂使劲摇晃。

"大家到底怎么了?"

"刚才我就看到尾巴了,就像狐狸那样……"

"这也太糟糕了吧!你怎么不早点告诉我呢?"

"不,我告诉过你了,可你完全没在听……"

"好吧。那为什么是尾巴和耳朵呢?"

"我也不知道,总之我们走吧,得快点抓住偷书贼!"

深冬面色苍白,拨弄着头顶那对浓毛耳朵。真白支撑起她,左手抱着她的肩，右手滑到膝下，然后使劲蹬地面。

她们飞起来了。高度不如刚才，大概和建筑物的窗户差不多高。真白飞得像在滑滑雪板一样。强风撕扯着耳朵，发出"嗡嗡嗡嗡"的响声。深冬扑在真白的怀中，一手抵着肩上的狐狸，防止它掉下来，同时专注于分析：

"我明白了……我猜，这个世界并没有完全按照那个故事的走向在运转，而是根据读长镇微妙地做了些定制。镇上的人都有对应的角色，崔是贝泽尔，原田小姐是他的恋人哈乌丽。对吧，真白？"

"嗯，我想应该是这样的。"

"但我没有角色，我仍然是御仓深冬。这就是大家都注意不到我的缘故，因为我不是故事的一部分，我不该在那里。"

尽管仍有些困惑，但遭遇紧急情况之后，深冬的头脑反倒开始清醒了。在强风的吹拂下，长发贴着她的脸，有一撮还钻进了嘴里。深冬不耐烦地伸手把它拿开。

在御仓馆里，昼寐姑姑被关在水晶中，她的眼皮上写着"母"字，肯定也是这个原因。

"我说，真白，在《繁茂村的兄弟》这个故事里，贝泽尔和克泽尔的母亲死后是被关在水晶里吗？"

"答对了。你好厉害啊，深冬，他们的母亲去世后被葬在土里，接着水晶包裹住了她的全身，这样一来，她就不会腐烂了。"

"果然不出所料。也就是说，昼寐姑姑扮演的就是母亲这个角色？这么说来，克泽尔应该也在镇上某处吧？那么，人们会变成狐狸，也和故事里一样，对吗？"

不管发生多么奇妙的事，一切都是按照故事的情节在发展。这么一想，深冬感觉轻松了一点。这就像在看一部知道结局的恐怖电影。可当她正要放下心来时，真白否定了这一点：

"很遗憾……回答错误。《繁茂村的兄弟》里完全没有出现过和狐狸有关的内容。"

深冬愣愣地张大了嘴。

"什么？那为什么……你告诉我，这个故事的结局是什么样的？"

真白忽然沉下脸，难以启齿般揭露道：

"村子会毁灭……"

"什么?!"

"村子会归为灰烬。珍珠雨消灭了所有植物，哈乌丽被痛恨她的村民逼得逃去了天上，再也没有回来。失去爱人的贝泽尔怒不可遏地要杀死克泽尔，结果遭到反杀，丧了命。虽然克泽尔活了下来，但因为再也没有降雨，河川枯竭，房屋坍塌成沙，村民全被晒干了——村子就这样毁灭了。只有珍珠雨滴永远地留存下去。故事到此结束。"

"怎么会这样……"

深冬愕然地俯瞰着小镇。天上下着白色的珍珠雨，地上是由棕色、蓝色和白色的屋顶构成的一片马赛克，行人影影绰绰。实际上，植物已经开始枯萎了。深冬缩回冰凉的手，拳头攥得紧紧的。

"可也不至于毁灭吧。"

"魔幻现实主义小说往往是以村庄或城镇的毁灭告终的哦。"

"哎呀，重点不在这里啊！虚构的故事也就罢了，可要是这儿真的毁灭了，那就太可怕了！"

夜里飞行的时候周围太暗，以至于深冬现在才发现，天空和读长镇的交界处弥漫着一层淡黄色的烟雾，就像一堵墙似的包围着小镇。她既看不见河对岸，也看不见铁路桥的尽头。读长镇仿佛被罩在一个大棚里。

"真的呢，就和你说的一样，只有读长镇被诅咒了。动画片和游戏里的结界肯定就是长这样吧。"

往来的人群会怎么样呢？读长镇以外的居民会遭到诅咒吗？外来的人也会遭到诅咒吗？汽车呢？电车呢？深冬左顾右盼，找到了铁路——轨道上没有一列电车在运行。

谜团太多了。突然，深冬想起傍晚去道场时崔向她提起的那通奇怪的投诉电话。有人说警报装置响了，但崔和其他人都说没听到响了。

深冬总觉得哪里不对劲，但信息点太分散了，没能凑成完整的图像。

在空中滑行了几十米后，真白落在步武入住的医院的屋顶上，把深冬也放了下来。屋顶上原本好像长了成片的青苔，现在已经被珍珠掩盖，透过颗粒之间的缝隙可以看见变成了褐色的苔藓。

深冬的狐化还在继续，连她的手脚和面孔都覆上了橙色的绒毛。

"我正在一点一点地变成狐狸……"她盯着自己的手自言自语，"啊——我好像明白，又好像不明白！"

与此同时，一波缤纷多彩的原色光点忽明忽暗地从笼罩着读长镇的烟雾尽头向她们聚拢过来，眼看着越来越大。而且不止一处，四面八方都有。原来是最早出现在御仓馆的彩旗群。

位于彩旗群最前头的是刚才飞出去寻找偷书贼的书店店员。他们的动作整齐划一，身上翻飞着五颜六色的围裙，双手像翅膀一样张开，笔直地朝深冬她们飞来。

"贼！"

"找到贼了！"

"全体降落，降落！"

听到声音后，深冬仰望天空，只见一面能轻松吞没整栋医院的巨幅彩旗正在头顶上展开来。

"我晕！"

怒火中烧的书店店员像在撒网似的扯着连绵的巨旗，试图盖住整个小镇。

这时，原本静静地趴在深冬肩头的狐狸惨叫一声跳下地，如脱兔一般逃跑了。

"啊，你去哪儿！"

深冬伸出手打算拦住狐狸，那个瞬间她的脑中好像劈过一道闪电。狐狸跑向医院屋顶的角落，从围栏的空隙间跳了出去，本以为它会抓住那面正要包住医院的绿旗，结果它"砰"的一声弹开，就势滑翔而下。

"真白，快去追那只狐狸！"

可是，真白好像还没掌握状况，说："别管那只狐狸了，我们得赶快躲开这面大旗！"面目狰狞的书店店员们全身喷着愤怒的热气，已经逼到了眼前，但深冬不由分说地抓住真白的手腕，向屋顶的围栏跑去。

"听好了，那只狐狸就是偷书贼！真该早点发现才对！"

深冬一字一句地告诉她。

照真白所说，原作《繁茂村的兄弟》中并不存在狐狸。为什么会是狐狸？深冬不得而知，总之出于什么其他的规则，人类被狐化了。反过来说，这个世界里的狐狸极有可能原本是人类。

"你看，人类是一点一点变成狐狸的，得花上不少时间。虽然我的耳朵已经是狐狸的模样，但我的手仍然是人类的形状。也就是说，变化并不是立竿见影的。可当我看完书离开御仓馆时，那只狐狸就已经是狐狸了。这意味着它比其他人更早来到这个世界。除了触发诅咒的偷书贼，根本没有其他可能嘛！真白，快飞！飞起来去追那只狐狸！"

深冬喊着，拉起真白的手从屋顶纵身跃下。下落速度太快，深冬紧紧地闭上了眼睛，而真白睁大双眼，伸手环住深冬的腰支撑她，然后用那双雪白的长腿蹬了医院的外墙一脚。

真白和深冬飞起来的同时，书店店员们也掉转了方向，大旗紧随其后。深冬紧紧抓住疾驰的真白，迎着猛烈的风，眯着眼睛追踪狐狸的身影。狐狸顺着电线杆间的电线，跨过广告牌和路边卡车的车斗等障碍物落到地面，然后向车站跑去。

"在那儿，真白！去车站！可恶，亏我还救了它！"

真白蹬着电线杆，一蹦一跳地从站台的屋顶之间滑到铁轨上。铁轨上停着常见的蓝色电车，真白和深冬从车旁挤过，来到了站台上。

不过，那只狐狸停在了检票口前方。自动检票机的挡板门高度齐腰，即便没有票，像狐狸这样的大小也能从下面钻过去，就此离开站台。可是，狐狸没有穿过检票口，而是朝售票处的花坛那边跑去。深冬和真白对视一眼，从挡板门上方跳过去，继续追赶狐狸。

读长镇的天空已经被巨大的旗帜覆盖，建筑物和人们都被染成了红色、蓝色和绿色。要是不化解书店店员们对偷书贼日积月累的怨恨，怒发冲冠的他们杀到车站也不过是时间问题。

逃亡中的狐狸的目标是投币储物柜。车站前的花坛对面有一墙黄绿色的投币储物柜，共有二十扇小门、十扇中门和四扇大门。狐狸正在其左端拼命地上蹿下跳。它完全有足够的时间可以逃跑，但就算看见了深冬她们，它还是不停地跳着。

"这是在干吗……"

深冬走过去，狐狸扭过头，一脸愠怒地用圆圆的前爪往上指。那里是储物柜的最上层，有着一排大门。储物柜是钢制的，狐狸大概没法靠爪子爬上去。深冬代为效劳，伸向储物柜的把手，但柜子上了锁，不管怎么拉，也只是一个劲地摇晃。

"还上锁了。"

深冬咂嘴，叉着腰说道。狐狸"噌噌"几步，灵巧地爬上她的肩头蹲好，前爪攥着两根不知从哪里捡来的发卡。

"难……难道……"

狐狸歪着嘴角，露出坏笑，把深冬的手臂当成踏板踩上去，然后将发卡插进储物柜的钥匙孔。一阵动静过后，传来锁被打开的声响。

下一个瞬间，储物柜的门猛地被顶开，大量书籍像瀑布一般从里面涌了出来。

封面印着白底墨色弯腰人像的书、城市盘得像团蚊香的绘本、大红色的书、画着戒指的书、封面印着戴怪鸟面具穿丧服的人的书、比海还蓝的书——各式各样的小说读本被解放出来，一到外面，书页就像翅膀一样展开，飞向了远方。

望着书本变成鸟儿展翅翱翔，围裙翻飞的书店店员们消了气，遮天蔽日的旗帜也迅速地瘪了下去，消失得无影无踪。

不知不觉间，日头西沉。在被染成暗红色的天空下，深冬目送着书本渐渐融入夕阳，差一点就让狐狸逃了。那狐狸悄悄从她的肩上跳下来，蹑手蹑脚地打算溜之大吉，但真白一把钳住了它的脖子。

狐狸惨叫起来，可真白的力气很大，它怎么都逃不掉。

"简直一点也大意不得。"

深冬盯着狐狸，像铐手铐似的用双手抓住它的前腿。

而这时，地面突然剧烈地震荡起来。

当深冬睁开眼的时候,她发现自己正仰躺在御仓馆二楼书库的地板上。尘埃与霉菌混杂的旧书味和甘甜香醇的酱油味刺激着她的鼻腔。

一头雾水的她打算用手肘支起身体,但或许是睡在硬地板上的缘故,浑身都僵得要命。

"疼疼疼疼疼……咦,真白?"

没人应答。深冬坐起上半身,挠着后脑勺四下一看,只有高耸到天花板的厚重书架矗立在两侧,没有他人的气息。狐狸也不在。只有一盒烤鸡串和一个果蔬店的塑料袋寂寞地待在她的身旁,散发着美味的香气。烤鸡串并没有变成鸡的样子。

"咦……是梦?"

书库里一片静谧,只是悄悄地等待着读书人的到来。深冬下意识地抬头一看,只见书架上挤满了书,没有一层是空的。

她揉了揉关节站起身,捡起烤鸡串,把手放在盒子底部试探。还带点微热。看来她没睡多久。

究竟是回到了现实世界,还是只是做了个梦呢?为了让混乱的头脑平静下来,深冬从头到尾检查了一遍书库,看看有没有空了的书架。结果,所有书籍都整齐地收在书架里。那个长着狗耳朵的少女真白和那只偷书狐都不见了踪影。

深冬走出书库来到走廊,只见昼寐仍睡在地板上。水晶和她眼皮上的"母"字已消失了。

"喂,姑姑,这样会感冒的。"

昼寐只是打了一声鼾,没有醒来的意思。深冬无可奈何,只好将扔在沙发上的毯子拉过来,给昼寐盖上。这时,矮桌上的一本书引起了她的注意。精美的布制包装上描绘着常春藤的图案。书的标题是——

《繁茂村的兄弟》。

深冬惊讶得心跳都快停了,不小心呛了几口。然后,她用颤抖的手拿起了书。这本书比她预想的要轻,手感很不错。翻开封面后,一缕橙色的毛轻飘飘地滑了出来。

这是什么毛?是狐狸毛吗?深冬感觉自己的心脏扑通扑通,跳得很响。她转过头,俯视着仍在酣睡的姑姑。

"要是我把刚才的事告诉她,结果被她嘲笑我是在做梦,那可就太讨厌了。"

深冬叹了一口气,沿楼梯往下走,走到一半后,又像改变了主意似的跑回去,把那本书放进了背包。

御仓馆外,太阳已经落山,西边的天空仍带着些淡淡的橙色。旧书店街上,下班或放学回家的人们正在均价一百日元的书架前淘书,远远地还能听见豆腐店的笛声。

天上没有下珍珠雨,也没有彩旗到处飞扬。那位熟悉的胖墩儿常客正站在书架前,深冬经过他的身边时,听到了他的问候:"御仓家的小姐,你好!"

然而,感到安心的同时,一种古怪的寂寥也涌上了心头。走在回家的路上时,她一次又一次地回头去看。她盼望着狗脑袋的真白此时还追在自己的身后,但街上的行人和往常一样:和朋友谈笑着一起回家的初中生、骑着车用儿童座椅载着孩子的父亲、拎着超市购物袋的女性,等等。他们并不会突然冲上天,也不会贴着奇怪的布片说起奇怪的话。

深冬抬头望向开始变成青金石色的天空,想象起某个竖着银杆、黑猫直叫唤的地方。明天还是星期六,一想到是休息天,她就高兴。

真是好久都没有这么渴望看书了。深冬不禁忆起自己还穿着幼儿园园服那会儿,津津有味地翻看摊在膝头的绘本时的情景。

深冬只是对后续——对书的后续非常好奇。她想知道更多关于那个世界的故事。

第二章

被困在『全熟水煮蛋』中

白球划出一道弧线，飞向像是泼满了亮蓝色油漆的天空。第四节课，身穿运动服的学生们在操场上仰望着被击到高空的球，相互大喊着"往那边去了"。预测的下落地点在右方，只要守右外场的御仓深冬能接到球，就是三人出局了。

然而，深冬始终愣在原地，仰头望天，连戴着手套的左手都未曾举起。直到球"啪嗒"一下落在身旁，她才回过神来急忙去追，但已经晚了，球蹦跳着越溜越远。"喂！""干吗呢！"同学们的抱怨声犹如芒刺在背。好不容易追上球一把抓住，此时宣告下课的铃声也响了。

午饭时间，同学们随心所欲地换起座位，有聊天的，有狼吞虎咽地吃着面包或便当的，到处笑声不断，吵吵嚷嚷。再加上走廊里的奔跑声，打闹时碰上门或墙的撞击声，噪声大得相隔一米都听不见对方在说什么。十几岁的孩子爆发出的生命力仿佛随时会撑破教室。

深冬啃着上学路上在便利店买的炒面面包，向总在一起吃午饭的同学发起牢骚：

"社团活动也就算了，体育课干吗那么较真？"

"别放在心上。我也是，随便挥挥棒还被'山椒'骂了。"

坐在对面的广川轻描淡写地一语带过，嘴里的肉圆顶得她的腮帮子鼓鼓的。"山椒"指的是菊地田，他是学校里的体育老师，同时担任副班主任。学生时代曾是体操运动员的菊地田经常用"山椒虽小，辛味十足"来形容自己的小个头儿，所以学生们就管他叫"山椒"。

目前，和深冬一起吃午饭的伙伴就是广川和箕田两人。升上高中才一个月，由于座位按姓氏的日语五十音顺序来排列，她们坐得比较近，便自然而然地开始一起吃午饭，一直持续到现在。不过，深冬总在暗暗地想：差不多快解散了吧。当前大家只是顾忌着彼此，谁都没法提出拆伙，但说不定从明天开始的连休结束以后，情况就会轻易地发生改变。喜欢漫画的广川最近似乎在班上找到了更好相处的同学，刚才她也早早地厌倦了体育课的话题，不时去隔壁的小组探头探脑，聊着深冬和箕田所不知道的人物；另一方面，箕田夹在两个讨厌体育的人中间，好像也是浑身不舒服。箕田从小学起就专攻排球，身材颀长的她坐在座位上时只能憋屈地猫着背。注意到深冬正在看着自己后，箕田尴尬地移开目光，但这种态度让深冬更加好奇了。

"怎么了？"

"没什么……啊，刚才的垒球课，你怎么那么心不在焉？是有什么烦恼吗？"

"啊……"

这回轮到深冬不得不移开目光了。

她无意中在垒球课上发呆，是因为在想心事，否则，为了不遭人唠叨，她早就假装努力去接球了。可是，这件心事甚至让她忘了假装努力。在过去的几天里，她总会不由自主地回想起一周前发生在她身上的怪事。

藏书家曾祖父建造的书库——御仓馆中有书失窃，书籍诅咒因此发动，深冬不得不在被封入故事牢笼中的小镇上追赶偷书贼。

深冬试图把这段经历当成一个梦。毕竟当她回到家打开背包后，她发现从御仓馆带回来的《繁茂村的兄弟》——也就是诅咒源头的那本书——竟然不翼而飞了。再睡了一宿之后，她更坚定地认为，那世界毫无疑问就是一场梦。第二天，深冬去御仓馆看看情况，倒是碰上了醒着的昼寐，但姑姑没有特别提起什么。

"谢谢你的烤鸡串哦。"

昼寐随口道了声谢，然后只问了问住院的步武状况如何。深冬实在不好意思说出"一个长着狗耳朵的白发女生突然出现，硬要我看书，之后镇上就变得好奇怪啊，夜晚是一只巨大的黑猫，还下起了珍珠雨"这样的话。她觉得自己已经不是会把夜里做的梦讲出来博人一笑的小孩子了。抱着这种念头的深冬只能对姑姑说："今天我也会买点吃的送过来。"

即便如此，她还是会在不经意间反复回味起那段清晰的记忆。刚才也是，那个沿着一道弧线高飞的白球与变身为白狗的真白重叠到一起，让她一时间僵在了原地。

在那个世界里，深冬从冲上云端的银杆上救下一只小黑猫，然后脚下一滑，一头栽下。所幸变成狗的真白飞快地跳下去，追上了她，一切平安。如果是梦，或许也摔不死，但无论如何，现在闭上眼睛，那片美丽的白色仍历历在目，柔软皮毛的触感也鲜明地停留在手中。

——那女生到底是谁？难道是我的大脑创造出来的幻象吗？

下午上课时，深冬还是不断思考着这个问题。班会的铃声响过后，她走在走廊上，有人拿着文件之类的东西从身后轻轻地敲了她脑袋。她生气地回过头，只见眼前的人是"山椒"——体育老师菊地田。

深冬嫌恶地想：浑蛋，欺负我是学生，这么随便地打我的头。同时，她嘴上问了句："干吗？""山椒"露出一口白牙，晒得黝黑的脸庞上用力地挤出了一个灿烂的笑容，简直像在咫尺之间开了一盏日光灯。

"从刚才开始你就一直在犯迷糊吧？亏你还是道场师父的女儿，注意力一点都不集中啊。"

——关你什么事？柔道家父亲又不是我自己想要的。

深冬挠了挠后脑勺刚才被敲到的地方，头发有些毛毛躁躁。

"你爸爸的情况怎么样？"

"算是慢慢在恢复喽。"

"明天我去探望他。是在读长镇车站前的医院吧？"

"我晕，为什么？"

"老师也是会受伤的好吗……不许说什么'我晕'！步武先生在柔道等方面很照顾我，再说了，明天我正好有事要去读长镇一趟。"

道场师父步武曾表示要为当地做贡献，每个月面向小学生开设一次免费的柔道课，还去高中担任柔道社的特别讲师，给学生做指导。深冬就读的高中也是其中一所，体育老师菊地田去探望他倒是合情合理。可万一对方示意让她一起去，那该怎么回答呢？她搜肠刮肚地找起了拒绝的借口。明天开始就是难得的连休了，要是头一天还得和老师碰面，那就太烦了。

菊地田到底也看出了她的心事，叉着腰说：

"哎哟喂，放心吧，我不会叫你陪着的。只有我和三木两个人去。再说了，我们都是成年人，知道怎么去探望医院里的病人。你就好好享受连休吧。"

"那就好……等等，三木老师也去？"

"他说上午得去考察一下读长镇的艺术馆。那家伙看上去挺聪明的，但其实是个路痴，所以得由我带着他。"

三木是学校里的语文老师，还担任隔壁班的班主任。除了语文课，他与深冬没有交集。三木身高将近一米九，面色苍白，留着油腻的长发，整个人死气沉沉的，而且上课时每隔十分钟就会长叹一声。三木和个子矮小、留着板寸头、皮肤黝黑的菊地田在性格和外表上截然相反，但或许是某些方面很合拍，深冬经常看到他俩在一起。

不过，深冬觉得有点蹊跷。为什么语文老师和体育老师要去艺术馆考察呢？还是去她的老家……她所就读的高中位于曾场市，毗邻读长镇，平常都借用曾场市内的设施。

"啊。"菊地田似乎察觉到她的困惑，重重地点了点头，开始解释，"三木不是文艺社的顾问吗？他说这次要和读长高中联合举办一场朗读剧。这次考察就是为了这事。"

原来是这样，既然要和镇上的高中合办活动，那么体育老师大老远跑去读长镇也就说得通了。可听到"文艺社"这个词的瞬间，深冬内心的温度又瞬间跌到了冰点以下，整个人慢慢往后退去。

"这样吗？那好吧，请多关照。我现在得回家了！探望的事就请自便吧！"

"啊啊，喂！记得向你爸爸知会一声，明天我和三木去看他，大概午休一过就到！"

——烦死了。

深冬把这话吞下肚，只含糊地回了一句"好——"，然后往换鞋处跑去。

对深冬来说，这世上她最不想接触的就是文艺社。御仓馆藏有古今内外的大量小说。在三十年前遭遇失窃后，珠树奶奶便下令停止对公众开放，只允许家族成员进入。因此，身为御仓家的一员，深冬此前就曾多次被想进入御仓馆的古籍爱好者和书迷套近乎，差点中了他们的计。

记忆中最难抹去的一次经历是：某天，还在读小学低年级的深冬带着一位"喜欢旧书的大姐姐"进入了御仓馆，她只是想满足那个大姐姐"进御仓馆看一看"的愿望。可当时还健在的珠树奶奶神情大变，飞奔而来，先是极其冷淡地把正在玄关脱鞋的那位"喜欢旧书的大姐姐"赶了出去，然后当场对着深冬劈头一顿大骂，凶得能把人吓哭。

"蠢丫头，你居然这么容易就上当了。干吗相信别人？这世上能信任的只有御仓家的人。你得把御仓馆的藏书看得比自己的生命的价值还高！"

奶奶毫不留情地把年仅八岁的孙女痛骂一顿，然后走回二楼的书库。光线昏暗的玄关大厅充满旧书的霉味，只剩下深冬一个人不停地抽泣，哭肿了脸。她原本就很怕和待人严厉、不轻易露出笑脸的奶奶相处，之后越发讨厌那个老太婆。这件事成了她远离书籍的一个原因。

从此，深冬对任何以"御仓家的"这个词为开头搭话的人都保持警惕。最近还有人邀请她加入文艺社，只有保持清醒的头脑，才不会给别人可乘之机。珠树奶奶已经不在世上了，深冬也从没想过要遵守奶奶的吩咐，她只是同样不想被别人利用。

离开学校坐上电车后，深冬回到了河对岸的读长镇。她在车站前的小点心店买了些饼干来到医院。父亲说即将开始康复治疗，深冬则告诉他，三木老师和"山椒"明天下午会来探望他。步武挠着胡子拉碴的下巴，害臊地笑了起来。

"这可真不好意思。我和那两个人算是老冤家了。深冬，明天上午你能不能给我买点饮料和点心带过来？哦，对了，还有书。"

"饮料和点心倒没问题，但还要书？之前带来的那些呢？不是都有五本了吗？"

"那些我早看完了。而且医院商店里的书也很少。我想看翻译的书，若叶堂应该有，拜托了。"

深冬觉得书什么的大可以忍到出院再看，但她太了解书虫这种生物的天性了。

"回头我准备写一本关于'虫'的图鉴。我要这么写：'书虫——天性：会立刻把想看的书弄到手。'"

"到底是我的女儿，真会说啊。"

"哪里！钱可得给到位哦。"

深冬分毫不差地收下了用来买点心与书的三千日元，还有一张写了书名的便笺。她把父亲换下的衣物塞进背包里，离开医院前往她常去的商业街。今天，她从摆在"中国家常菜口福楼"门前的熟食摊上买了一个表面焦黄、令人垂涎三尺的韭菜包，还有一份淋满了葱油的口水鸡。排风扇吹得大红色的门帘摇曳，老板夫妇利索地把菜往袋子里装，据说他们来这里已有十年。

"蔬菜呢？不要吗？"

"不要了，明天再吃。"

系着粉色花围裙的老板娘瞪了一眼这个不爱吃蔬菜的孩子，又装了些卷心菜丝和榨菜，算是送她的。

回家途中，深冬经过读长镇的特色之一——书店街。这里不仅有大型连锁书店，还有时尚的个体书店和绘本专卖店，以及服务于提升阅读体验的杂货店、以自带活动会场为卖点的书店等，彰显时下流行的店铺也是一家接一家。

然而，此时，这里和往常有些不同。现在才下午四点，绘本专卖店的店员就开始收拾门前的手推车了，而在一家设有活动会场的书店之中，好几个人在橱窗那边贴着好多张海报，上面写着"悬疑小说家三室佐津人座谈会"，有位顾客从店里跑出来叫人："收银台能不能来个人？"

所有店面看起来都忙忙碌碌，顾客们大概也静不下心来逛，匆匆地散去了。

只有始于昭和时代的老店——"书籍之谜"书店门前，有位白发苍苍的老人仍泰然自若地抽着烟。深冬很不喜欢和这位身形瘦削、弯腰驼背、单名一个"要"字的老板打交道,但还是试着问了他一句:"大家这是怎么了?"

"有采访,"要翁噘着布满皱纹的嘴唇,吐了一口紫烟答道,"就是老一套嘛,说是明天来。"

这么一说,深冬算是明白了。读长镇是"书乡",每年总有那么一两次登上杂志或电视的专题栏目。镇上既有要翁这种不管采访还是下雪都无动于衷的人,也有为了体面地出镜和顺便做一波宣传而努力奋斗的人。深冬谢过要翁,继续沿弯弯的道路向前走。

去御仓馆转过一圈后,深冬终于踏上了回家的路。从书店街穿过小巷后来到宽阔的大路上,背对着御仓馆和旧书店街沿一条缓坡往下走,再经过道场,就是深冬和父亲两人居住的公寓了。

公寓建于二十年前,多少有点岁月的痕迹,两栋带三角屋顶的三层楼房像双胞胎似的紧挨着彼此。杂草和灌木围着小停车场肆意生长,这里已然成了当地野猫的栖息地,这是步武和深冬都不擅长打理植物造成的。公寓的原主人即第一任房东是珠树奶奶。自出生以来,深冬就一直住在这里。现在父亲步武成了房东,但他又要管道场又要管御仓馆,无暇顾及这里。雨水檐是歪的,被太阳晒得褪色的外墙还是很早以前粉刷的,屋顶下方出现了一条条雨水留下的黑色印记。

深冬打开信箱,邮件里混着一张房地产公司的传单,上面印了一行字:"您的房产,我们买了!"深冬叹了一口气,把邮件夹在腋窝里,抓着在她看来土里土气的雕花扶手,爬上了楼梯。

人们常常认为拥有御仓馆的御仓家颇为富裕,但事实完全相反。维持一个没有收入的私人图书馆需要大量资金——用来支付藏书的修缮费、本馆和分馆的维护费以及税金。建造御仓馆的曾祖父嘉市还健在时,馆里会收取参观费和资料提供费,还能通过募捐等形式获得资助,但自从珠树奶奶关闭御仓馆后,收入就变成零了,不得不通过其他渠道来赚钱填补。

亲戚们都不想同麻烦的御仓馆和珠树扯上关系,早早地断绝了来往，现在他们拥有的房产就只剩这栋公寓和道场。来自房客的租金收入和道场学员的酬金总算能覆盖生活、教育和维护御仓馆的费用。

深冬一直觉得，应该尽快把御仓馆和藏书卖掉。这么一来，既能减轻父亲的负担，她也不必再为学费忧心忡忡。没有什么比过上轻松的生活更幸福的了——这是刚上高一的深冬秉持的主张。可每当她这么说，步武就会把一个棘手的问题扔还给她："那昼寐怎么办呢？"

打开位于二楼的自家房门后，深冬点亮走廊和客厅的灯，对着空荡荡的房间说了句"我回来了"，这使她越发感受到屋里的寂静。不过，从小学开始，深冬就带着钥匙自己上下学，对此也早已习惯了。她把父亲的衣服扔进盥洗室的洗衣机里，然后洗了洗手，一边解开校服西装的扣子，一边走进厨房，把熟食的袋子和邮件放在胡乱堆着纸巾盒、报纸和遥控器的餐桌上。

换好T恤和运动裤后，深冬打开电视，吃起晚餐——微波炉加热的米饭、速食裙带菜汤，还有韭菜包和口水鸡。屏幕上是五光十色的演播室布景和一天能看见好几次的艺人们，时不时传来罐头笑声（**注：指电视节目中事先录好的笑声片段，用于代替现场观众的反应**）。然而，搞笑艺人的连珠炮和偶像们的夸张反应一点儿都没进入深冬的大脑。

要发愁和操心的事情太多了。深冬疲惫地嚼着鸡肉，掰着左手的指头数了起来。

恰好在一周前的今天，深冬做了那个奇妙的梦，关于变成白狗的少女和变成狐狸的偷书贼。不仅如此，现实世界中也有堆成山的问题和事情要解决。连休固然让人高兴，但结束后恐怕就得重新寻找一起吃午饭的人了——广川和箕田很有可能会和各自的新朋友吃便当。明天要为去探望父亲的老师们准备饮料和点心，还要给父亲买书。对了，还有公寓的维护。具体来说，她得给植物浇水，联系修雨水檐的工人，和父亲谈谈重新粉刷外墙的事。然后是打工。总之，要是不赚点钱，万事都寸步难行。光是这些，一只手就不够用了。

"还要照顾昼寐姑姑。"

刚才，深冬买完熟食后绕了点路，去御仓馆瞧了瞧昼寐的状况，但最终一句话都没说上就回来了。

御仓馆像河中的沙洲那样被两条历史悠久的旧书店街夹在中间。深冬去时看见,昼寐正和一个陌生的年轻女人在门前交谈。

那女人个子高挑,剃着光头,如海胆般的大耳环十分惹眼。橙色T恤,黑色紧身长裙,雪白的运动鞋,打扮得就像从时尚杂志里走出来的。与之相对,昼寐戴着大框眼镜,用发夹胡乱地夹着头发,身穿四处起毛球的灰色卫衣,脚蹬橡胶夹趾拖鞋。在深冬看来,这套行头可谓超级舒适,但能不能穿着去便利店都得三思一下。

世上没有比这更不搭调的组合了,搞不好两人都没法正常地交谈。深冬觉得自己得去做个中间人,于是大步上前——可下一个瞬间,昼寐竟然笑了。年轻女人好像说了什么笑话,昼寐听得大笑不止。

姑姑真是不识好人心。回过神来的时候,深冬已经甩下御仓馆跑了起来。之后,她把本要带给昼寐的熟食全给了道场的代授师父崔。

深冬也不明白自己怎么会受了这么大的打击,但怨气在肚子里盘来盘去没完,她索性关掉了电视。

屋里重新归于宁静,墙上挂钟的秒针滴答作响。客厅和父亲那间日式房间的门梁上挂着深冬的衣服,昨天傍晚收进来后,她懒得叠放,就这么挂了一天。

要干的事太多了。深冬把咬了一半的韭菜包整个塞进嘴里,扒拉了几口速食米饭,就着裙带菜汤灌了下去。

"真想找个人商量商量啊⋯⋯"

深冬自言自语地嘀咕着,又往嘴里扒了一口米饭。

第二天一早,深冬在电饭煲定时器的响声中醒来。她睡眼惺忪地打开电饭煲,把刚煮好的饭填进便当盒。倒不是要去哪儿野餐,只是昨晚没去给昼寐送饭一事让她心生内疚,并深受折磨。

到若叶堂买完书后,先绕去御仓馆一趟吧。如果昼寐醒着,就问问她昨天那个女人是谁,登门所为何事。深冬边在脑中复述着今天的日程,边往米饭正中间塞进梅干和海带佃煮。

为了防止米饭发馊，得先把便当盒晾凉。深冬在这段时间里做起了外出的准备。她穿上黑色牛仔裤，上面套了件绿白条纹的Polo衫，照着盥洗室里的镜子把长发扎成马尾。然后，她边喝冰镇麦茶边从袋子里拿出圆面包，就这么站着啃了起来——要是父亲在家，这样吃早饭百分百要挨骂。

　　等便当盒的余热散尽，深冬便盖上盖子，装进步武用缝纫机踩出来的条纹布包里，扎紧绳索，然后背上外出用的双肩包走出了家门。跨上停在楼梯下的蓝色自行车后，深冬奋力踩脚踏板，最先往若叶堂骑去。

　　自行车沿着缓缓倾斜的道路前行，从身后吹来的风拂起深冬的衣裳。公寓和独栋别墅林立的住宅区里不时传来孩子们的叫喊和拍打被褥的声音。再往前，有正在歇业的冷清酒吧，还有立着"今日特价"红色幡旗的超市。深冬瞟了一眼，轻快地骑着车从门前滑过。拐进胡同后，她放慢速度，穿过满目绿意的小道来到大路上。前面不远处竖着一块绿色的招牌，那就是父亲步武经常光顾的新刊书店——若叶堂。

　　深冬在店门前下来，把车停在旁边的自行车停放处。走进自动门后，眼前便是堆满了日文小说和散文的新刊展示台。"感动世人""此乃杰作"之类的印刷广告从书堆之间争相冒出脑袋，努力吸引着顾客的注意。右手边是杂志区，左手边是漫画区，再往后是文艺小说单行本和文库本的货架。走到底后，靠墙的架子上摆着一排实用书籍，穿着围裙的书店店员正把从陈列样品中掉出来的附录放回原处。

　　外国文学的书架位于文艺小说区靠里面的地方，不过新刊会被放在稍靠前的展示台上。父亲吩咐深冬买的书就摆在那里，但不知是太畅销还是进货太少，只有孤零零的一本。即便如此，旁边还是摆着一张手写的广告海报，上面写着："这是个会让你匪夷所思地发笑却又充满悲伤的故事，它将永远留在你的心中！"看来店里不乏热爱外国文学的店员，为了推荐本书真是使出了全力。深冬轻轻拿起书，以免碰倒海报。尽管讨厌书，但她也不好意思践踏别人的热情。

　　当她把书拿到收银台时，柜台前站着她熟悉的店员。留着蘑菇头的青年瘦削苍白，以至于从远处看活脱脱就是一根没站直的蟹味菇。他眼睛细长，戴着时髦的黑框眼镜，乍一看仿佛对亚文化相当了解。青年穿着绿围裙，胸前挂了块写有"春田"二字的名牌。

"谢谢光临。"

深冬轻轻点头，春田也鞠了一躬，接过了书。

"是啦！说到营业额啊！"这时，收银台对面突然传来响亮的声音。深冬忍不住向那边望去，只见一个微胖的中年男人——那人留着如破旧钢丝球般的鸡窝头，他就是若叶堂读长总店的店长——正冲三名男女说着话。其中两人身着休闲商务装，另一个人看起来像是摄影师，正忙着按动单反相机的快门。对哦，今天有采访。深冬想起来了。

"可能的话，希望你们能好好报道，顺手牵羊真的很成问题啊。什么？内容不够积极向上？别这么冷漠嘛，有些店因为顺手牵羊都倒闭了呀。"

"那个，付款……"

深冬正出神地看向店长那边，此时春田搭话道。

"啊，不好意思。"

深冬连忙付了钱。她收好书离开若叶堂，骑上车前往御仓馆。

初夏时分，阳光从无垠的蓝天洒向大地，将御仓馆那棵大银杏树的绿叶照得亮闪闪的。这天气其实有点热，谈不上清爽。深冬打开庭园的铁门，将自行车停在花坛前，踩着一块块树影斑驳的踏脚石走向御仓馆。

就在这时，从御仓馆的方向突然刮来一阵暴风。顷刻间飞沙走石，树木枝叶摇摆。深冬赶紧闭上眼睛，用手臂挡住脸，可沙石打在额头和手上，还是挺疼的。风很快就停了，深冬恢复镇定，来到玄关前。

她将钥匙插进门上的锁孔一拧，然后拉把手——可是，门发出低沉的声响卡在原地，并没有打开来。

"……咦？"

深冬又拉了一次把手，发现上着锁，便再次插进备用钥匙拧了拧。这回很顺利地打开了门。

"姑姑是不是忘记锁门了？"

玄关前的蓝色警报灯和平时一样，没有异常。保险起见，深冬大喊一句"姑姑，我进来了"，这才踏进馆内。

御仓馆的走廊静悄悄的。绵密的阳光透过玄关的小窗照进来，浮于空中的粉尘闪烁着细碎的光芒。落地钟的钟摆奏出滴答声，反而令周遭显得更为静谧。深冬能听见衣服的摩擦声，脱下鞋放进鞋柜后，她踏上了御仓馆的地板。

"昼寐姑姑，你在吧？"

天花板上的照明在象牙色的墙壁上投下矿石般的影子。一楼所有书库的门都关着，也听不到一丝声响。深冬看了看鞋柜，发现昼寐经常穿的那双橡胶夹趾拖鞋就放在里面。

可是，有些东西又不同于往常。深冬察觉到某种不可思议的气息，仿佛玩捉迷藏时有人在暗中观察一般，这种感觉令她的心里直发慌。

她顺着走廊来到阳光房。与阴暗的玄关正相反，这个房间十分明亮，一楼到二楼是挑高的设计，有一整面玻璃窗，阳光能倾泻而入。这里留存着过去对外开放时布置的矮桌、长椅和沙发，而昼寐就身处其中。

"又在睡觉……"

昼寐轻轻地打着鼾，睡得正香。她维持坐姿，上半身趴在矮桌上。深冬见她正枕着厚厚的登记簿，心想这么下去肯定会被口水弄脏，便没顾上昼寐，一把将登记簿抽了出来。失去枕头的昼寐一头砸在桌上，可鼾声依旧。

深冬一边惊叹于她熟睡的程度，一边把视线落在登记簿上。这是藏书记录，按照日语五十音的顺序记录着御仓馆中的藏书信息，包括书名、作者、出版社名称、出版日和版次等。页面右侧像字典一样，从五十音第一行（a行）开始排列索引目录。

深冬突然想起一件事，便翻到了五十音的第六行（ha行）。她一一看过正反两面上罗列的条目，从第一段（a段）来到第二段（i段）时，她的手停住了。她没有找到《繁茂村的兄弟》。**（注：日语五十音的音节按每行五个、每段十个来排列。"繁"字的日语发音以"は"开头，属于五十音第**

六行第一段，即ha行a段。）

深冬感到胸口渗入一丝寒意。记录狂人昼寐不可能漏记信息，这意味着至少御仓馆里并没有这本书。她又上网查了查，同样没找到这本书。那个世界的一切果然都是梦。

一切都变得虚无。深冬合上厚厚的登记簿，随手扔回矮桌上。这么一下多少产生了动静，可昼寐仍旧没有醒来的迹象。

把家里带来的米饭便当放下就去医院吧。正当深冬准备转身走向走廊的时候，她发现昼寐的右手抓着一张纸。

已经把那些事归于梦境的深冬从昼寐的手里慢慢地抽出纸条，她只是好奇，想看看姑姑写了什么备忘内容。只见纸上用红墨水画着类似护身符的奇怪图案。

"啊！"

深冬的心脏突突直跳。和那时一样，这个图案是被挤扁的文字，想看的话是能看懂的。

"'偷窃本书的人会被困在"全熟水煮蛋"中'……"

她刚念出这句话，便不知从哪儿吹来一阵风，调皮地在她的脚边打起转来。

和一周前一模一样。深冬攥紧了汗津津的手掌。

"深冬。"

旁边突然传来一个声音，深冬尖叫着向后跳去。雪白的头发，发梢在肩头上摇曳，稍稍张大的嘴，还有充满稚气的面孔。

"真……真白。"

把这名字送到舌尖的同时，一种真实感忽地涌上来。是的，就是她。她是真实存在的。深冬猛地闭眼，再次睁开，确定了真白并未凭空消失。她又用指甲抓抓手掌，也确实感觉到疼痛。

"你记住了我的名字呀。"

少女说着，对深冬莞尔一笑。

"这个嘛，好吧……我还以为你和那个世界都是一场梦。"

"梦。你是指人们在夜里看到的东西吗？"

"那不是当然的吗！"

这女生之前说起话来也是这么奇怪。深冬笑了，而真白一脸严肃，感到困惑。

"我是不用睡觉的。"然后，她盯着趴在矮桌上的昼寐说，"这个人总在睡觉呢。"

深冬担心真白得了什么睡不着觉的病，后悔说了什么不该说的，但她无法从真白的侧脸中读出情绪。此外，她也很在意对方的服装。上次真白穿的是高中校服，而今天是绿白条纹的Polo衫和黑色牛仔裤，和她的打扮一样。

"莫非你是在模仿我的穿着？"

"嗯，当然了。话说回来，深冬——"

"干……干吗？"

"这个。"

真白迅速递来一本黑色封皮的书。装帧看似简约，实则考究，对着光线还会泛出如蛇皮那般滑润的哑光。书名是用白色哥特字体印刷的一行英文：*BLACK BOOK*（《黑皮书》）。

"还真是书如其名……"

"看一看吧。"

这和上次的模式完全一样。深冬预感不妙，瞪着真白问：

"你该不会又要说什么'抓贼'吧？"

"答对了！不愧是深冬啊。"

"你也用不着这么高兴吧……"

"因为你立刻就明白我的意思了，我好开心……没错，又有书被偷了哦。这次是一楼的书库失窃。那属于娱乐小说（entertainment）。快看吧，深冬。书籍诅咒已经发动了。"

真白像友好的狗狗用鼻尖蹭人那样一个劲地靠近深冬，深冬不禁后退一两步，接过了书。少女现在还没长出狗耳朵，不过深冬明白，她可不是普通人。尽管两人只见过一次面，但不知不觉间，深冬对待真白已经比对待学校里的广川和箕田更随性，说话无所顾忌。

深冬摸了摸黑色的书，用指尖描摹着粗糙的纹理。

"可是啊，如果我看了，这世界又会变得很奇怪吧？"

"小镇的确会发生变化。不过，其实从贼偷走书的那个时间点开始，变化就注定会发生了。小镇和书都在等着你哦，深冬。"

深冬下意识地往阳光房的大窗户外望去。变化。天空和她来时一样碧蓝碧蓝的，她那辆蓝色的自行车还停在庭园门口。可仔细观察的话，就会发现有片绿色的银杏叶正悬停在半空中。其他植物也是如此——枝条都保持着被风吹动时那一刹那的状态，就像有人截取了一瞬间的风景贴在窗外那般。

"难道现在时间静止了？"

"从我来到这里开始，小镇就停止了一切运动。要想恢复原状，只有看一看这本书了。"

"我看就是了，真拿你没辙。"

一方面，深冬并不想扯上什么怪事；另一方面，她又感到些许兴奋。

正当深冬想翻开那看上去很冷硬的黑色封皮时，真白叫了一声，抓住了她的手。

"喂，你干吗？"

"对不起，但在这里看恐怕有点麻烦。"

真白的语气里带着歉意，但还是不由分说地紧握深冬的手腕，带着她从阳光房沿走廊回到玄关。然后，她从鞋柜里取出深冬的运动鞋，整齐地摆在换鞋的踏板上。

"来，把鞋穿上。"

"我不懂你是什么意思。"

"今天这么办比较好，这样就没问题了。"

深冬嘀嘀咕咕，穿好运动鞋，坐在有一段高低差的地板沿上，终于翻开了书。

◆◆◆◆

瑞奇·麦克洛伊放下百叶窗帘，点燃一支烟。蓝色的夜里亮起了橙色的灯。

"我们想到一块儿去了，乔。"

透过百叶窗帘的缝隙可以看到，漆黑的巷子里滑入两道前照灯，汽车不偏不倚地停在了大楼的正下方。瑞奇扔下烟，用鞋头碾灭，将一沓文件藏进黑色外套的内袋，然后迅速地离开了这个透着油墨味的房间。

花里胡哨的绿墙纸，幽暗的走廊，彰显高级感的柜子上摆着花瓶，里面插满华贵的大丽花。纷乱的脚步声从楼下向上迫近。瑞奇用戴着皮手套的手拔出一束大丽花，粗鲁地甩了甩，敲响了前方的第二扇门。深灰色的门移开一条缝，探出一双女人的蓝眼睛，她仰望着瑞奇。那是一名风情万种的白人棕发美女。瑞奇的身后传来一阵怒吼，他回头一看，只见大批持枪的警察往他刚刚离开的房间一拥而入。

"你是谁……我可没叫人送花过来。"

女人并未对警察的骚动与突然的来访者流露出胆怯。瑞奇·麦克洛伊勾起嘴角一笑，把那束大丽花塞给对方，自己也趁机挤进了门。廉价的玻璃吊灯照着客厅里的沙发。室内布局和先前的那个房间一样。

"报上名来如何，'约翰·史密斯'先生？"

干燥的风从客厅半开的窗户吹进来，带来了警察们的骂声，还有踢倒家具和打碎玻璃的声音。瑞奇回头看着女人。

"要是有谁问起，你就回答'麦克洛伊来过'。这样，乔应该就能明白了。"

"乔？谁啊？"

"我的盗墓人。"

瑞奇一手按住脑袋上的费多拉帽，穿过窗户来到由铁架搭成的小阳台上。夜空如蝙蝠的翅膀般浓黑，淡墨色的云密布，月光朦胧。风里夹杂着硝烟的气味，喧嚣的闹市区一角回荡着警笛声，奏着一出神经质的交响乐。

瑞奇戴着皮手套抓住铁梯子的支柱，一口气滑了下去。铁的气味和血十分相似。他快步离开大楼，走上冰冷的沥青马路，同时摸了摸内袋，确认藏起来的文件还在原处。浅茶色的文件夹中收纳着一沓纸，其中有两张照片。一张是偷拍的，画面中有两名用帽檐遮住眼睛的男子正在交接一个木箱，上头盖着一块布，而透过交错的缝隙能发现里面装的是书；另一张则是一名俯卧身亡的金发女子，她的周围装点着白色，就像下过雪一样，身边还有一本被撕碎的书。

警察仍在大楼里。目前还没有迹象表明"盗墓人"乔已经像汉泽尔与格莱特那样，循着走廊里散落的大丽花花瓣找到了隔壁第二个房间，并发现瑞奇从那里逃出去了。

穷人们东倒西歪地躺在空气浑浊的暗巷里，但他们的眼睛和鼻子敏锐地揣度着过往行人的荷包与力量。瑞奇踏着流浪狗的乱吠声向前走，脚步声在发霉的石头丛林里回响。此时，身后有风掠过，瑞奇的右手立刻搭上了枪套里的M1911手枪。

"真不当心啊。你是新来的吧……我看顶多一个礼拜。"

瑞奇猛地转身，用左手擒住那只偷袭失败的年轻鬣狗的脖子，又用右手拔出M1911手枪顶着对方。

"十天了，浑蛋。"

那男人两颊凹陷，黑眼圈浓重，一看就是个亢奋得几天不睡的瘾君子。花哨的南国风情衬衫配上白西装，一身装模作样的行头脏得不堪入目，浑身都散发着酒与汗交杂的恶臭。

下一个瞬间，男人的面孔在亮光中拧成了一团。无数手电筒的光束从四面八方捕捉到了他们。

"看来，乔那家伙终于追上汉泽尔了。"

"你说什么……"

"条子啦。"

瑞奇手上的力道稍有放松，年轻的鬣狗便趁机反击，抢起长长的右臂往瑞奇的眼前甩来。瑞奇敏捷地躲开，右拳直捣男人的心窝。对方闷哼一声，惨兮兮地瘫倒在地，当场呕吐起来。

"放心，条子很快会来照顾你的。早点忘了雇主，回乡下老家去吧，毛头小子。"

"哼……少看不起人。如果你还打算继续追踪'书'的去向，那就只有下地狱这一条路，瑞奇·麦克洛伊。"

"我早已习惯与恶魔共舞了。"

瑞奇将男人的呻吟甩在身后，点起了一根烟。这是尼古丁含量很高的低档货，和高度酒一样，都是用来保持清醒的药物。

他穿过巷子来到大路。夜最深最暗的时候，也是那些见不得阳光的家伙能获得些许安宁的时候。璀璨的霓虹灯，萨克斯与小号的音色，还有享乐之声。在碎玻璃的另一头，面无表情的调酒师正擦着玻璃杯。

这地方什么都有。酒、暴力、美男、美女、血。甚至还有能给人片刻慰藉的"药剂"——违禁的书。

街角，身为"讲述者"的少年仰面朝天滔滔不绝，为的是将今天的新闻传达给路人。

小店里没有报纸。自从法律禁止在纸上印刷文字以来，信息传播只能通过口授或用于个人目的的手书。复印也是被严令禁止的。曾经禁酒的国家，如今禁起了书。

在银白色探照灯的光线的辉映下，城区中心浮现出高耸的官署大楼。楼顶竖着一块巨大的牌子，上面印着"城市之父"——市长马蒂亚斯·康斯坦丁·艾里森的肖像。如珍珠般洁白的牙齿，还有抹去了皱纹的肉毒素脸——真是一副价值百万美元的笑容。瑞奇·麦克洛伊瞟了一眼，随手把吸得只剩烟嘴的烟头扔进了泛着恶臭的阴沟。

"……好奇怪的故事。"

深冬看到这里，嘟囔着抬起头来。总感觉那与自身所处的世界完全不同——那个世界没有一点烟火气。让人不能掉以轻心的城区，暗夜里时时弥漫着险恶与严峻的气氛，给人留下了黑白单色的印象。

那并不是深冬的错觉。突然，尖厉的警笛声响起，--大群人聚集到了御仓馆外，感觉颇为嘈杂。

"深冬，快到这儿来。"

手里还拿着书的深冬被真白抓着手腕往外走。阅读《黑皮书》的几分钟前，明明还是晴朗的正午；这会儿像是有谁把钟往后拨了十二个小时，外面变得一片漆黑。而深冬根本来不及表示吃惊。

一排亮着白光的探照灯肆无忌惮地从庭园的围墙外射向御仓馆。逆光下，她们只看得见影子，墙外似乎已经集合了许多人。

"快躲起来！"

深冬跟随真白发出的信号，两人一起躲进玄关旁的紫阳花丛，透过茂密的枝叶观察起情况。

无线对讲机里的声音断断续续。"明白，发动突击。"在深冬听见这句话的同时，挂在庭园铁门上的锁被断线钳剪开，举着白色盾牌的突击部队和警察猛冲进来。他们和平时在派出所门前看到的那些巡警完全不同。头盔和帽子压得很低，面无表情，右手拿着枪或警棍。警察兵分两路，一队冲进玄关，还有一队向屋后绕去。

"到……到底怎么了？"

深冬可一点坏事都没干过。昼寐应该也没有。尽管父亲住院后他们接到过好几次投诉，但也没有到警察会举着枪冲进来的程度。面对发呆的深冬，真白再次抓起她的手，催促道："快，我们走。"

两人弯着腰，躲在紫阳花丛后方往分馆方向前进。警察正苦于进不了分馆，趁他们背对着这边的时候，真白先一步翻过了围墙。

"深冬，你也赶紧过来。"

"慢点啊，我又不像你那么身轻如燕。"

深冬用双手抓住围墙，打算踩着墙壁往上爬，可手指使不上劲，指尖又打滑，连一寸高度都上不去。真白便轻巧地跳回来，把背脊朝向她，说了句："我背你。"深冬像是被什么东西闪到眼睛般皱起眉头，但最终还是乖乖地趴到了真白的背上。

"手脚要紧紧地环住我的脖子和身体哦。"

说完，真白背着深冬，用力屈膝，再腾空而起抓住围墙，双腿往侧面一滑，轻轻松松地越了过去，在另一边着了地。深冬发现，真白的脑袋上又长出了狗耳朵。

"你到底是狗还是人？"

"都是，也都不是。总而言之，快跑吧。此地不宜久留。"

两名少女奔跑在黑暗的夜路上。周围有些奇怪，像读长镇，又不是读长镇。御仓馆周边本该排列着许多旧书店，现在却都变成了不相干的场所，比如脱衣舞剧场和爵士酒吧。那家资质最老的旧书店现在挂着写有"狐狸烟草"（FOX TOBACCO）字样的红色霓虹灯牌，泛黄的旧书被各种类型的香烟和雪茄取代。顾客们的气质也不同于以往。原本这里都是沉迷于旧书的发烧友，可如今，他们却拿着雪茄闻了又闻，翻来倒去，一脸凝重地端详着。

"这也是刚才看的那本书里的世界吗？"

"没错，这里是《黑皮书》的世界。"

待跑到离御仓馆足够远的地方后，两人放慢速度走起路来。不知从哪里传来了小号的乐音。它散发着夜晚独有的颓废情调，而不是吹奏乐社演奏的那种激昂的进行曲。深冬的脑中不禁浮现出矿紫或藏青之类的深色系。

"我问你啊，真白，那到底是个什么样的故事？光从我看到的那部分来说，还真是一头雾水……我怎么觉得里头的角色净在耍帅呢？"

"瑞奇·麦克洛伊是个私家侦探。他当初的搭档被警察当作抢劫杀人的罪犯击毙了。可是，瑞奇相信搭档是无辜的，所以在寻找警察组织里的幕后黑手。"

"是那个叫'乔'的家伙？"

"不是，我没法说得太具体，不然就剧透了。乔并不是这种角色哦。他只是个笨笨的刑警吧。"

"这样啊。那为什么刚才会有警察冲进御仓馆？难道这和御仓馆也有关系？"

"御仓馆只是成了禁书令的取缔对象而已。"

"禁书令？"

"说成'书籍版的禁酒令'是不是比较好理解？"

可深冬眉头紧锁，摸不着头脑。上课时她基本都在睡觉。

"禁酒令？不知道。"

"过去，美国曾颁布过法律来禁止人们喝酒。那都是一百多年前的事了。"

"法律还能禁止这种事？有意思。"

深冬还未成年，本来就不能喝酒。而父亲步武的酒量也很小，所以家里能称得上酒的只有料酒和味淋（**注：日本料理中所使用的一种酒类调味品，含有酒精和糖分**）。不过，代授师父崔倒是经常喝酒，还一喝就哭，这点挺麻烦的。深冬很不喜欢那种喝酒喝得丧失理智的人。

"那不是挺好的吗？如果法律能禁止也挺好。我还有朋友受不了父亲酒后施暴而逃出家门呢。"

没想到真白忽闪了几下又黑又大的眼睛，十分严肃地望着深冬。

"你真这么想？能禁最好？"

"嗯。最好大家都喝不了酒。要是法律能规定一切的话，那就再也不会有醉鬼闹事了。"

"可制定法律的也是普通人啊，深冬。"

"什么意思？"

"我的意思是，禁止有害的事物确实能净化社会，但定义'有害'的人真的能保证不失去自由与平等吗？"

深冬皱起眉头，刚要开口，就看到一只深橙色的小野兽从眼前蹿过去。粗粗的尾巴，大大的耳朵，长长的鼻子。

"啊，狐狸！"

深冬忆起上次的事，拔腿就追。只要抓住偷书贼，世界应该就能恢复原状。

深冬感觉真白就跟在自己的身后，但论脚程，她不可能敌过真白，才一会儿工夫，她就气喘吁吁，不得不追起真白的背影。可狐狸比真白更灵活，一下子就跳过围墙，蹿入民宅之中。真白在灰色的水泥砖墙前停下来，面露难色，问正用双手撑在膝盖上努力调整呼吸的深冬：
"怎么办？"

"什……什么怎么办……"

"要追狐狸就必须进民宅，这可怎么办才好？"

"像……刚才那……样，跳进去……不就行了？"

啊，好想喝水。大概是昨天上了体育课的缘故，小腿肚从今早开始就有点肿，再说体力老早就接近极限了——尽管很想这么回话，但深冬此刻除了直起累弯的腰，冲着夜空来几次大大的深呼吸，就做不了别的了。而真白仍然犹豫不决。

"你呀……"

深冬好不容易才平静下来，看了看狐狸蹿入的房子的门牌，发现竟也是自己熟悉的一户人家。这幢有着蓝色屋顶的别墅里住着一对为人敦厚的老夫妇，院子里种着山茶、栀子、雪柳之类的花木。深冬记得小时候不当心把橡皮球扔进了他们家，老夫妇十分和善地把球还给了她。不过，印象中精致又可爱的白色院门如今成了一扇冷冰冰的铁门。再仔细一看，旁边的围墙也很高，上面还装着带有冲天尖角的矮栅栏，整体显得无懈可击。难道他们开始养烈性犬了？虽然心头掠过一抹不安，深冬还是推了推真白的后背。

"没事的。这家人的性情很温和。"

真白还在踌躇，深冬又往她的背上推了一把。于是，她终于一副下定决心的样子越过围墙，不见了踪影。深冬踮着脚，往围墙的另一边张望，然后点头称是。然而，下一刻，房檐下的灯突然亮了，警铃大作。

"怎……怎么了？"

真白跳上围墙打算返回，这时民宅的玄关门弹开来，老妇人叉腿而立，威严地出现在两人的面前。她的白发上卷着卷发筒，一身水蓝色的连衣睡袍，双手举着霰弹枪。警铃声响彻四方，老妇人滑动枪把，发出清脆的"咔嚓"声。

"深冬，趴下！"

真白跳下来的瞬间，震耳欲聋的枪声便响起，深冬右侧的水泥墙顿时化为齑粉，开出一个大洞。深冬瞪圆了眼睛，动也动不了，真白赶紧一个擒抱，将她压在身下。连续不断的枪声，四下飞散的水泥块。直到围墙被打得像扯碎的海绵那般松松垮垮，枪声才终于停了下来。

"怎么啦，老太婆？"

"有入侵者。果然我们家也该围上铁丝网啊。来，让我看看干掉了没有。"

老夫妇的声音越来越近。真白拉起深冬的手臂，往完全变了样的街区跑去。

"到底是怎么回事啊！那个老奶奶居然有枪！"

原则上，这个国家应该是禁止枪和刀的。哪怕知道小镇现在已经变成故事中的世界，深冬还是完全没有习惯这种状况。

仔细看看周围，其他人家也都安上了坚固的铁门，围墙上绕着铁丝网，防范极其森严。深冬从自家公寓门前经过时发现，那栋熟悉得不能再熟悉的建筑物外围也砌着高墙，有探照灯来回扫着冷光，一切都令她震惊不已。

"这也太不正常了吧……好想快点回家。"

深冬的声音颤抖着，仿佛稍一放松就要哭出来似的。真白用力地握住她的手，说："我们得快点把贼抓住。那狐狸肯定已经逃去更远的地方躲起来了。"

"可我们该怎么找？读长镇大着呢。况且，要是又在别人家被拿着枪打……"

光是想象，深冬的脊梁上就窜过一阵寒意。她在心里七上八下地想道：我甚至未满十六岁，才不想死在这种世界里。

真白鼓励她："别急，我已经有目标了。"

两人穿过住宅区，来到本该有着各类书店和杂货店的大路上。这里路幅很宽，视野开阔，远远地能看见一栋至今从未出现过的高楼。和故事里一样，那上头也竖着一块牌子，读长镇现任镇长那堆满粗俗笑容的巨大面孔在黑暗的夜色中被探照灯照得雪亮。

先前深冬才在若叶堂里买过书，这会儿，那里成了一家事务所，门前人头攒动，身穿西装的记者们七嘴八舌地提着问题，闪光灯此起彼伏。"书籍之谜"书店的房子被毁成一堆残垣断壁，要翁也不知去向。隔壁的杂货店现在卖起了枪支，扎着红头巾的老板正开心地哼着小曲，往墙上挂来复枪。绘本专卖店则放起了高利贷，曾是保育员的和蔼女店长这会儿坐在打了蓝光的柜台边，嘴里叼着烟，正给猫儿喂食。

街对面跑来一名戴着鸭舌帽的少年，差点就要撞上深冬。躲闪时，他抱着的一沓纸撒了一地。一张传单落到深冬的脚边，上面用大大的文字写着："奋起！当下正是还书以自由的时刻！"

"那个可不能捡。"

真白抓住了深冬的手臂。此时，警车拉着尖锐的警笛声，从她们身后赶来，停在了一旁。警察跳下车，追着少年消失在了灯光璀璨的街头。

"这种地方真有什么目标吗？"

深冬不安地问完这句话，只见真白的鼻尖忽地伸出来，整张脸变成狗的面孔，四下闻起了气味。

"这边……"

对深冬来说，风里只有阴沟、硝烟还有酒的气味，而真白动着那黑黝黝又湿漉漉的鼻子一路寻去。

很快，真白来到一家店铺前。原先这里是一家书店，设有用于举办朗读会等活动的会场，现在店外装着红色霓虹灯，灯管拧成了"葬送狂想曲俱乐部"的字样。入口前，一名个头不高、体魄强健的男子靠在墙上，目光锐利地监视着周围——是本该在道场里的崔。

"崔君。"

"深冬，就算是朋友也不能随便搭话。现在大家都扮演着和现实不同的角色，得配合他们才行。"

两人在一旁观望情况，其间有两三拨顾客来到葬送狂想曲俱乐部，经过崔的搜身检查后，他们顺着楼梯走向了地下。

"看来他是俱乐部的保镖呢。我们走。以防万一，你跟在我后面。"

说着，真白用手摸了摸自己的脸，随即就恢复成了人类的面孔。深冬听真白的话，缩起肩膀，让自己看上去尽量矮小一点，躲在她的身后。现在两人都是Polo衫加牛仔裤的打扮，一般来说，未成年人是进不了这种夜店的。深冬在心里不住地祈祷，但愿能蒙混过去。

和上次一样，尽管崔和深冬在现实世界中很亲近，可现在即便对上了眼，他也没认出深冬来。他的寸头颇有柔道家的风范，一身皮夹克被肌肉撑得鼓鼓的，完全是俱乐部保镖的打扮。他不停嚼着口香糖，用锐利的目光来回打量着真白和深冬。

"两位？"

"嗯。我们想喝一杯。听说这家店评价还挺不错。"

真白说着，将一边的头发捋到耳后，稍稍歪了歪头。那副熟练的样子简直就像《黑皮书》里的登场人物。深冬不禁瞠目结舌。

"行啊，进去吧。"

"谢啦。"

真白俏皮地眨了眨眼，飒爽地走下楼梯，深冬急急忙忙跟了上去。

葬送狂想曲俱乐部位于地下。刚推开沉重的铁门，深冬就感到头昏眼花。在红色与蓝色这种容易引发犯罪的光照下，所见之处都那么超现实，光是站在这里，仿佛就要醉倒了。震撼腹底的重低音，风驰电掣的旋律，在红蓝射灯混合出的紫色光影中，人人都在舞动腰肢。

右手边是酒吧中央烟雾缭绕的客席，而后方的舞台上，DJ正起劲地打着碟。真白在酒吧一角发现了空位，便让深冬坐了下来。

"你在这儿等一下。"

"啊，留我一个在这里？这怎么行啊！"

"没事的，我很快就回来。我得去找那个人。"

真白用力地抓着深冬的肩膀，让她放下心来，然后消失在忽红忽蓝的人潮之中。

深冬坐在酒吧最靠边的高脚凳上，似乎觉得浑身不舒服，挪着屁股往墙边靠，尽可能让自己不那么起眼。然而，调酒师可不会看漏任何一名顾客。

"这位小姐，想喝点什么呀？"

"啊，这……这个嘛……"

深冬语无伦次，视线游移不定，到处找酒水单，但哪儿也没见着类似的东西。柜台里摆着啤酒桶和调鸡尾酒用的酒瓶，没有能给孩子喝的饮料。

深冬观察了一下调酒师，发现对方是那家举办朗读会的书店的老板。她的年龄在三十岁上下，很适合留短发。纵使她扮演的角色与现实世界中的不同，可熟悉的面孔还是令深冬放松了一些，结果深冬一不小心就脱口而出："我还未成年，不能喝酒。"于是，调酒师很快地转过身去，短短几秒钟后又转过来，表情纹丝未变。她将一个玻璃杯放在了深冬的面前，里头装着的白色液体是——牛奶。

"那个……能不能再什么一点……比如橙汁之类的……"

调酒师甩下一句"这可是我最推荐的哦"，便继续干起了擦玻璃杯的活。没办法，深冬只好一小口一小口地嘬起了牛奶。

她再次从酒吧一角向客席望去，发现视野里的都是熟人。商业街鸡肉专卖店的老板呀，父亲住院后负责照顾他的护士呀，还有公寓租客一家中的父亲，等等。

接着，她突然意识到一件事：犯人不会以人类的姿态出现在这里。

深冬根本不愿去想偷书贼就在自己的熟人当中，但这是有可能的。

假如当前世界的规则与上次相同，那么刚才逃走的狐狸就是贼。深冬确信了这家俱乐部的保镖——崔是无辜的，好歹放下心来。然后，她一一确认店里顾客的面孔。坐在客席角落最暗处的是在书店里没有出现的要翁，还有中华料理店的夫妇、商业街的众人和书店联盟……若叶堂的店长和蟹味菇青年春田也在。

说起来，那个女人在不在这儿呢？昨天在御仓馆前，有个穿着时尚的女人和昼寐聊着天。于是，深冬看得更仔细了。

"深冬，久等了。"

"咦？啊，嗯。"

真白不知什么时候回来了，深冬赶紧把牛奶一饮而尽，从高脚凳上跳下来。

"我找到那个人啦,在另外一个房间里。"

"那个人?"

真白点点头,推着深冬往背对舞台的入口走去。两人从来时的楼梯前穿过,"另外一个房间"就位于和俱乐部大厅方向相反的通道深处。

房门下方的油漆都已剥落,像被人踢过一般,上方则开着好几个圆形小洞。深冬在心里默念:但愿这些不是弹孔。

"我说,真的要进去吗?"

她的心里全是不祥的预感,可真白毫不迟疑地准备开门。

随着铰链"嘎吱"一响,房门打开来。屋里很昏暗,窗户都被封住,深冬觉得这里就像老式卡拉OK房。白桌子上摆着烟灰缸,烟头堆成了小山。旁边有个空空的烈酒杯。再往那边扫过去,一双穿着鞋的脚赫然出现在桌上。

那个男人深深地沉入肮脏破败的沙发里,口中正吐着白烟。一双鹰眼警觉地观察着两人,与深冬视线相对。黑外套,斜戴的费多拉帽,冷酷的表情。不是那个时尚女人。

可对深冬来说,男人的脸她再熟悉不过了,甚至到了会当场笑出来的地步。无论如何,这个角色分配得太离谱了。

"'山椒'……"

热血体育老师似乎没有听见深冬的嘀咕,耍帅般顶起帽檐,咧嘴笑道:

"两位小姐,找鄙人瑞奇·麦克洛伊有何贵干?"

一个小时前,这里还是内设活动会场的书店,现在却成了葬送狂想曲俱乐部。在地下某个像卡拉OK房的单人间里,瑞奇·麦克洛伊……不,深冬的高中体育老师菊地田开口说道:

"这里可不是小朋友该来的地方哦……干吗,有什么好笑的?"

摇身一变成了故事主人公的老师实在搞笑得要命,深冬躲在真白的身后憋笑,只能急忙咳嗽两声掩饰过去。

"哎呀……打喷嚏停不下来了。"

"你的谎话扯得太蹩脚了。光看不买的话，就给我出去。"

听到这番冷淡的措辞后，深冬突然没了笑意，表情也凝固了。平时的菊地田性情开朗，爱多管闲事，简直令人腻烦，今天还说要去探望住院的步武。小个子的他自称"山椒虽小，辛味十足"，所以学生给他起了"山椒"这个外号，深冬平时也这么叫他。此时，她很想反唇相讥一句"小小一个山椒装什么装"，可那番冷言冷语让她一时不知该怎么办才好。

瑞奇·麦克洛伊将烟盒与火柴收进黑外套的内袋里，用手按着费多拉帽，起身径直向外走去。

真白拍了拍深冬的后背，耳语道："交给我吧。"然后，她上前几步堵在了瑞奇·麦克洛伊与房门中间。

"我有个案子想委托你。你是私家侦探，对吧？"

"姑且是吧，我可没空给孩子跑腿。"

说着，侦探准备从真白的身边绕出去，但真白紧咬不放：

"不是什么跑腿的活。我们在找贼……找偷书的贼。"

侦探的肩膀有些抖动，他停住了脚步。深冬以为他是对"贼"这个字眼有了反应。然而，她猜错了。

"你是说'书'？"

他的表情突然变得僵硬，那个反应像在表示：光是说出"书"这个字都算犯了重罪。不过，真白趁机又往前踏出一步，凑到侦探的跟前。

"是的。听人说，要想知道和书有关的买卖，找你准没错，所以我们就来了。"

"听谁说的？"

"这可是秘密。"

深冬很清楚真白在胡诌。此前没有人和她们说过这样的话，而真白会找上瑞奇·麦克洛伊，应该是因为他是这个世界的原作——《黑皮书》的主人公吧。不过，侦探本人好像对此并不知情。他一脸困惑，有些踌躇地看着真白与深冬，末了，又呼出一口带着烟味的气，说道：

"说来听听吧。"

真白没提到御仓馆,只解释道:"有本重要的书在旅途中被贼偷了。"

"旅途中?你们是外国人吗?"

"算是吧。"

深冬意识到此时最好顺着对方的话去说,也用力地点头表示赞同。侦探露出十分吃惊的表情。

"真傻啊。你们不知道这个国家是禁止书籍的吗?亏你们能通过审查。如果被当局发现,你们会被强制遣返,搞不好还会遭到审讯,最终被折磨致死都不一定。"

审讯……深冬在电视剧里见过。被警察抓起来什么的,光是想想都要打冷战了,挨揍挨踢什么的,她更是想都不敢想。深冬悄悄地拉住了真白的Polo衫。

"我说啊真白,太乱来了。我们回去吧。"

"深冬……你应该知道吧,不抓住贼的话,我们是回不去的。放心,瑞奇·麦克洛伊先生是位非常出色的侦探,我没说错吧?"

和真白不同,深冬的反应不是演出来的,她是真的害怕。不过,她直白的表现似乎反倒增加了说服力。

"好吧,"外表和"山椒"一模一样的侦探瑞奇·麦克洛伊挠了几下后脑勺,"但是,你们有什么线索吗?比如贼的特征啊,失窃时的状况是怎么样的?一点线索都没有的话,我也无能为力呀。"

"啊,线索很简单。那个贼是一只狐狸。"

"狐狸?这是什么黑话吗?"

"不,贼的外观是狐狸——"

真白说到一半,深冬急忙伸手捂住她的嘴。不知是不是书籍诅咒所致,贼确实变成了狐狸的样子,而且她们才跟丢它不久。可是,假如直说"贼就是狐狸",侦探这次肯定会气得摔门而去吧。

"嗯……是那个贼带着一只狐狸。我们也不知道那算是宠物还是被当成了看门狗。只要找到狐狸,肯定就能找到那个贼。"

深冬接过话头如此解释。

"原来如此，"侦探嘟囔着，摸了摸下巴，"带着宠物狐狸的贼。听上去是有点怪异，不过，和这儿倒也挺搭的。毕竟这里是怪人聚集的地方嘛。"

两人跟着侦探出了俱乐部，再次来到街上。

亮黄色的出租车疯狂地按着喇叭从面前呼啸而过，深冬整个人都紧张起来。虽然夜空中挂着月亮，但不知是空气太差还是周围太亮，天上雾蒙蒙的，看不到一颗星星。

侦探顺着本是书店街的马路向右拐，往商业街的方向走去。街角有孩子站在高台上讲述今日新闻，成年人们驻足倾听，然后往写着"新闻费：十五分钟三百日元"字样的黄色箱子里扔进硬币。到处都没有看到卖书的地方，咖啡店里也没人在看书。本来总摆在便利店入口的报纸架也消失了。

这里明明是"书乡"读长镇，但这个世界里真的没有报纸——别说报纸和书了，肯定连电子书和互联网也没有。

深冬被变了样的小镇夺去了注意力，而身边的真白突然向她道起谢来。

"深冬，谢谢你。"

"啊？谢什么？"

"刚才你不是帮我把狐狸的事圆过去了吗？如果照实说，搞不好侦探会起疑，不肯帮我们的忙。多亏你扭转了局势。"

"是……是吗？"

被人夸奖的感觉还不坏。深冬羞涩地挠了挠鼻头，笑了起来。

深冬明白，即便如此，她仍无法和真白相提并论。书籍诅咒发动后，小镇被书中的世界侵蚀。在这里，深冬可是什么都不懂，她不觉得一切都得依靠真白的自己能派上什么用场。

"我问你啊，真白，这个故事接下去会怎么发展？"

"深冬，你看的是开头部分吧？瑞奇接到某个委托偷走了屋里的东西，而此时警察追了过来。"

"我已经看到这里了。一个小混混盯上了他，结果反被他收拾了。"

一个穿南国风情衬衫的年轻男人从暗巷里蹿出来，被瑞奇·麦克洛伊轻易地干掉了。前方几步之遥就是那位侦探的背影，深冬心中对于"山椒"被分配到主人公一事略感失望，但鉴于体育老师确实运动神经一流，她多少也算理解了这个安排。

真白接着开口："之后，瑞奇去了刚才那个葬送狂想曲俱乐部的房间，等待要求他偷照片的委托人。结果，却来了一对双胞胎女人。"

"她们委托他干吗？"

"那对双胞胎不是委托人，而是刺客。本该等在那里的委托人已经被杀，因此，瑞奇立刻带着照片逃走了。而那两张照片中，一张是在私印书的交易现场拍的，另一张拍到了私印书被毁后死亡的女性遗体。一旦照片败露，某些人就会有麻烦，所以他们想要瑞奇的命。好不容易逃脱的瑞奇得到了地下印刷组织的搭救，但在种种调查中发现，一年前因抢劫杀人被警方击毙的搭档是替罪羊，当时那名搭档正在接触私印书的交易。就在寻找真正的幕后黑手时，他被卷入了一个涉及私印书和城市权力的巨大阴谋。这就是故事的梗概。"

"听上去挺可怕……"

"私造和阴谋是硬汉派的常规套路……"

"硬汉派是什么？"

"一种小说的类型。就是所谓的'全熟水煮蛋'（hard-boiled）（**注：英文原意是指煮得过熟的水煮蛋，后来用于描述小说中愤世嫉俗、强硬冷酷的硬汉人物风格，指代以这类人物为主角的小说，通常是侦探推理小说**）。这类小说可有人气了，只是最近不太有人写就是了。"

"哦。"

深冬漫不经心地附和了一声。她随意地往真白背后的橱窗扫了一眼，却不禁停了下来。橱窗里的漂亮礼服旁有一面大镜子，里头映出了深冬和真白的身影。两人都穿着绿白条纹的Polo衫和牛仔裤，看起来就和双胞胎一样。

"等等，莫非我们成了那对双胞胎刺客？"

"谁知道呢？来，深冬，快走吧，可别跟丢了瑞奇。"

侦探似乎一点也没把这对少女放在心上，只顾一个劲地往前走，此时的他正在二十米开外的十字路口往右拐去。两人急忙追上，刚拐过街角，刺眼的前照灯就向她们射来，深冬轻轻地叫了一声，用手臂挡住眼睛。一辆圆滚滚的复古黑色汽车正停在眼前，这种设计如今已十分少见了。

"上车。"

侦探从驾驶席的窗户里探出脑袋。两人赶快钻进后座，没等深冬把门完全关紧，汽车就冲了出去。

"喂，太危险了！"

"危险的还在后头。快趴下，护住脑袋。"

话音刚落，侦探就猛地打方向盘，车身产生倾斜，吓得深冬发出尖叫。她刚趴下身子，还没来得及调整平衡，真白便抓过她的手臂，让她把脸埋进座席间的缝隙。就在这一刹那，枪声四起，碎裂的窗玻璃到处飞溅。

"别打了！别打了！"

真白压在尖叫的深冬身上，帮她挡住掉落的碎玻璃。侦探灵巧地转着方向盘，一边左右摆动车身，一边从驾驶席的窗户里开枪还击。最后一个弹壳飞出去后，侦探重重地踩下油门，从小巷冲到大路上。后方的汽车狂按喇叭以示抗议，但映在后视镜中的侦探一脸若无其事，他单用一只左手在给枪装填新的弹匣。

"我……我受不了了。"

枪声终于停下后，深冬抬起头，眼泪和鼻涕糊满了脸，还不停地吸着鼻子。车门被打出小洞，外面的光透过洞孔在后座上画出了一道道白线。

"我……我想回家。我……我受够了，再也不想继续了。"

深冬浑身颤抖，像小孩子一样抽泣着，即使真白抚着她的脑袋，抱着她的肩膀，她仍然哭得停不下来。驾驶席上的侦探咂嘴，嘀咕了一句："真不该带上小鬼。"她听到后，出于懊恼和羞愧，哭得更凶了。

而另一边，不知怎的，真白开始慢慢从人向狗转变，脑袋上冒出了白色的狗耳朵，鼻子越来越长，手指也变得圆圆的，和狗的爪子一样。真白用粉色的舌头舔舔深冬濡湿的面颊，用湿漉漉的黑鼻尖蹭着深冬，发出"呼呼"的声音，那时她已经完全变成了一只穿着Polo衫的狗。

"等……等等啊，真白！这种时候可不能变成狗啊！"

虽说深冬已经习惯了真白的变身，但要是惊动了侦探，那就糟了。她慌忙用Polo衫的衣领遮住真白的脸，可还是惴惴不安。她和后视镜中的侦探目光相遇，做好了被他扔下车的心理准备。然而，对方只是长叹一声，嘀咕道："来这儿的家伙真是没一个正常的。"他没有再刨根问底。或许是因为注意力被转移了，深冬终于止住眼泪，而表情傻愣愣的真白倒舔得更勤快了。

"真白……既然事情变成这样，不如就别依靠侦探了，我们自己去找偷书贼，不是更好吗？你想啊，那人正在被追杀吧？"

继续跟着他，就等于往火坑里跳。深冬实在不愿意去想开枪的究竟是何许人也。

"我们早该想到会受牵连。书是书，故事就该交给故事里的角色去完成，而我们得快点找到狐狸。"

汽车从通往御仓馆的大路上驶过。现实中，这里是一派平民区的风貌，可如今比先前的书店街更加灯红酒绿。破碎的车窗里挤进一股混着阴沟味儿的风，深冬不禁想起了新宿歌舞伎町和涩谷之类的地方。

之后，侦探七拐八弯地行驶了十分钟左右，路过顶着一幅镇长的巨大肖像的官署大楼，悄悄地在静谧的北部地区停了下来。

这里是离车站最远的地区，包围着读长镇的其中一条河流——飞越川就从一旁流过。这一带曾有不少工厂和员工宿舍，但几十年前就已关闭，现在只剩几家餐饮店，还有两栋竖着价目表的情人旅馆。

虽说书籍诅咒改变了整个小镇，但这附近几乎维持着过去的状态。成双成对的身影鬼鬼祟祟地闪进旅馆，路灯很少，道路下方的小隧道周边满是涂鸦，还有被撕掉的传单留下的斑驳印记。那家墙上爬着常春藤的老咖啡店也照常营业。废弃工厂的红色信号灯像跳动的心脏一般忽明忽暗，却没有发出声音。

侦探在高低不平的沙石路上放慢车速，停在了咖啡店的门前，让两人下了车。

"你们俩待在这儿。我去打探一下。"

稍停片刻后，车再次发动，绝尘而去。红色的尾灯很快被暗夜吞噬，只剩下深冬和变成狗的真白。周遭鸦雀无声，连沙石的摩擦声都显得十分响亮。深冬靠在真白的身旁，抚摸着那毛茸茸的白色皮毛。温暖的触感令她稍微安心了。

"……去那边的咖啡店瞧瞧吧。"

深冬透过窗户瞄了瞄店里。座位全是空的，一个客人都没有。不仅如此，店里的灯也是有的亮有的暗，不禁让人怀疑到底有没有在营业。柜台那边有一名身穿围裙的中年男子，或许是在打瞌睡，他垂着脑袋，坐在椅子上一动不动。深冬本想去抓门把手，但中途又改变主意，把手缩了回来，然后转身望向真白，摇了摇头。

一人一狗无精打采地在道路两侧的路灯之间转来转去，最终还是只能回到咖啡店前，在由砖头砌成的花坛上坐了下来。

"肚子好饿啊。"

深冬想起了之前自己给昼寐准备的便当，于是把双肩包放到膝头，从里面取出布袋。之前四处逃命，又在车里颠簸得够呛，所幸米饭只是有点东倒西歪，没什么大问题。

"还好没装什么带汁水的东西。"

以防万一，深冬还拿出父亲让她买的新书，看了看，似乎也没有弄脏。她想把便当先拿给真白吃，可又犹豫起来。

"狗也没法吃便当啊。快变成人吧，真白。"

真白听罢，变回了原状，不过拒绝了便当，让深冬自己吃。

"为什么呀？你的运动量比较大，得让你先吃才行。"

"我不用。'炼狱'的居民是不需要食物的。"

"炼狱？该不会又要发生什么怪事吧？"

"你就别管啦。"

没办法，深冬只好拿出筷子，吃起只有梅干和海带佃煮的白米饭便当。梅干的咸味仿佛慢慢地渗入全身,更衬托出米饭的甘甜,每吃一口,食欲都会增长一分。不过,深冬只吃了三分之一就盖上了盖子。一来,她并不觉得能保证之后会找到食物;二来,她还是认为得让真白吃一点才对。

远处传来了河流的水声。在模样大变的小镇中心,探照灯的光束不停地拨弄着夜空。

"'山椒'会不会回来呢?"

"山椒?"

"是那个变成瑞奇的人原本的名字。应该说,那是他的外号。那人本来是我们学校的体育老师哦。他说今天会来读长镇,所以不幸被卷入诅咒之中。"

"学校。深冬,你会去上学呀。"

"那不是当然的吗……啊,好吧,也没那么理所当然。"

深冬瞥了一眼真白的侧脸,心想自己是不是说了什么不该说的。只要真白在身边,她的步调就会有点乱。真白不用吃饭,当然也不用上学吧。她在为要不要顾及真白的心情而发愁,可真白糊里糊涂的,显得她的担心有些多余。

"在学校里开心吗?"

"唔……说实话,不怎么开心。"

"是吗?"

真白那大大的黑眼珠直直地注视着深冬,似乎有些担心又有些同情。深冬长长地叹出一口气,用运动鞋的鞋头踢了踢脚底的碎石。

"其实我没什么朋友呢……别误会,没人讨厌我,也没人欺负我。可是,该说这是社交问题,还是说,我没能真正地与人产生联系呢?"

"你是指无法和人相处融洽?"

"或许吧。我挺希望能找个人商量,但明白谁都不会想听那些话,所以也说不出口。你想啊,倾听他人的烦恼该是多么沉重多么烦啊。"

此时,深冬还是不敢相信自己会对真白敞开心扉,可又莫名觉得,有些话是可以对真白说的。她会对深冬的话有反应,不会在倾听时和别人聊起来,也不会只顾自己看书,头都不抬地随口附和。

"我也是有烦恼的呀。还有很多不得不去做的事。一想到御仓馆将来要跟着我一辈子,我真是恨都恨死了。"

御仓馆就是深冬的眼中钉。她想早点除掉它,可这钉子户就是赖着不走。

"这样呀……"真白垂下眼帘,点了点头,"深冬,你得好好思考自己想做什么和不想做什么,要加以重视。我也会重视深冬所做的决定——不管别人说什么,我永远都会站在你这边。"

这番话在深冬的内心掀起了一阵波澜,然后她开始平静下来。有人倾听她说话。愿意尊重她的意志的人或许就在眼前,这是真实的吗?

"你真是这么想的?"

深冬刚问出口,就看到咖啡店的停车场前出现了一个孩子的身影。那个小朋友身穿白T恤和五分裤,看上去才五六岁,正含着手指凝视她们。深冬看了看自己手里的便当,又看了看对方,有些犹豫地递过去问道:

"……吃吗?"

即使那孩子来到路灯下,深冬仍然分辨不出是男孩还是女孩。对方怯生生地从她的手中接过便当,轻轻地说了声"谢谢"。

就在此时,本以为只有一片黑暗的沙石路对面,几个膀大腰圆的男人从树丛里现了身。拿着便当的孩子如脱兔般溜走了。真白挡在僵直身子的深冬面前想保护她,可来人数量众多,真白也无计可施。

对方几乎都是身穿制服的警察,只有正中间的男人穿着便服,而且那是深冬非常熟悉的人物。

"三……三木老师……"

既然侦探是体育老师菊地田,那接下来就轮到语文老师兼隔壁班班主任三木化身刑警登场了。身穿战壕风衣的三木个子高得别人需要仰视他,油腻的黑发与苍白的面孔倒是一点没变,只是他好像也没认出深冬。

"瑞奇·麦克洛伊去哪儿了?"

"不……不知道。"

三木率领警察挡在她们面前，露出惊诧又有些困惑的表情看着深冬，说道：

"撒谎。那家伙把你们放在这里，然后甩掉了我们的跟踪。你们肯定知道他去了哪儿。"

深冬紧紧抓住背包的背带，摆出一副"再敢靠近一步就揍你们"的架势。包里装着又厚又硬的单行本，多少能有些威力吧。书，书，书。就用书揍扁他们吧。正因为被这个念头占据了大脑，所以面对三木的下一个问题时，她竟十分老实地点头承认了——

"你带着的是书吗？"

"啊？啊，是的。"

"深冬！"

完了。深冬这才想起来，这个世界存在禁书令，所有印刷品都是被禁止的。她急忙想订正自己的回答，可为时已晚，警察们纷纷冲了过来。千钧一发之际，真白变身成一只大大的白狗。深冬扑过去，紧紧抓着她的身体，逃出了包围圈。

"等等！"

真白奋力地跑着，但深冬在情急之下没有调整好姿势，下半身从她身上滑下来，膝盖蹭到碎石块后疼得要命。真白不禁放慢了速度。"网，快撒网！"身后飞来一声命令，一张网从天而降罩住了她们。

深冬紧紧闭上双眼，那一刹那，周围响起了不知是枪声还是爆竹的炸裂声，烟熏的气味刺激着鼻腔。"中弹了，这下死定了。"深冬呛了几口，就这么仰面滚倒在地，昏迷过去。

冰冷的水滴落在脸颊上。深冬倒抽一口凉气，惊醒过来。她觉得好像做了一个梦。她迷迷糊糊地看了看四周，发现自己并非身处住惯了的房间和躺惯了的床上，打从心底感到失望——明明是从梦里醒来的，却还得继续待在梦里。看来，这个世界不是睡一觉就能结束的。

不过，这里究竟是什么地方？真白在哪儿？天花板是水泥毛坯的，低得像随时会掉下来。不知是不是内侧的管道裂了，上面渗出一摊水渍。墙壁和天花板都是灰色的，给人一种工厂或仓库的印象。这间屋子很狭小。墙边摆着纸堆和齐腰高的巨大纸卷，越发给人一种压迫感。

锈成红褐色的门开着一道几厘米的缝，机械活塞和传送带发出轰鸣声，与夹带着怪味的空气穿过门缝渗透进来。那是油墨的气味。

深冬躺在地上，身下垫着纸箱壳，身上盖着脏兮兮的毛巾被。她用手撑地，想爬起身来，但手肘生疼，膝盖好像也受伤了。从那以来，到底过了多长时间？

"请问！请问，有人吗！"

深冬鼓起勇气呼喊。这时门开了，一个小朋友探头进来。白T恤配五分裤，是刚才拿了便当的孩子。对方瞪着一双像橡果般的圆眼睛盯着她。

"你醒了？"

孩子的身后出现一名青年。那是戴眼镜的蟹味菇青年，也就是若叶堂的店员春田。他不像崔、三木和菊地田那样发生了明显的变化，身穿黑色Polo衫，系着围裙，看上去仿佛仍在书店里工作。

"请问，这里是……"

"对不起，让你受惊了。我们点燃爆竹，吸引了警察的注意力，为的是把你们救出来。当时我听说你是瑞奇·麦克洛伊的熟人，就是那个装腔作势的私家侦探？"

"与其说熟人，其实是我们委托他办事。"

"原来是这样。那么，他现在在哪儿呢？"

"不知道。他说去打探一下消息，就再也没回来了。对了，我的朋友呢？"

"那只白色的狗狗？放心，它精神得很，正和我们的伙伴在外面玩。"

"哦，哦……那么，这是什么地方？"

既然有禁书令，这里就不会是书店。可是，这里有油墨的气味，还有这么多纸张……

"这里是我们的地下据点。真抱歉把你牵扯进来，不过，目前这里是最安全的,尤其是对你这样带着书的人来说。"

"地下据点?"

春田没有再说什么,只是牵着深冬的手拉她站起来。

小房间对面的屋子同样天花板很低,面积绝不算大。深冬望着摆在那中央的机器,觉得它就像一台乱糟糟的钢铁三角钢琴。厚重的四方形铁块上,闪着银光的平台、大大的圆筒和铁架组合在一起,侧面装着摇柄、控制杆和一些陈旧的仪表。

机器旁放着桌椅,墙边摆着一排架子。五名男女正站在架子前,蜷着身子快速地移动手,从架子上抽出一根根看似印章的细棍状物体,排列在手里的托盘中。

"这里是工厂?"

"是印刷厂。在这边拣完活字排完版以后,就放到那台活字印刷机上去印。我们会在这儿印制传单和书。"

"也就是……干违法的事?"

"嗯,就是这样呢。"

春田竟还有些骄傲。深冬想起在变了样的书店街上,鸭舌帽少年一边逃避警察一边四处发传单。那东西也是在这儿印出来的吗?

一名在架子前拣完活字的女子利落地走去里屋,说了声:"主任,拜托了。"屋子尽头摆着一张尺寸最大的桌子,旁边坐着一个五十岁上下的男人。看那独具特色的鸡窝头就知道了,此人正是若叶堂的店长。

"让我瞧瞧做得怎么样!可不能粗制滥造,不然会影响读者的视力呀!就像私造的甲醇酒那样!"

那股气势和独特的说话方式也和现实中的店长毫无二致,深冬不禁松了口气。被称为主任的若叶堂店长摘下眼镜,换上另一副眼镜,仔细地端详了一番排着活字的托盘,然后大叫:"塞布,塞布!"于是,站在深冬身边的春田便向主任走去。虽然他怎么看都是春田,但也毫无例外地成了故事世界中的角色。

"给,麻烦你去排版吧!要和往常一样整整齐齐的!"

深冬准备跟在春田的身后一起去,这时与拣完活字后仍待在主任旁边的女子眼神交会。深冬认出对方是学校的图书室管理员，也是文艺社的顾问。那名女子戴着大框眼镜，长发梳到一侧，拐过肩头，垂到胸前。难不成……深冬望了望周围，倒是没看到像是文艺社成员之类的人。

"塞布，把无关人等带进来，要不要紧啊？"

那位图书室管理员——现在肯定另有其名的女子故意大声地提出忠告。深冬听着不爽，但也对自己进入私印现场是否妥当心生疑虑。

"不要紧的。她还给了托比吃的。托比躲在这儿一直饿着肚子，她可是帮了大忙。而且，她还带着书，算是我们的同志。"

听见春田的解围后，图书室管理员耸耸肩，继续回去拣下一套活字了。

春田从主任那里接过了托盘，来到圆筒前排好版，为防止活字蹦出来，他先用木槌将活字敲平整，再装进印刷机里。接着，他把长年累月之下已变得十分有光泽的木板嵌入活版与圆筒之间，再在上面铺好印刷纸，按下了开关。印刷机低吟着开始运作，上方的铁架骨碌骨碌地转动起来。春田将印刷纸相互错开后送向圆筒，铁架便将纸一张一张地吸进去，一瞬间就印上了文字。深冬看得目不转睛。尽管她对机械可以说毫无兴趣，但现在这番光景还真有意思。

只是，再怎么有意思，看了十分钟就厌倦了，深冬打了个哈欠。她感觉臀部侧边有点痒，便挠了挠，却产生了奇怪的触感。软乎乎又硬邦邦的，毛茸茸的，又粗又长——她吓了一跳，用力一抓后竟还有点疼。深冬回头看去，简直不敢相信自己的眼睛。那是尾巴。她的尾骨附近居然长出了一条狐狸尾巴。

这和上周《繁茂村的兄弟》那会儿一样。进入书的世界后不久，深冬就莫名其妙地长出了狐狸尾巴。她伸手去摸脑袋，三角形的耳朵也冒了出来。

其他人的身后也纷纷钻出了橙色尾巴，可春田也好，图书室管理员也好，主任也好，谁都没有注意到。

深冬不明白人为什么会开始狐化，也不明白完全变成狐狸将意味着什么。作为这个世界的领路人，真白似乎也不明就里。

"得赶紧找到贼才行。"

瑞奇·麦克洛伊，不，"山椒"是不可靠的。再怎么扮演私家侦探，"山椒"终究还是"山椒"。深冬打定了主意，自己找起了出口。春田刚才说真白在外面。

除了通往先前深冬睡觉的小房间的门之外，这座印刷厂还有另一扇门和一道卷帘门。卷帘门目前是放下来的，那就去剩下的那扇门那里瞧瞧吧。印刷机轰鸣运转，人人都集中精力在印书，深冬趁机蹑手蹑脚地往门边挪去。

结果，门外是被潮湿的水泥墙围起来的楼梯间。粗糙的铁楼梯一直向上延伸。这里似乎是地下，汽车奔驰的声音听上去是从很高的地方传来的。深冬轻轻关上门，踩上台阶。一级，两级，三级。差不多上了二十级，来到第二个转角的时候，她停了下来。

有只狐狸。

转角的角落里堆着压扁的纸箱，橙色的狐狸将身体蜷成一团睡在上面。大概睡得很熟吧，它一点也没注意到深冬正在靠近，"呼呼"的呼吸声显得十分安稳。

深冬张开双手，踮着脚慢慢靠近它，然后猛地一扑。狐狸终于醒来，向后跳去，而她几乎同时将手插进它的腋下。狐狸四肢乱蹬，拼了命要逃。深冬的脸和手臂被它抓出好几道伤痕，但总算控制住了它。

"太棒啦！抓住贼了！抓住偷书贼了！"

狐狸还是不死心地奋力挣扎，深冬一边吼着让它老实点，一边等待世界恢复原状。应该立刻就能复原了，毕竟抓到贼了……她知道，这家伙看起来是狐狸，其实里头是一个人。瞧那慌慌张张的眼神，张着小嘴试图辩解的样子，真正的动物才不会有这种举止。

然而，什么都没变。楼梯还是楼梯，外面的汽车声和下方传来的印刷机声依旧，狐狸也没变回人。深冬闭上眼再睁开，可世界还是老样子。

"为什么……这是怎么回事？我不是说抓到贼了吗！看见没？我也

不知道你是何方神圣，反正快恢复成原来的世界呀！"

深冬仰天大叫。管他是神还是什么，她冲那位正从某处观察着书中世界的"上帝"申诉。可她的声音只是不断地在楼梯间里回响，接着就被晦暗的水泥天花板吸收了。这时，狐狸又在她的手臂中闹腾。

"喂——怎么了？"

深冬越过楼梯的扶手往下探头，只见地下印刷厂的人们闻声而来，个个仰起头，疑惑地看着她。她无可奈何地下了楼。

"贼？这只狐狸？"

印刷厂的人找来一只木箱把狐狸关进去，给盖子上了锁，还压了好几本私印书，然后转头问深冬。木箱拼装得比较松散，木板之间留有缝隙，不必担心狐狸会窒息。

"是的。它偷了我的书。"

"哈哈。该不会受过训练吧？毕竟狐狸身体很轻，夜视能力也比人类强得多。"

听了春田的推测，深冬心想：不不，那可是一个假装成狐狸的人。不过，这么说会让事情变得更复杂、更麻烦，于是她决定不再多嘴。

这时，包括春田、主任和图书室管理员在内，印刷厂里的所有人不仅长出了狐狸尾巴，还长出了狐狸耳朵。再不快点就来不及了。深冬急得要命，却又不知接下来该怎么办。

"对了，我的朋友……那条狗怎么样了？"

"啊，我把它带过来吧。"

要是真白在身边，或许情况就不会那么糟糕了。可是，她好像也不太了解这个世界的奇怪规则，到头来还是只能靠自己思考。

书籍诅咒的规则。说白了，深冬一直想不通为什么非得由她来抓贼不可。同为御仓家的一员，住院的步武暂且不提，由昼寐去抓贼应该是最有效率的，尽管她通常都在睡觉。

再说了，那个贼为什么三番五次去御仓馆偷书呢？难道上次吃的苦头还不够多吗？

不对，等等。深冬一直板着面孔，抱着手臂思前想后，此时忽然意识到不对劲。她一直认为这只狐狸就是上次的那个贼，但果真如此吗？莫非是其他人？

假如曾被卷入那种荒诞世界变成狐狸，那么贼怕是再也不敢去御仓馆偷书了。至少深冬是这么想的。藏书的魅力真的大到足以让人冒这等风险去偷吗？

以前，深冬曾问过父亲把御仓馆卖了能值多少钱。

"深冬，你对御仓馆真是没有一点感情啊。"父亲苦笑着说完后，忽然又认真地说道，"很遗憾，其实卖不了几个钱。网络的发达令人们能更方便地获得旧书，旧书店的倒闭也增加了藏书的流通。何况曾祖父收藏的主要是娱乐小说，即便在发烧友的眼中很有价值，实际价格也不会太高。"

深冬对御仓馆没什么研究，可在贼看来，某些书是不是价值连城呢？假设如此，贼就应该偷同样的书才对，但真白说这次是一楼的书库失窃，而上次是二楼的书库。

莫名其妙。

假如偷书贼另有其人，那就表示一周里居然发生了两起盗窃案。

比起书的价值，书被盗这件事更令人气愤——深冬终于理解珠树奶奶倾尽全力防盗的缘由。可实际上御仓馆被盗的频率究竟如何，深冬也不得而知。她从未听步武提过失窃的事。事实却表明，自他住院之后就发生了两起。

"喂，你为什么要偷书呢？"深冬在关狐狸的木箱前蹲下来，质问道，"你是什么人？为什么来我家？读长镇上多的是书，你去找别家嘛。还是说，是有人要你这么干的？赶紧坦白吧。否则，你也好我也好，说不定这辈子都出不去了呀！"

或许是因为抓住的只是贼的手下，所以书籍诅咒没有解除。深冬用力晃动木箱，狐狸在里面翻来滚去，它尖叫着像在说些什么，可深冬完全听不懂。

"我觉得啊！就算你和狐狸说话也是白搭！"

深冬没有理睬发笑的主任，愤然起身，咬着指甲在印刷厂里焦急地踱来踱去。她的指甲也慢慢变得像兽爪的那样尖利。距离完全变成狐狸还有多少个小时，或者说，还有多少分钟呢？

这时，刚才去外面的那名成员带着真白回来了。不知是不是因为脖子上套着项圈拴着链子，她仍然是一副狗的姿态。真白看到深冬，立刻冲过来。深冬像对待真狗那样用力地揉了揉她的脑袋。不过，真白看上去有点不对劲。

"怎么了？"

深冬细细打量，发现真白的鼻头红红的。据在外面看守的成员所说，逃离警察的包围那会儿，放爆竹时产生的烟幕似乎含有催泪成分，真白嗅觉灵敏的鼻子因此遭了殃。

"可怜的孩子。"

深冬轻柔地揉了揉她的耳朵，于是，她可怜巴巴地发出"呜"的一声。

一名在桌边装订书的成员用鼓励般的口吻对深冬说：

"虽然灾难不断，但偶然碰上了贼，不也挺幸运的吗？"

深冬诧异地皱起眉头，转过头问：

"偶然？"

"是呀。这个镇子还挺大的。能这样和想见的人不期而遇，其实是非常难得的。你的运气真的很好。"

一瞬间，深冬感觉时间好像停止了。她环视了一下这座天花板很低的小型印刷厂。

"是吗……这样啊。"

深冬突然转变态度，印刷厂里的众人面面相觑。

"怎么了？"

"书……书在哪儿？私印的书呢？被保管在什么地方？"

"什么地方……就在那扇卷帘门后头。"

图书室管理员话音未落，深冬就大步走了过去。她推开人群，横穿房间，来到紧闭的卷帘门前，抓住把手试图升起卷帘。可是，卷帘门的下沿与水泥地之间上着锁，此时纹丝不动。

"喂，我说你啊，怎么这么自说自话！"

"请问，能不能帮我打开它？"

"不能，干吗要为了你这样的闲杂人等……"

"现在不是说这种话的时候。请把门打开，让我看看里面的书吧。那本被贼偷走的书应该就藏在里面。"

偶然。深冬来到这里，确实多亏她偶然把便当给了印刷厂的孩子，因此，在被警察抓住的时候，才得到了印刷厂成员的搭救。可是，狐狸——那个贼不一样。

上次，狐狸把书藏在了车站前的储物柜里。在书籍诅咒的世界中，不会发生变化的只有深冬、真白、偷书贼以及从御仓馆中失窃的书。那么，这次贼是怎么处理书的呢？在实施禁书令的世界中，光是拿着书就够引人注目了，还伴随着危险，而且藏都没地方藏。

俗话说：藏匿树木的最佳地点是森林。在这个书籍遭禁的世界里，只有私印书的交易点或地下印刷厂才有书。而藏在印刷厂相对更安全，所以狐狸找到这里，把书藏了起来。它之所以会在楼梯间的转角休息，肯定是因为以那小小的身躯要把给人类看的那种尺寸的书藏起来，需要耗费不少体力与智力，它实在累坏了。

也就是说，御仓馆失窃的书就在这座印刷厂的某个角落里。

光抓住贼还不够。只有把被偷的书也一同找到，这里才能恢复成原来的世界。

深冬终于理解了书籍诅咒的规则。

就在她整理思路的这段时间里，人类的狐化也在一步步推进。那名与深冬针锋相对的图书室管理员，从太阳穴到面颊之间长出了天鹅绒般的橙色汗毛。深冬的手背也覆上了泛着光泽的绒毛。她抓着管理员的双肩，拼命恳求道：

"求求你。请把卷帘门打开。不赶紧把书找出来，就要出大事了。"

管理员与之后过来的春田、主任相互看了两眼，无奈地摇摇头，从裙子的口袋里掏出钥匙，打开了卷帘门。

仓库和印刷厂的面积差不多。尽管和整座御仓馆没法比，但这里堆着的书估计和一间小书库的收藏量相当。

"有……有这么多……"

"厉害吧?这一本一本的书,都是通过我们的双手制作出来的。书是打包的知识。比起'讲述者'那些光用嘴说出来的新闻,书蕴含的知识量可要高出好几个级别,而且人们能通过阅读文字有所收获。书是这世间不可或缺的东西。制定禁书令的人就是想把知识从人类的手中夺走。"

"书也没那么了不起啦。只要看了觉得有意思就行。哪怕内容乏味,也不失为一种有益的经历。毕竟人们能从中了解到自己喜欢什么,又对什么感到无聊。"

"我是一点儿都没考虑过这回事。书能换钱,仅此而已。"

"脑子里只知道赚钱的家伙,快给我闭嘴!"

深冬对成年人之间的交谈充耳不闻。她会愣在原地,并非是惊叹于海量的手工书,而是对如何从这堆书山里找出御仓馆失窃的那本书感到不知所措。要是真白的鼻子还灵敏,那倒也简单,可现在真白的嗅觉受到烟幕的影响打了折扣。要不问问偷书贼本人?可万一让它溜了,那就竹篮打水一场空了。

天花板上有个敞开的方形排气口。偷书狐就是从那里进出的吗?从排气口里吹出习习微风,深冬背后的狐狸尾巴轻轻摇曳。她咬咬牙,抬起头,几步冲到书山前,从靠边的那排开始一本一本地查看。这些书的形态和现实世界中的流通物有很大差别。外皮都是相似的茶色或黑色,没有图片也没有插画,十分简约。深冬看完就扔,一次看个五到十本,披荆斩棘地往书山里推进。照这个速度,肯定能轻松地找到被偷走的那本书吧——可过了十分钟左右,她一不小心没抓好,书便从手里滑落下来。她发现自己的手指忽地缩短并变圆了,手心里还鼓起一块像是肉垫的东西。

深冬铁青着脸,努力把惨叫吞进肚里,笨拙地用双手夹起书甩到一边。或许是被她的样子触动了,印刷厂里的众人和真白也过来帮忙。与此同时,所有人的鼻子都开始伸长,脸上还长出了胡须。

他们满头大汗地搬运了一千多本书，刚查看到三分之一的时候，深冬的尖耳朵"唰"地动了一下。她听见了警笛声，而且越来越近。

其他成员也纷纷扬起头来，几个人急忙跑向出口看看情况。警笛声来到仓库的正上方后便停了下来。

"不好，是警察！"

"撤，快离开这儿！"

"真的假的？他们怎么知道这儿的？走漏风声了？"

人们陷入惊慌，东奔西窜，堆起来的书发生了雪崩。不知是谁摔倒了撞到桌子，几十张纸"呼啦啦"地飞舞下来。"这里是很深的地下，窃听器没法发射电波，绝对不会暴露的。"大家相互安慰彼此。

暴露不暴露又有什么关系？深冬片刻不停地继续挖着书山。只要找到那本书，一切都解决了。警察也好私印书也好，一切都能得到解决。这时，图书室管理员抓住她的胳膊说：

"你也一起跑吧，快！"

"不！"

就在此时，一个经由扩音机放大了好几倍的声音响彻整个空间：

"地下印刷团伙的罪犯们，听好了！你们已经被包围了！如果想救同伴的命，就赶快投降！再说一遍，如果想救同伴的命，就赶快投降！"

"同伴？他到底在说谁？"

所有人你看我我看你，相互数了数成员是否到齐。结果是一个也没少。负责装订的男子吁了一口气说：

"反正是在故弄玄虚吧。别理他们了。"

"以为我们在故弄玄虚？听听这个！"

对方像是洞察了一切。话音刚落，扩音机里就传来一个小孩子的哭声。是那个收下便当的孩子。

"托比！"

"确实没看到那个孩子！那真的是托比的声音吗？他是什么时候不见的？"

深冬感觉背后升起一股凉意。肯定是刚才她找到偷书狐后引起骚动时出的事。楼梯间的门就那么敞开着，大家的注意力都在狐狸身上，恐怕谁也没注意到有个小孩跑出去了吧。"

"莫非是托比泄露了这个地点？"

"怎么可能？那孩子才五岁啊。肯定是他跑到外面去时被谁保护起来，然后……"

图书室管理员说到一半，表情突然僵住了。

"那人以为托比迷路了，就报了警，但是托比不可能把这里说出去。我们也没告诉他这儿的地址。"

"难道不是保护他的人把发现他的地点告诉警察了吗？"

"就算如此，可这儿是地下啊。上头不过是块搭着小屋的空地。哪怕警察来了，应该也不会想到发现迷路孩子的空地下方还有一座印刷厂。尽管如此，他们还是知道了，那就说明……"

管理员望向真白，望向白色的狗。真白先前在外面。

"但狗是随处可见的。"

"是啊。所以，答案只有一个。"

下一瞬间，远处传来一记枪声，所有人都惊叫起来。深冬趁机甩开管理员的手，往关着狐狸的木箱跑去。现在不该担心狐狸会溜掉，只能赌一把了。偷书贼应该知道书在什么地方。必须了结这出愚蠢的闹剧了。

不过，就在只差一步时，有个不速之客闪进了深冬与关狐狸的木箱之间。

"这是要干什么呀，小姐？"

是春田。不知他是不是哪里不舒服，面孔比刚才苍白不少，额头上还挂着汗珠。深冬试图从他的身旁绕过去，但对方不甘示弱地拦住了她。

"别挡路。我找那只狐狸有急事。"

"希望你不要采取过分的行为。万一出了事，我也会被警察抓走。"

说着，对方用手指推了眼镜的横梁，用袖口擦了擦额头。深冬感觉不妙。

"你说'我也'是什么意思?反正大家都会被抓,不是一样的吗?"深冬的喉咙干巴巴的,好不容易才将唾沫咽下去,"春田先生……不,那个,塞布先生。莫非是你告的密?"

除了春田和深冬,所有人都震惊得瞪大眼睛。

春田忽然别开脸,说:"要怪就怪你来了啊。为了保护这里,很早以前警察就胁迫我,无论如何都要把瑞奇·麦克洛伊交给他们。"

"你说什么?"

图书室管理员推开深冬,上去就要对春田动手,周围人纷纷阻拦。"冷静点嘛!""先把话听完,好不好?"大家都在尽量安抚,可管理员还是气呼呼的。身后的深冬则悄悄躲起来,找起了真白。

印刷厂的众人已然无暇顾及深冬,和春田发生了争执。原来,警察的真正目标是私家侦探瑞奇·麦克洛伊,而春田……不,塞布把深冬当成了瑞奇的同伴,为了引诱他出动,才假装把深冬带到地下印刷厂保护起来。

"因为那位小姐把便当给了托比,所以我把她带来了——这只是个漂亮的借口而已。把托比放出去的是我。警察也不是接到附近居民的报警才找来的,他们一直在等信号。要是知道自己的同伴在这里,瑞奇肯定不得不现身。"

"所以就拉着我们和印刷厂一起陪葬?你真是疯了!"

"我对你们感到十分抱歉,但对印刷厂不是这样。他们答应我会保护好印刷机。你们都是能替代的,但印刷机不能。没了它,就再也生产不了书了。"

成员们扑向春田,与此同时,恢复成人形的真白恰好洗完脸走出盥洗室。

"真白!"

深冬大喊,举起了装着狐狸的木箱。就在被印刷厂爆发的混战波及的前一秒,她把箱子扔给了真白。真白迅速跳起接过木箱,使出一股怪力将其砸了个粉碎。

众人扑向春田,一鼓作气脱光了衣服。大家全裸着,但由于几乎变成了狐狸的形态，所以看上去就是一堆橙色的团块在互殴。深冬匍匐着，从争吵与推搡中逃离而出，往被真白牢牢抓住的狐狸那儿赶去。

"快……快告诉我书在哪儿！不然就来不及了，所有人都会变成狐狸，再这么下去，你也会被警察击毙！"

深冬的视野在愤怒与眼泪中变成模糊一片。为什么非得遭这种罪不可？她用手背擦了擦眼角，上面长满了天鹅绒般的皮毛。现在，她的脸上已经生出胡须，鼻子也伸得老长，牙齿还变成了尖尖的獠牙。

这时，头顶传来了枪声。

"是麦克洛伊！麦克洛伊出现啦！"

扩音机里满是怒骂、枪声和刺耳的啸叫。故事的主人公在上面。深冬抓住无法动弹的狐狸的脖子，用力摇晃起来。

"你想死在这诡异的世界里吗？那就快点去死吧，你这个窝囊废！"

没想到狐狸突然睁开眼睛，对着深冬的手咬了一口。深冬缩回手，狐狸就从她的腋下蹿了出去，一眨眼爬上了堆在仓库里的书山。

"喂，你到底懂不懂啊？我在找被你偷走的那本书！不然一切都不会结束！"

狐狸甩了甩尾巴，似乎明白了，跳上堆在左边靠里面的那座书山，像猫刨猫砂似的，马力全开地刨起书来。深冬和真白也脱了鞋，手脚并用地爬上去一起刨。黑色书皮、茶色书皮、黑色书皮、茶色书皮、黑色书皮——在那下方，深冬发现了一本熟悉得令人怀念的书，那装帧看着像现实中的书籍。上面印着一张照片，用秀丽的字体写着书名。

在那下面还有书。二人一狐忘我地发掘着书籍。就在她们捧起最后一本的时候，仓库入口处传来一声巨响。深冬回过头，发现瑞奇·麦克洛伊……不，装腔作势的"山椒"正站在那里——

睁开眼睛时，深冬发现自己正躺在御仓馆一楼用来接待访客的阳光房的地板上。阳光从宽大的窗户中泼进来，她眯起了眼睛。白云悠悠地从蓝天上飘过，她不禁盯着看了一会儿。

闭上双眼，深呼吸。

——我回来了。

深冬手中还拿着《黑皮书》。这本书所写的故事恐怕和她刚才目击和体验到的故事有所不同吧。没有深冬和真白，瑞奇·麦克洛伊应该会有其他活跃的表现。这么一来，塞布究竟会做出什么选择，印刷厂的未来又会发生什么改变？

这么一想，她越发搞不明白了。那究竟是一个什么世界？为什么会有这样的故事？说到底，《黑皮书》和《繁茂村的兄弟》为什么会成为书籍诅咒的关键？它们的作者又是谁呢？

深冬抱着那本漆黑的书坐起身来。不远处传来起劲的呼噜声，深冬伸长脖子往矮桌的对面看去，只见昼寐姑姑还睡在沙发上。

姑姑知道书籍诅咒这回事吗？既然是御仓馆的管理员，她很可能是知道的，真白似乎也认识她。

"姑姑，昼寐姑姑，快醒醒。"

深冬摇晃昼寐的肩，试图叫醒她，可她还是没有睁眼，简直就像被纺车的针刺中手指的睡美人，规规矩矩地坐着，沉浸在梦乡里。

"真拿她没办法啊……"

深冬把书放在矮桌上，打算离开御仓馆。一看钟才发现，从她进入那个世界后，时间完全没有流动。得赶快买点心送到父亲那儿，还得把书一起交给他。对了，那两个人会来——瑞奇·麦克洛伊和刑警——"山椒"和三木。要是他们戴了费多拉帽，那可怎么办？

深冬一边想一边往外走。正在这时，她注意到玄关门的金属把手上有张用磁铁压着的便笺。那块磁铁是以前深冬送给姑姑的旅游纪念品，外形是一只招财猫。

"这是什么？"

那张便笺呈薄荷绿色，像是从任何文具店都能买到的方块便笺本上撕下来的。深冬感到疑惑，揭下磁铁抽出纸，看起了写在上面的文字。

她的心脏狂跳了一下。

"御仓深冬小姐，我有话对你说。如若方便请回电。号码是＊＊＊＊＊＊＊＊＊＊＊。——偷书狐敬上"

被幻想与蒸汽的雾霭包裹

第三章

"不行。"

御仓步武——深冬的父亲张口就是这么一句。

他在病床上坐起身来,直视着眼前正板着面孔的独生女,再次一字一句地说道:

"不行,深冬。不要理会这种信。"

"可是,那要怎么办?如果这真的是来自偷书贼的信……"

"真是这样的话,那就更不行了。去见偷书贼?要是有个万一,那可怎么办?再说了,为什么是'偷书狐'?为什么点名要你去?"

"不知道……"

深冬一赌气,嘴噘得更高了,眉头也皱得更深了。到底该怎么把这个谎圆过去呢?她绞尽脑汁。

深冬很清楚,父亲是正确的。从书的世界回来后,她发现玄关门上贴着一张便笺——那是自称偷书贼的人留给她的信。干脆装糊涂,直接把信扔进垃圾箱算了?她曾动过这个念头。她想和姑姑商量,可昼寐总是醒不过来。没办法,深冬只能拿来给父亲瞧瞧。不过,她隐瞒了书籍诅咒那回事。

"御仓馆好像进了偷书贼。"关键就在于"好像"二字。书一本也没被偷,便笺也是贴在玄关"外侧"的——深冬撒了这么一个谎。至于真白那个明显不同于人类的神奇少女,以及变成私家侦探的体育老师,还有她差点被枪击中那些事,不管怎么讲,父亲都断然不会相信。况且,要是报了警把事情闹大,之后会很麻烦,贼留下的实物又只有这封信,搞不好警察会当成恶作剧,根本不想管这档子事。

可是,深冬很想知道究竟发生了什么。她想看看那只偷书狐会和她说什么,真身到底是什么人。

"知道了,我不去见他就是了。"

深冬故意重重地吁了一口气,把圆凳往父亲的枕边挪了挪,重新坐好。她不认为会有家长同意自己的孩子去和贼见面，可听到父亲那么说后，她仍然有些沮丧。

深冬的母亲在她读小学二年级的时候就去世了，不过，她一直觉得和父亲两人的生活还是挺和睦的。两人各自承担力所能及的家务。至于力所不能及的部分，要么干脆放弃，要么请镇上的人帮忙，比如道场的代授师父崔的家人或商业街的大伙儿。要是事情搞砸了，两人就一笑而过。父亲既没有强求她承担起母亲的职责，也没有做出让人觉得过度保护的行为。只不过，有时候——好比现在这种状况下，父亲的处理会令她感觉自己还是个孩子，需要听家长的话。

"好。那么，昼寐的情况怎么样？"

父亲忽然岔开话题提到姑姑，深冬的视线不禁游移起来。从哪儿到哪儿是能说的，从哪儿到哪儿又是得瞒着他的呢？她的大脑开始高速地运转。

"她好着呢……还是一天到晚睡大觉，不过，似乎有好好吃饭。"

深冬没撒谎。至少昨天清醒的昼寐还在庭园前和那个时尚女人聊天来着，馆里也有饮食的痕迹。步武点了点头，但还是把粗壮的胳膊紧紧地抱在胸前，面色凝重地说：

"那就好。你暂时不用去御仓馆了。"

"为什么?!"

深冬不禁提高了嗓门。从四人间的某个角落里传来几声刻意的咳嗽，深冬赶紧压低了声音。

"爸爸，你不是说我得负责照顾姑姑吗？"

"话是没错，但那个奇怪的恶作剧让我有些担心。对方还点名要你去，这也太恐怖了。"

"那姑姑怎么办？"

"我已经叫其他人来帮忙了。"

"什么?!"

深冬不小心又提高了嗓门，责备的咳嗽声又响起来。她心生厌烦，觉得对方真是小心眼。她准备问问父亲到底有什么打算。说什么不用去御仓馆了，另有他人能照顾姑姑……搞什么呀，那一开始就别叫她去啊。

"没关系，包在爸爸的身上。要是把什么事都推给你，你就没时间学习和玩耍吧？"

"事到如今才说这种话？"

深冬觉得自己像被过河拆桥了，越发眉头紧锁。这时，他们听见房门被打开的声音，有人正风风火火地走进来。不一会儿，分隔病床的布帘被"唰"地拉开，体育老师菊地田和语文老师三木出现在眼前。对哦，他们好像说过今天要来探望父亲。

在硬汉派小说《黑皮书》的书籍诅咒世界之中，菊地田成了主人公——一名私家侦探。直到刚才，他还是漆黑外套配费多拉帽的冷酷打扮，现在却穿着一身绣有品牌标志的荧光绿运动服，深冬觉得非常刺眼。菊地田爽快地笑了，对她说："哦，你来啦！"瑞奇·麦克洛伊的面貌可谓荡然无存。咳嗽声又不依不饶地响起，于是，活像挂画上的幽灵的三木便说了一句："我们去会客室吧。"

深冬内心十分矛盾。她真不想再和那个世界扯上关系，却又无可救药地被吸引了。父亲不许她去御仓馆时，她甚至还觉得生气。明明现实世界又平静又温和又安全，她到底是怎么了？为了分散注意力，她赶忙从圆凳上站起来，说：

"那我走啦。回头见，爸爸。"

"咦，这就结束探视了？"

深冬没搭理发愣的菊地田，对着隔壁班的班主任三木鞠了一躬，再朝父亲挥了挥手。脸上仍贴着大块纱布的步武欲言又止，最终只冲她缓缓地摆了摆右手。

深冬走出医院，拖着懒散的步伐拐过车站前的转角，边顺着商业街往书店街走，边问自己：接下来要往哪个方向呢？

暂时不用去御仓馆了，另有他人会照顾昼寐——父亲的决断盘旋在她的脑中。她讨厌御仓馆。按理说，不用照顾姑姑是一件幸事。

可她的心就是静不下来，情绪也好不起来。眼看着双腿就要往御仓馆的方向迈去了，她心一横掉转方向，回到来时的路。

"行吧……既然如此，我就再也不去御仓馆了。"

深冬嘟囔着，决定去车站前的快餐店吃个炸薯条。她端着肩膀低着头，轻轻地踢飞脚边的小石子。小石子骨碌碌地滚上人行道，撞在了前方某个人的鞋尖上。

"啊，对不起。"

深冬嘴里道着歉，眼神却被小石子撞到的鞋吸引住了。那是一只黑色的皮鞋，脚背部分有个金灿灿的四方形带扣，鞋尖就像雪橇一样向上翘起，设计十分独特。而且，那人的袜子还是透明的。

"……怎么了？"

听见鞋子的主人冲自己说话，深冬这才回过神，抬起头来。站在眼前的是个陌生的女人。俏皮的光头，大大的银耳环，深绿色的眼影上有条闪着金光的眼线。黑色的长款衬衫长及臀部位置，腰部绕着一条红皮带，下面是拧成古怪形状的米色裙子。这种人至少要出没在比读长镇更大更时髦的地方才合理。年龄嘛，在二十五岁到三十岁之间吧。

昨天的记忆苏醒了。对方就是那个和昼寐在御仓馆的庭园前聊天的人。

——这不关我的事，反正我不用去那儿了。

"没什么，什么事都没有。"

深冬打算从那女人的旁边绕过去。可对方眯了眯本就细如新月的单眼皮眼睛，挡在了她的前面。

"不好意思，你挡路了。"

"我是故意的。我找你有事。"

"什么……"

"我本来在医院的候诊室里等着，当时去了一趟洗手间……结果正好见你要走，想着可不能让你跑了，我就赶紧追来了。你认不出来吗？我是偷书狐。"

"啊？"

"我们聊聊吧，走走走。"

女人紧紧地抓住深冬的右手腕，不由分说地拖着她往前走。等深冬回过神来时，她发现自己已经坐在书店街口那家老咖啡店的沙发上，还向店主点了一杯红茶。其他座位上的顾客多是六七十岁的老人，大家时不时朝这位奇葩时尚的光头女子瞟上几眼，而她本人满不在乎地喝着冰水。深冬瞪了一圈其他顾客，见老人们一个个慌了神，她自己才"咕嘟咕嘟"地喝起水来。

"好吧，我算是不小心上了你的贼船。能好好解释一下吗？你就是偷书狐？真的？"

"要是不信，我就把你在那儿对我说的话复述出来吧——'你想死在这诡异的世界里吗？那就快点去死吧，你这个窝囊废！'你骂得真痛快啊！"

深冬睁圆眼睛，直愣愣地盯着对方。

"怎么？我说错了？"

"没……没说错。"

这人果真是那只偷书狐。深冬愣住了，甚至没发现送到桌上的红茶和冰激凌苏打放反了位置。对方把白茶杯推过来，又把上层放了冰激凌、下层装着绿色苏打水的玻璃杯换过去，同时轻飘飘地说道：

"可是，这也太叫人惊掉下巴了吧？的确是我偷了书有错在先，但没想到整个小镇都变成了那种灵异世界，我还被变成了狐狸。一开始，周围突然夜幕降临，街上的人全没了，把我吓得不轻。过了一会儿，人倒是出现了，可大家都成了毫不相干的角色。我说啊，你们御仓家的是魔法师吗？"

"怎么可能？至于为什么会变成那样，我也是一头雾水。"

深冬将视线停在红茶的茶杯上，努力整理起混乱的思绪。

——问题一，这个人为什么要从御仓馆里偷书？问题二，她明明可以溜之大吉，为什么还要特意追上来和我对话？问题三，说到底，这人是什么来头？

深冬大大地深呼吸，抬起头来，只见对方的面前细致地叠着两张餐巾纸，而她正将冰激凌顶上那颗红艳艳的樱桃往纸上挪。深冬觉得

自己的步调似乎要被打乱了,便不耐烦地开口说道:

"我有太多事情想问你了。"

"嗯,我也有事想问你。那个叫昼寐的到底是什么人?"

"咦……你说昼寐姑姑吗?我也说不清楚……"

原本深冬才是发问方,她却不自觉地被那女人流畅自然的问话绕了进去。

自深冬懂事以来,昼寐就一直生活在御仓馆里,在外头碰见她的次数屈指可数。每次碰见她,她要么窝在书山里看书,要么在整理书架,要么在修缮旧书,再不然就是打着鼾睡觉。偶尔两人独处一室,昼寐也会沉默到天荒地老。只要深冬不主动搭话,她就不会开口。这可比和珠树奶奶在一起时轻松多了,而且昼寐不时会露出讨喜的笑容,所以深冬对她绝没有厌恶之情。然而,若要说昼寐是什么样的人,深冬至今都没弄明白。她内心觉得昼寐是个仿佛不存在于现实之中的虚构人物,不过,她从未和父亲提过这种想法。

父亲曾说,昼寐对御仓馆里的每一本书都了如指掌。可依深冬看来,就算脑容量再大,连自己都照顾不好的人终究只是个"巨婴"。

一不小心就想到了姑姑,深冬意识到后,吃惊地回过神来。糟糕,可不能被这个人牵着鼻子走。

"姑姑的事不提也罢。说起来,你又是什么人?为什么要去御仓馆偷书?上周也是你把这儿变成了下珍珠雨的古怪世界?还有,便笺上写着'有话要说',那指的是什么?然后,我昨天看到你和昼寐姑姑在聊天。到底……"

"打住,你的问题太多了。"

那女人"唰"地伸出涂了黑加仑色指甲油的食指,深冬立刻闭上了嘴。然后,对方挪开吃完冰激凌苏打的空玻璃杯,将手肘支在桌上探出身子。她凑得很近,每次开口,被蜜瓜苏打水染成绿色的舌头都时隐时现。

"我叫萤子。汉字写作'萤火虫的孩子'里的'萤子'。这名字不错吧?我生于1986年,职业是浪客,爱好是看书。"

"请你认真回答我的问题……"

"我很认真啊。好，这次换我提问了。"

"才没有这样的规矩。"

"现在有了。提问，为什么深冬和其他人不同，即便在那个世界里也能保持清醒？然后，我变成狐狸在那危险的小镇上四处逃命的时候，还出现了一个女生吧？那是谁？"

"你不也问了两个问题吗……说实话，我也不知道为什么自己能保持清醒，所以这个问题我答不上来。包括那个女生也是。我只知道有书被偷的时候，她就会出现。"

"有书被偷的时候就会出现？真的假的？"萤子吃惊地瞪圆了眼睛，把手肘撤离桌子，深深地靠进椅背里，露出恶作剧的表情，"我说啊，那些都是假象吧？你也好我也好，大家不过是中了集体催眠。"

"集体催眠？"

"你应该知道催眠术吧？就是那种说着'你的眼皮越来越重了'就能让人睡着的手法。我和你都中了强力的催眠术，以至于我自以为变成了狐狸，而你则把我看成了狐狸。包括这个小镇，一切只是看上去变了个样罢了。"

"其他人也是吗？"

"有可能。镇上的所有人都中了催眠术。"

一瞬间，深冬差点又被萤子说服了。她告诫自己要冷静，然后开动脑筋。思考的结果是：非也。

"胡说。怎么可能同时给镇上的所有人施加催眠术呢？人还分容易催眠的和不容易催眠的呢。就算真有可能，如果有清醒的人从外部来到镇上看到那幅景象，肯定会去打听发生了什么吧？可是，谁也没有进来。而催眠术并没有本事封锁读长镇。"

换作过去，深冬说不定已经信了这有鼻子有眼的催眠术一说，但如今和她拥有相同体验的人物就在面前，她实在不觉得那个世界只是幻象。

"原来如此。深冬，你比我想的聪明呀。"

"你说话好没礼貌啊。"

萤子突然一改先前那胡闹的态度,换上一副严肃的面孔,甚至让人觉得可怕。她用细长的手指抵着尖尖的下巴做出思考状,然后说:

"那我们现在就去御仓馆吧。"

"咦?"

"这叫'百闻不如一见'。如果我再从那儿偷一本书,说不定又能进入那个灵异世界了。做个实验嘛。"

深冬完全懵了。哪怕萤子下一秒就拿着点餐单站了起来,她还是愣在原地,挪不动脚步。过了一会儿,她终于反应过来,抓起双肩包,甚至顾不及背上包,几步冲到了正在收银台结账的萤子身边。

"偷窃是绝对不行的!"

深冬情不自禁地大喊出来,正在打单子的老店主吓得直盯着她看。"放心,不会对您这家店下手的。我也是会挑地方的。"萤子微微一笑,老店主反倒更惊慌了,而她愉悦地吹着口哨走出了店门。

阳光穿过行道树的缝隙洒在人行道上,形成摇曳的光影。萤子快步向前,黑衬衫和米色裙子的下摆都轻巧地翻飞着。

"喂,等等,请等一等!难道你真要那么做?"

"如果你不愿意,大可不跟来。"

"别说傻话了!我怎么可能放过号称要去我家偷书的人……"

"为什么?深冬,你不是讨厌书吗?"

她怎么连这都知道?深冬心里一惊,停了下来,但又使劲地摇了摇头,重新跟上她的脚步。

"这和喜不喜欢书没有关系吧?我现在要说的是,不许偷东西!我要报警了!"

街角有一棵粗大的樟树,前方停着一辆白色的山地自行车,一把钢丝锁将车拴在了"禁止停车"那块警告牌的支架上。萤子吹着口哨打开车锁,轻快地跨上山地车。

"那么,我们就来比比看谁先到吧。好人对坏蛋,预备——跑!"

"什么,喂!"

萤子像是没有听到深冬的喊叫，飒爽地飞驰而去。深冬急忙追赶，可凭她那十秒都不一定跑得完五十米的耐力，只是一眨眼的工夫就被甩到了后头。萤子的身影很快消失在遥远的道路尽头。

深冬走一阵跑一阵，再跑一阵走一阵，好不容易来到了御仓馆。她喘着气，全身都在起伏，小腿肚简直像要炸开一般疼得要命。总算平复了呼吸后，她抬起肩膀，擦了擦额头的大汗。萤子的白色山地车已经停在庭园里，不过，种着大银杏树的御仓馆十分安静，乍一看似乎并未发生什么异变。

深冬气呼呼地抬着萤子的白色山地车放到门外，心里期盼着警察能把这辆随处乱停的车拖去保管所，然后回到御仓馆的庭园里。她试着拉了一下玄关门的把手，轻松地打开来。

"不愧是贼啊……"

上回也是这样。在书籍诅咒发动以前，常规的警报装置也没响，可见对方已经准备了备用钥匙。

"萤子小姐？你在哪里？"

深冬走进馆内怒吼道，但没有其他人的动静。只微微听见一点呼噜声，大概是昼寐在打鼾。深冬赶紧脱了鞋，甚至没放进鞋柜就冲上了玄关的地板。

既然那辆山地车停在庭园里，就说明对方应该还没离开御仓馆。书库的门都紧闭着。深冬小跑着，往阳光房赶去。

阳光透过大窗户洒满阳光房，和几小时前深冬从《黑皮书》的世界回来时相比，并没有什么变化。昼寐还在睡，东西也没有被搬动过的痕迹。

深冬瞟了一眼通往二楼的楼梯，大步向昼寐走去。当看到昼寐手边的东西时，她惊讶地叹了一口气。

那是一张符。偷书贼作案后就会出现一张写着红色文字的护符。

深冬毫不犹豫地从昼寐的手里把符抽出来，张嘴念出了那段奇怪的花体文字：

"'偷窃本书的人'……'会被幻想与蒸汽的雾霭包裹'。"

就在这时，外面呼呼的风声消停了，透过阳光房的大窗户可以看到，庭园中被午后阳光染了一层橙黄色泽的草木停止了一切运动。深冬回想起萤子刚刚对她说过的话。集体催眠。眼前的景象到底是现实，还是中了催眠术所致？

深冬将视线从时间静止的风景移回到手中的符上。在别人来招呼之前，深冬自己先开了口：

"真白。"

"深冬，这是今天第二次了。"

深冬回过头去，先前和她分开的少女就站在眼前。她留着白色的头发，穿着和深冬一样的Polo衫与牛仔裤。

"果然又被偷了。"

"是的。真奇怪啊，同一天里有两次进了贼。你在生气吗？"

"不是。对不起……会被偷，我有一半的责任。"

听到深冬这么道歉后，真白睁大了原本就很大的眼睛，深冬无地自容地别开了视线。她对真白坦白了关于萤子的事，在这个过程中，她想起小时候带着超喜欢的大姐姐来到御仓馆，结果被奶奶痛骂了一顿，那种脚底发凉、胃部发冷的感觉复苏了，她不禁用双手捂住心口。

其实，深冬对当时的情况并未留有多少印象了。只记得是在散发着旧书霉味的御仓馆里，多半是在这间阳光房中，只想得起奶奶凶神恶煞的样子和她毫不留情的骂声。至于后来是如何收场的，甚至大姐姐长什么样，一概是模糊不清的。唯一扎根在记忆深处的是这样一种强烈的认知：我是绝对不能带朋友来御仓馆的。

然而，深冬把萤子放进了御仓馆。还是预告说要偷书的人。她也曾拼命追赶，试图阻止对方，可最终没能赶上。

"深冬？"

听到真白的呼唤后，深冬清醒过来，可突然大吃一惊，脸上的表情僵住了。只见奶奶正站在真白的身后，满脸凶相地瞪着她——不，这不可能。她是把阳光房角落里的古旧帽架错看成了奶奶，只因盖在上面的黄绿色遮灰布和奶奶爱穿的那套和服很相似。

"你没事吧？脸色——"

"没事。我们得快点找到萤子小姐，把书夺回来。"

深冬往牛仔裤上搓了搓汗津津的手掌，催促着一脸忧虑的真白，准备上楼。真白却表示这次不在那边，推着她的后背往玄关走去。

走廊沿路排列着书库门，真白打开最右边的那扇门，对深冬说：

"是这儿。走，进去吧。"

"早知道就不去阳光房，直接进这扇门看看了。"

"你到达这里的时候，偷书贼已经离开了。"

"什么？"

深冬并不知道贼偷了书离开御仓馆后，经过了怎样的一个过程才变成了狐狸。看到自行车还在，她就觉得萤子应该在馆内，难道这个想法错了吗？

"别在意，现在去抓住她就行。来，走吧。"

书库依旧一片昏暗，明明没有一支蜡烛，室内却星星点点地亮着朦胧的橙光。深冬跟随真白在并排的书架之间走动，来到左边角落里的架子前。架子上有一层少了几本书，露出些许空隙，其中有一本书封面朝外摆着。

封面上有这样一幅画：天空由蓝渐变成灰，最后逐渐被黑色吞没，在山与城市的暗色剪影前有一只似龙又似狼的生物。

"书名是《银兽》……这是个什么样的故事呢？"

"和之前那本《黑皮书》有点类似吧。"

"我晕，又要乒乒砰砰了？"

"'乒乒砰砰'？"

"就是用枪打来打去的意思。"

"啊啊！是啊，这属于冒险小说，多少会出现枪战吧。"

"冒险小说？"

"嗯。这是一种描写了主人公冒险的小说类型，也叫作探险小说（adventure）……总之，这本书里的时代比《黑皮书》更古早，但又不全是过去的故事，里面有些特别发达的技术，不妨当成未来世界。这个故事很有意思,深冬你肯定会喜欢的。"

◆ ◆ ◆ ◆

"银兽"——第一次听到这个传说是在什么时候呢?

相传,在斯特姆霍普这个小镇还远远没有诞生的时代,世上便已存在这种全身由白银构成的美丽野兽。它们栖息在帝国的北方,身披蓬松的银毛,在炎热的季节也会吐出白气,叫声比夜莺的还通透。而且,它们还是世界上最温柔、最强大、最仪表堂堂的野兽。

爷爷翻来覆去所讲的那些故事,多半是平和的、甜美的、略微带点忧郁的。曾是蒸汽机车司机的他说自己见过银兽,但也只见过那么一次。

机车行驶的路途远超过我的想象。爷爷每次出去工作,都会有很长一段时间回不了家。相对的,只要回来,他就可以在家从新月那天休息到满月的时候。在这段时间里,他便会给我和妹妹讲各种故事。

针山是帝国北方一座刚刚被发现的新煤矿。在那里,为蒸汽机采集燃料的矿工们每天都要吸着坑道里恶劣的空气,汗流浃背地挥动十字镐,不停地开采煤炭。

一天,矿工们正将采来的煤炭往矿车上装,这时一个年轻人突然尖叫起来。工友们赶去一看,只见年轻人抓着十字镐浑身痉挛,口吐白沫直翻白眼。扎入坑道的十字镐尖端就像烧热的铁那般燃着红光。工友们想赶快把年轻人的手从那上面拉扯下来,但此时他的身体已经烫得碰都碰不得。短短几秒后,他全身的水分就在众目睽睽之下蒸发殆尽,整个人瘪成了一具干尸。

矿上向帝国官吏汇报了这个事件后,调查队很快就赶来了。针山被封锁,无法开采煤炭,大批矿工遭遇意料之外的停职,生活陷入困苦。发放给众人的慈善碎肉汤越来越稀,死于饥饿的小孩和病人逐渐增多。就在这个时期,有一天从针山的方向传来了震耳欲聋的爆炸声。

人们到屋外查看情况,发现面前出现了一片荒野。针山不见了。

刀劈斧削的黑色山峰，令人过目不忘的威严气势——一座本不可能被看漏的大山忽然间消失得无影无踪。笼罩着辽阔荒野的浓雾中浮现出几个飘忽的影子，慢慢向人们走来。是调查队队员。他们身穿从头顶包到脚趾的防护服，就像一个个蛹。

面对众人的质问与抗议，调查队队员们一言不发地穿过人群，相继乘上等候已久的马车，离开了矿区。不久，雾霭渐渐散去。留在原地的矿工与他们的家人听到一阵如鸟鸣般通透优美的叫声。

下一个瞬间，一只巨大的生物从本该是针山的那块地方冒出头来。

它有着长长的脖子，脑袋几乎要顶着天，身形壮硕，覆满毛发，尽管长着四条腿，身后却有条鱼一样的尾巴。这是一只奇妙的银兽，融合了在古代神话中出现的龙、狼和人鱼的特征。

阴云密布的空中，阳光从些许云缝间射下，那银色的身体像撒满黄金似的闪耀着光芒。野兽缓缓地动了动脑袋，张开尖嘴吐出白气。

愣在原地的人们被那股气息拂遍全身。然而，那其实是温度极高的蒸汽，那些人一瞬间就蒸发了。

好不容易在第一波中幸免于难的人们开始四处逃窜，紧接着，第二波呼出的蒸汽又从身后袭来，他们体内的水分被热力逼出，瞬间化为乌有。

可就在这时，银兽的行动受到了阻挠。乘着马车的调查队悄悄绕去附近的石头山，点燃了埋在针山周围坑道里的炸药。岩盘坍塌，野兽失去了立足之地。趁着这个空隙，待命的军队向银兽发起了突击。

——这就是爷爷口中关于银兽的传说。

我平时在工厂的学校上学，课间无聊时会用羽毛笔来记录银兽的故事。老师正在介绍Imensnium。这是一种令我们帝国比其他国家先进了一两百年的伟大矿石。它蕴含的能量比从针山遗址开采出来的那些煤炭要高一千倍。

一开始，帝国的科学家们控制不了这种过强的能量，研究所曾多次发生爆炸事故，不少人因此丧命。不过，当他们发现Imensnium能与其他金属融合后，研究一下子有了飞跃。科学家们开发出比钻石还坚硬强韧的Imen钢，制造出了能承受Imensnium强大的能量又能保持稳定的内燃机。

学校会教授Imensnium的处理方法，却只字不提过去曾出现在针山的银兽。可我一直认为，银兽和Imensnium是有关联的。毕竟恰好在发生灾难那天，爷爷驾驶机车路过针山的小镇时见到了银兽。

我每天早上四点就要起床。学生宿舍就建在工厂的劳工宿舍旁边，屋子很小，里头密集地排列着三层窄小的架子床。"起床！起床！"伴随着宿舍长的大吼和响亮的钟声，我迷迷糊糊地爬下木床，刚把那件有股奇怪粉末味的衬衫套在打满补丁的内衣外面，就听到下铺的家伙嘲笑道："洗衣房的标签还没拆掉呢！"接着，大家一起来到食堂。我开口问道……

"……好像有股怪味，有闻到吗？"

深冬忽地从书里抬起头来，"呼哧呼哧"地闻起了周围的气味。

"阴沟味。有点腥臭，还有很久没洗澡的味道。"

深冬说着，看向真白。真白已经苦着脸，用双手捂住了鼻子。

"因……因为我是狗，所以嗅觉比较……"

"啊，这可够呛呀。"

深冬在双肩包里一通摸索，翻出了一包餐巾纸。她抽出一张撕成两半，再分别团成小球，一边一个塞进真白的鼻孔里。

"太……森……森……等，等等，要……要麻啦……"

真白眼泪汪汪，口齿不清，看着实在滑稽。深冬不禁大笑起来，但很快想起萤子那回事，立刻又变得严肃。

"好，那走吧。看来我们已经进入书中了。虽然不知道萤子小姐有没有变成狐狸，但总之得抓住她才行。"

两人走出书库，踌躇满志地推开玄关的门。接着，她们惊讶地张大了嘴巴。

读长镇，已经不是原来那个读长镇了。

御仓馆上方横跨着一条钢铁高架桥，轰轰驶过的列车声传入耳中。

而奔跑在地面道路上的车辆则像在博物馆里见过的那种一百年前的车型，四方形的车体，细细的车轮，简直就像没有马的马车，但速度又异常快。小小的车体纵横驰骋，看得深冬眼花缭乱。每辆车上都顶着个类似锅的东西，不断向外喷射着银光闪闪的蒸汽。

路人们的服装也全变了。大部分女性穿着肩部鼓鼓的长袖衬衫，腰部收得很紧，下身是后方略微隆起的裙子。她们盘着长发，头戴小巧时髦的帽子，种种打扮都让人误以为闯入了电影的外景地。另一方面，也有衣衫褴褛的穷人裹着破破烂烂的披肩。男性亦是如此。既有戴圆顶礼帽或猎帽，一身西装三件套的；也有穿旧衬衫罩着一件脏夹克的，裤子上摞着的补丁都起了毛。

深冬一边挥手驱赶缭绕在眼前的蒸汽，一边在飞驰的车流中冒着司机的鸣笛声，跑向对面的马路。这时，她感受到周围一道道诡异的视线，甚至还听见了窃窃私语。

"那算什么打扮呀，根本就是内衣嘛。"

"说不定是北方来的奴隶吧。"

也就是说，她们的打扮太格格不入了。深冬的脸一下子热得发烫。

"快跑，真白。"

深冬抓起真白的手，拨开人群，漫无目的地跑起来。她在电视里见过这种风格的场景——是关于夏洛克·福尔摩斯的影视作品。学校里好像教过，那是在十九世纪的英国。可她实在没想到这地方居然这么令人如坐针毡。

马路已不是平时的沥青路面，而是欧洲常见的石板路，泛着浓重的下水道味。垃圾箱满得溢出来，苍蝇成群。深冬干呕了一下，捂着嘴逃得远远的。等真白回过头来时，深冬发现她面色苍白，看来就算往鼻孔里塞纸巾也无济于事。

"真是的，这次的书籍诅咒也太过分了。连一丁点读长镇的影子都没有了。太讲究了！"

"傲叟拖眼呢，森通？"

"什么？"

"拖眼。"

"……啊,你是问'多远'?我也不知道。反正我们得尽快把萤子小姐——偷书狐抓到才行。你很不舒服吧,真白。"

"探四,一田先左也么偶啊。"

"你说的话我一个字都听不懂啦!"

两人沿石板路跑起来,拐过转角横跨马路时,深冬只顾着和真白说话,没仔细看前面。

就在这时,一辆黑色的大车从左方驶来,一个急刹停在了深冬的身边。车轮上有好几个相互咬合的齿轮,轰鸣的排气管正喷出滚滚蒸汽。伴随着叹息般的声响,蒸汽充满四周,惹得深冬与真白咳嗽不止,以至于没注意到车门"啪啪"地打开了,走下来几个戴平顶帽的警察。转眼间两人就被他们抓住,戴上了手铐,要被押进车后方的囚笼里。

"喂,放开我们!"

"闭嘴,下贱的奴隶!"

其中一名警察对着深冬的右脸扬手就是一巴掌。深冬吃惊地瞪大了眼睛,抬起被铐着的手,捂住了疼得热辣辣的面孔。

真白气得毛都竖了起来。她飞身一跃,向三五成群嘲笑她们的警察们扑去,明明还是少女的外形,却直接咬住了那名扇巴掌的警察的脖子,对方发出一声惨叫。

"快抓住那家伙!把她押到别的车上去!"

"真白!"

纵使有再大的怪力,被四个成年人按住双手双脚后,真白最终还是败下阵来。深冬被塞进车里,真白则被警察压制在路面上。门一关,车发动了。

"真白!真白!"

深冬大声呼喊,但只能听见真白悲痛的哭声,两人眼看着离得越来越远。

漆黑的押解车奔驰在变了样的读长镇上。巨大的铁路桥像泰山压顶似的架在马路上方,地表上蜿蜒着几根粗粗的管道,靠大号螺钉相连,管缝之间冒出一团又一团蒸汽。

押解车内只有一扇小窗,由于铁栏的遮挡与警察的监视,深冬始终没法观察外面的情况。只是稍微转动身体,旁边那名穿一身黑的警察就会用警棍敲击车壁威慑一番。这应该是读长镇里的哪位居民扮演的,但她丝毫想不起对方是谁。

深冬铁青着脸,望向自己的双手。那副手铐的形状十分奇特——两个中空的齿轮像花生一样连在一起,将手腕放进洞孔之后,齿轮会分别旋转并同时缩小口径,最后天衣无缝地啮合在一起。无论深冬怎样挣扎和摆弄,手铐都纹丝未动。

囚笼和驾驶席之间倒是没有隔断,但人无法靠近。因为那里有一台张着口的大炉,里面燃烧着异样的紫色火焰。炉产生动力后,汽缸的活塞劲头十足,上上下下带动着横杠,沾满油污、光泽黯淡的钢铁曲柄便转动车轮,发出粗重的声响。深冬还是第一次见到这么奇特的引擎。要是指望从这儿逃跑,怕是在费力跨过引擎的时候就会被警卫抓住了。

押解车中途停了好几次,每次车门都会"哐当"一声打开,由警察带上来一群身穿翡翠绿色工作服的男女。深冬对大家的面孔都有点印象,果然这里还是读长镇没错——但她只安心了一秒钟,因为所有人都阴沉着脸,手上戴着和她一样的齿轮手铐,于是她的情绪又跌入了谷底。大家拘谨地坐在靠内壁的窄长椅上,人人都低着头闷声不语。

横冲直撞的押解车在镇上左拐右拐地开了一会儿,就听见司机拉响警笛,一阵嘈杂声过后,车停了。

"下来!都下来!"

穿工作服的人们纷纷被赶下押解车,深冬也跟在他们后面。

自出生以来,深冬从未在读长镇以外的地方生活过,如今完全不知道自己身在何处。

车站也好,商业街也好,书店也好,父亲住院的医院也好,都不存在了。取而代之的是一整座铁块般的巨大工厂,它包罗一切耸立。烟囱里喷吐着混有蒸汽与烟尘的白色气体。深冬呆呆地抬头望去。只见那座工厂和摩天楼差不多高，宛如一座钢铁堡垒。中央有一台比押解车的引擎大了数十倍的机器，正转动着齿轮发出阵阵轰响。

如今读长镇的中心是一片大门高高耸立的厂区，而不是书店。许多条道路从厂区向四面八方辐射，就像章鱼伸着腿一般。所有道路上都有穿工作服的工人排成队列，他们在工厂门口打卡，一个接一个地往里走。

这个世界的细节完成度如此之高，是深冬此前经历的书籍诅咒完全不能比拟的。不安感排山倒海地袭来，此刻她真想尖叫着冲出去，但是一想到和自己分开了的真白，便咬咬牙忍了下来。

"快排好队！"

深冬被警棍顶着，排到了一列工人队伍的后面。跟随翡翠绿的队伍慢慢挪动的同时，她偷眼观察起周围。工人和负责监督的警卫应该都是读长镇的居民。队列前方有她的初中同学，而用警棍戳她的警卫是书籍杂货店的店长。可是，一切都变得如此不同，深冬的心中甚至泛不起一丝怀念之情。

她得赶紧去救真白。不，是不是应该先去抓住那只可恨的偷书狐呢？她明白，不管发动了书籍诅咒的世界陷入何种状态，只要抓住贼并夺回书，世界就会恢复原状。

然而，在这种情况下，深冬实在很难脱离队列。其他人都穿着工作服，只有她是便装，而且身后也没有别人，她因此十分显眼。深冬只能紧紧攥着被铐住的双手，咽着唾沫，咬紧后牙，强忍泪水，老实地跟着别人的步调。穿过大门后，工人的队列沿岔路分成几股，前往数栋并排着的厂房。深冬进入的是那座耸立在中央的最大的工厂。

工厂的入口是两扇左右对开的铁门，有三个深冬那么高，钉在上面的铁铆钉，一个就有她的拳头那么大。她跟着慢慢移动的队伍走进厂里，前方是一条铺着深棕色地板的走廊，越往前，蒸汽就越浓。热气与汗臭简直令人窒息。铁门在身后关闭了，接着是沉闷的上锁声。

穿过雾蒙蒙的通道，深冬来到一条形似阳台的悬空走廊，视野豁然开朗。挑高的设计能让人同时看到下方和上方的状况，但无论底部还是顶部都离她非常远。无数层形似甜甜圈的楼层相互堆叠，一股强风席卷而上。深冬望着栏杆上等距分布的警示灯，想象了一番不慎掉落的景象，顿时感到后背冷飕飕的。

这里和上午在《黑皮书》的世界中见到的印刷厂迥然不同——相比之下，那台印刷机就是个微缩模型。这到底是生产什么的工厂呢？楼层之间有许多齿轮、滑轮、皮带和曲柄，每一个部件都在轰隆声中各司其职。

甜甜圈状的悬空走廊的墙壁上大约有十个隧道口，工人们保持着整齐的队列，像蚂蚁回巢似的进入隧道。入口上方挂着各种牌子，写有"螺钉""糖状""棒状""玻璃"等意味不明的内容。

那名跟在队伍最后面的警卫不知被谁叫住了，于是，深冬看准机会悄悄地离开了队伍。似乎谁也没发现她。

工厂的入口已被关闭，挂着一把大锁。深冬贴着墙壁，飞快地跑进了附近的隧道。走廊突然变得十分狭窄，红色的灯光摇曳不定，工人们走上几步便会隐没在蒸汽中。深冬蹑手蹑脚地前进着，心想哪怕能找到钥匙解开手铐也好。走了一会儿，她发现有一个车间——由滑轮组带动的传送带包围着一台沾满油污的金属机器，戴着露眼面罩的工人们正在并肩作业。每隔一段时间，机器就会张嘴吐出小零件，然后由传送带运走。

令深冬吃惊的是那些混在翡翠绿工人中穿黑色工作服的人。他们戴着圆形的金属护目镜，背着学童书包那样的金属箱子，靠箱子里喷出的蒸汽在空中飞来飞去。他们似乎在维护机器的上部，人手一个油腻腻的注油器，他们将细细的管子伸进齿轮或曲柄中，然后观察部件的运作。

"那边那个。"

被人叫到后，深冬突然反应过来。完了，刚才怎么不快点走呢？她回头一看，发现对方是个与自己年龄相仿的少女。那个人的波波头和五官似曾相识，只是眼镜变成了金丝边加链子的款式。

深冬想起来了，这是前几天在电车上问她要不要加入文艺社的学姐。不过，对方现在穿着高领加泡泡袖的绿色衬衫，外面是皮革紧身胸衣，下身则是胭脂色的长裙。和其他人一样，这副打扮就像从一百多年前的时代穿越过来的。

"文艺社的……"

"什么？"

"不，不。没什么。"

"穿得怪里怪气，言行也很异常。总之，跟我来。你还得换衣服呢。"

伴随着沉重的机器声，深冬跟在文艺社成员的身后原路返回。走出隧道后，她再次来到悬空走廊，接着拐入了其他隧道。

这里也有红色的灯忽闪着。充满金属气味的阴暗走廊里有好几扇门，上面挂着写有不同文字的牌子，比如"小零件调整室""大零件调整室""皮带鞣制室""油类和研磨剂调配室"，等等。

文艺社成员将深冬带入其中一个房间，拿出一把棒状钥匙插进深冬的手铐里，为她解了锁。摘掉手铐后，手腕上留下了一圈红印。

深冬还没揉几下手腕，对方就给了她一套工作服。那是和其他工人一样的绿色连体服，一排扁平的黑色圆扣从立领的领口沿门襟一直缀到肚脐处。深冬偷偷瞟了一眼文艺社成员，发现对方正瞪着她，于是赶忙穿起衣服来。这件工作服的肩头硬邦邦的，叫人硌得慌。

深冬心存一线希望，以为换上了衣服，对方就会放过她。结果希望彻底落空，文艺社成员再次命令她跟着走。深冬迫不及待地想找到真白或偷书狐，可她别无选择，只能服从。

"请问……这里是什么工厂啊？"

"你不知道？好吧，如果是从北方来的，大概也情有可原。"文艺社成员轻蔑地笑了，"这里是加工Imen钢的工厂。"

"Imen钢？"

"它是由Imensnium和金属结合后获得的强化材料。我们使用的燃料——堪称奇迹的Imensnium发热量极大，如果引擎用普通的铁制成，就会被这种燃料熔化，所以我们必须用结合了Imensnium的特殊钢材来制造零件和容器。在这里，我们会把Imen钢弯曲或延展成各种形状，制造出大量零件。"

听对方这么一说后，深冬意识到自己此前见过Imensnium这个词。她回想起这个世界的起源——《银兽》的开头部分，轻轻地叹了一口气，心想，那本书也是不知所云啊。至少，在学校的语文课本上是看不到这类故事的。这种书是谁写的呢？说到底，书籍诅咒是谁干的好事？又是一个怎样的机制？她对此也毫无头绪。想到这里，她突然觉察到一件事——

她不记得作者的名字。

封面上有吗？一般来说，封面也好封底也好，只要是书，肯定会在哪个地方印上作者的大名。然而，深冬回忆了一下此前那些发动过书籍诅咒的书，却一点也想不起最重要的作者署名。要是知道对方是谁，深冬或许还能有的放矢地抗议：干吗要搞出这种世界？你知不知道这给被殃及的我添了多大的麻烦！

对了，藏书记录里也没有记载。今天在进入《黑皮书》的世界之前，深冬从打盹儿的昼寐那里抽出了垫在下方的那本登记簿，并调查了一番。上面没有《繁茂村的兄弟》这个书名。

顺着走廊来到一个十字路口后，深冬跟在文艺社成员的身后往右拐，进入一个小厅。这里相当明亮，光线不是人工照明，而是来自太阳。深冬抬头，只见天花板的中央是镂空的，由四根粗大的铁柱支撑着。这里也是挑高的设计，周边围了一圈栅栏，看起来似乎是某种装置。小厅的墙上附有许多缆绳，像蛇一样盘在支柱上，连接着侧面的齿轮、车轮和黑皮带。

文艺社成员按了一下栅栏前的圆形按钮，然后齿轮与车轮高速旋转，皮带剧烈滑动，有什么东西低吟着从下面升了上来。那是一个由金属和玻璃制成的箱子——原来是一部电梯。它"咣当"一声停在深冬的面前，吐出一口蒸汽。潮湿的深绿色门上装着一个把手，文艺社成员抓住它，横向滑动把门拉开，说道：

"厉不厉害？这叫自动升降机，是Imensnium带来的文明利器之一。"

"哦……"

要说厉害,深冬觉得确实挺厉害。过去她曾多次搭乘过电梯,现在却觉得这部设备十分新奇。皮带应该不会突然崩断导致电梯掉下去吧……深冬战战兢兢地走进电梯里,等待文艺社成员关上门,按动前往下层的按钮。

电梯像游乐场的自由落体机那样高速下坠,皮带倒是没断,两人平安地到达了地下室。深冬被这番失重体验弄得脸都青了,捂着嘴跟跟跄跄地走了出来。

地下室的状况和上面的车间截然不同,看起来只是在渗着地下水的岩盘上凿出了一个红褐色的洞,装设了一些设备而已。寒气从脚底钻上来,深冬哆嗦着抱紧了双臂。这里已经不能叫读长镇了吧?

"有件工作是每个新人都必须干的。打开那扇门,进去。"

文艺社成员冷淡地说完,扔下深冬就要回头去坐电梯。

"那你呢?"

"我不去。只有你一个。加油吧。"

电梯又一次重重地喷出大团蒸汽,如火箭升空般很快不见了。深冬摩挲双臂,内心祈祷着门对面能暖和点,按住了把手。

门对面的确很暖和。何止暖和,那可是让全身毛孔几乎同时飙汗的高温。而且,那里极度嘈杂。

"喂——你们快拿走啊!"

"别催啊,浑蛋!都怪你们动作粗暴,后面才遭殃了!"

"少废话,都给我动起来,是嫌明天的活不够多吗!"

昏暗的视野中是众多攒动的人影。这屋子实在太大,即便到处有数不尽的油灯在拼命发光,还是难以照亮四周。另一方面,只有地面莫名地发着亮,到处是闪着诡异紫光的粉末。空气中充盈着一种难以形容的气味。很呛,又好像有种不可思议的香气。深冬觉得,把蘑菇和墨汁放到一起煮,再浇上碎坚果,肯定就是这种气味。

深冬胆战心惊地走进去,四下看了看。光是可见范围内的工人就超过了五十名,他们一点点分解着像是泥土堆成的小山,陆续运往别处。

十几名爬上小山的工人用十字镐和铁锹把土往下铲，待下方的集装箱车装满后，一辆小型牵引车就会转着警示灯将其拖走。牵引车与其他车辆一样配有燃烧着紫色火焰的炉，由齿轮带动。

所有人都在吵吵嚷嚷地干着自己的活，谁都没空去关心一个新来的。深冬趁机想赶快溜去找萤子——那只可恨的偷书狐。她打定主意，小跑着找起了出入口。这地方就是个山洞，所谓的墙壁就是被地下水沁得湿漉漉的粗糙岩盘。

就在这时，骇人的咆哮声突然传来，整个洞窟地动山摇。

"怎……怎么了？"

深冬紧紧地抓住岩壁，抵御着像强地震那般的摇晃。很快又传来第二次、第三次咆哮。每次地面都会剧烈地震荡。"赶快！""别磨蹭！"工人们拔高声音，慌张地吼来吼去。深冬拼命支撑住因恐惧而发软的膝盖，抬头往传来咆哮的方向望去。

只见刚才还是一片漆黑的空中亮起了两团并排的光。就好像染成蓝色的月亮被一分为二，变成两条新月倒挂在天上一样。深冬想起了《繁茂村的兄弟》里的那只暗夜黑猫，但这个氛围明显与那时不同。眼前的景象令她胆寒不已。

"野兽醒啦！"

像小山那么大的生物甩着脖子，撞到了上方的油灯，那可怜的灯被砸在地上，摔了个粉碎。灯油引着了火，眼瞧着扩散出一块火焰"地毯"。被火光照亮的那只生物的姿态，除了用"野兽"来形容之外，实在找不出其他字眼。

那只野兽有着长长的脖子，就像深冬小时候在绘本上见过的那种袭击城池的龙。它身披柔软的毛发，用四条粗壮的腿站立着，尾巴和鱼尾很相似。脸上有前凸的鼻子，长得既不像龙也不像狼。除此以外，它的身上都是泛着哑光的鳞片，看上去像是鱼与爬虫类的合体，十分奇妙。而且，这只野兽通体银白，美得不可方物。

"这就是银兽？"

阅读《银兽》时，深冬曾想象过这种会出现在矿山里的生物，形象与眼前的这只有点相似。只是她脑海里的银兽多少有些平庸，仿佛在动物园里也能见着。

野兽被关在笼子里，但不知是不是材料不够，铁栅栏没能延伸到天花板，它有三分之一的长脖子是露在外面的。不过，深冬仔细一看，发现它的脖子和身体上套着由皮革制成的捆绑器，还连着锁链，应该是没法再折腾了。

野兽碰掉油灯或许已是家常便饭了，负责灭火的工人们十分熟练地从背着的灭火器上抽出管子，喷出一团白雾。冷气一直弥漫到深冬的脚边。火总算是灭掉了。

另一边，野兽像是从熟睡中惊醒的婴儿一般尖声大叫起来。

"难道不是像鸟鸣一样清脆的叫声吗……"

深冬回忆起原作。她望着那些爬上笼子准备去拖拽项圈锁链的工人，心想：求求你们一定要控制住它……但事情可没那么简单，好几个工人刚抓到锁链就被那只狂躁的野兽甩飞了。

这时，警报器响了。安装在岩壁上的警示灯骨碌碌地转动起来，红光如镜球一样照亮了洞窟。于是，野兽突然停止闹腾，睁大蓝色的眼睛，抬起脖子，将鼻孔凑到天花板附近"嘶嘶"地嗅着。工人们见状，急忙从笼子上跳了下来。

由于洞窟太暗，野兽的脖子又太长，直到警示灯亮起来，站在地上的深冬才注意到，这个在岩盘中挖出来的地下室上方有一扇红铜色的铁门。

"这不是成了'托马森'？干吗造在那里？"

那扇铁门不仅高得离谱，还没有阶梯或竖梯，所以外面的人上不去，里面的人也下不来。此路不通的门或阶梯——"托马森"指的就是这种在改造或拆除建筑物的过程中莫名其妙遗留下来的无用之物。（注："超艺术托马森"是由日本前卫艺术家赤濑川原平提出的概念，命名来源于读卖巨人棒球队引进的美国选手加里·托马森，由于表现不佳，他后来几乎没有出场的机会。赤濑川使用"托马森"指代那些意义不明又没有实际用途的建筑装置。）

不一会儿，这扇设在洞窟岩壁上看似毫无意义的"托马森"铁门慢慢打开来，同时，一块带有重重齿轮的短板从里面伸出来，两名戴白色头罩的工人出现在一旁，开始转动连接着齿轮的摇柄。接着，板子上伸出了悬臂，稳稳地停在了野兽的脑袋边。一瞬间，悬臂下方又弹出许多块板子，它们相互啮合，在空中构成一条狭长的走廊。看来，那扇铁门并非无用的摆设。

工人们面朝铁门，将右手抵在额头上行礼。这时，从门的内侧晃出一个人影。

那人身穿战壕风衣款式的红色制服，腰间挂着叮当作响的钥匙串，右手抓着锁链，走上了被旋转警示灯照亮的空中走廊，身后还跟着一群被锁链拴住的动物，有黄色的狐狸、白色的狗以及棕色的马。

"真白！"

那只白狗肯定就是真白，但周围的噪声太大，对方似乎一点也没有听见呼喊。深冬疯狂地跑起来，在靠近野兽笼子的地方又大喊：

"真白！听不见吗？真白！"

这回，真白的耳朵忽地动了，她抬起了脑袋，可样子很怪异。换作平时，她应该能意识到那是深冬的声音，但此时似乎筋疲力尽了，又垂下了头。

深冬的手还差一点就够到兽笼了。这时，警报声忽然停了下来。最前头的那个红制服弯下腰，解开了拴在狐狸项圈上的锁链。

"等……等等！这是要干吗？"

深冬大感不妙，就近抓住一名工人的胳膊，询问上面发生了什么事。

"啊，你是新来的吧？那是饲料，给野兽喂食的时间到了。"

听到这话后，深冬顿时脸色煞白。

"饲料……难道它要吃动物吗？"

"这话可真好笑啊。你自己不也要吃动物吗？"

此时，野兽发出了通透优美的鸣叫声。与先前饱含愤怒的浑厚嗓音完全不同，那啼声宛如小鸟的鸣啭。然后，它像面对主人的狗那般，欢快地抬起前腿搭在了笼子的边框上。

下一个瞬间，空中走廊上的那只狐狸脚下的那块地板忽地被抽走，小小的黄色身体倒着掉了下来。野兽不再鸣叫，张大了嘴巴。深冬惊叫一声，一拳捶在像柱子那么粗的铁栅栏上。那只狐狸就是偷书狐萤子吧？尽管这里是书籍诅咒的世界，但要是死了，说不定在现实中也会丧命。

不过，就在狐狸即将落在野兽那油亮黏滑的舌头上时，它灵敏地翻了个身，调整好姿势，接着用后腿往野兽粗壮的獠牙上一蹬，弹了起来。

"萤子小姐！"

狐狸依次跳过野兽的獠牙、鼻头和眉间，像在空中轻盈地飞舞一般，越过笼子落到地面，然后全速逃往与深冬相反的方向。它赶超了集装箱牵引车，不一会儿就消失在洞窟的深处。

野兽转瞬间便怒吼起来。它没吃成饲料后肝火大动，用力甩着尾巴砸向笼子，似乎不拆了这里誓不罢休。铁栅栏猛烈地震动，将手搭在上面的深冬也被弹飞出去，撞到了后面的小山。她吐了吐吃进嘴里的土块，就看到身边涌来了大批工人。

"麻醉枪队在哪儿！"

"在这里！出动！出动！"

好几支带着羽毛的麻醉针扎进了狂暴野兽的身体和脖子，它很快就浑身无力，像倒塌了一般瘫在笼中，闭上蓝眼睛沉沉睡去。尽管刚才它看上去非常凶暴，睡眠时的呼吸声却好似竖琴的音色。工人们无奈地摇摇头，回到自己的岗位上，车间再次恢复正常运转。

"真……真白呢……"

深冬抬头一看，空中走廊不知什么时候消失了，真白、红制服以及棕色的马不见了踪影。铁门也再次关闭。

怎样才能到上面去呢？从建筑物内部迂回应该是可行的，不过，一旦回到那错综复杂的工厂里，谁也保证不了一定能到达那扇铁门的后方。还是说，继续在这儿等那扇门再次打开？

深冬的视线跟上了那辆运输堆着沙土的集装箱的牵引车。它会开到什么地方去？说起来，刚才那只狐狸好像也是往那个方向逃跑的。

深冬明白，如果不把真白救出来，那么等野兽再次苏醒，就轮到真白被当成饲料了。于是，她重新系紧运动鞋的鞋带，朝集装箱跑去。比起像无头苍蝇似的寻找真白的下落，不如先去追狐狸。

牵引车看起来有点像高尔夫球车。跳进集装箱里应该会轻松一点，但她实在不想坐在黑乎乎的沙土堆上，便打消了这个主意，决定跟在车的后面跑。洞窟里一如既往地漆黑，不过，牵引车上旋转的警示灯是个醒目的标志，而且它开得比自行车还慢，因此，以深冬的脚程也不会跟丢。相比之下，更让人头疼的是恶劣的空气与怪味。那股蘑菇、墨水和坚果的混合气味，闻久了简直令人作呕。除此以外，人类的汗臭味也是个大问题。

深冬扯起袖口捂住口鼻，尽量用嘴呼吸，同时躲在集装箱后小跑着前进。不久，牵引车离开了车间，但这还不是终点，它继续沿着狭窄的通道往前驶去。穿过厂门后有个向上的坡，已经气喘如牛的深冬感到侧腹传来钻心的疼痛，但还是咬紧牙关跟着爬了上去。因为上面出现了白光，那显然来自太阳，所以她觉得无论如何都得上去瞧瞧。

深冬猜对了。斜面走廊的尽头是出口，牵引车和集装箱的目的地在地面上。

深冬早已累得抬不起腿，直接倒在了最尾端那个集装箱的后面。虽说逃离了工厂，可她发现自己正身处满目黑土的旷野，丝毫没有藏身之处。深冬仰天躺着，心想：幸好他们让我换上了工作服。这会儿是在读长镇的什么地方呢？天上没有一朵云，也见不到一只鸟。

来到开阔地带后，牵引车停在一个看似大型动物肋骨的铁笼子里，拖挂的集装箱借着惯性你推我搡，也停了下来。一名工人走出牵引车的驾驶室，按了一下大门上的开关，于是，肋骨笼子的地面开始震动，慢慢地倾斜，整列集装箱也随之倒向一旁。接着，工人打开第一个集装箱侧面的闸门，沙土便从里面倾泻而出。

必须在那个工人来到最尾端之前离开这儿！深冬鼓励自己，挣扎着撑起疲惫的身躯。就在这时，一个戴黑面具的瘦小身影出现在牵引车的阴影里。

"咦?"

那个黑面具人看起来是个十岁左右的孩子,他来到肋骨笼子旁,按了一下按钮便立刻逃去后方。笼子嘎吱作响,连同集装箱一起退回了原位。

"喂喂,搞什么啊?"

那个独自卸货的工人跑去查看按钮。这时,好几个黑面具人从他身后那座土山的另一侧冒了出来。他们都很纤瘦,动作敏捷,一眨眼就爬进了集装箱。其中还有一人坐进了牵引车的驾驶席。那个工人专注于操作,一点也没注意到。

"唔——是出故障了吗……啊,你们这群小鬼!"

那个工人终于发现了他们,大声叫骂起来,而牵引车几乎在同一时间甩着土块冲了出去,后面还拖着集装箱。那群黑面具人笑得前仰后合。深冬赶快抓住集装箱的边缘,跳上了刚才还嫌弃不已的沙土堆。工人望着突然跑起来的集装箱愣了一会儿,接着一下子反应过来,准备跟在深冬后面爬上去,可深冬二话不说拍开了他的手,对方摔了个倒栽葱。

"停下!快下来!"

那个工人满脸是土,他气急败坏的叫声渐渐远去。

"这儿还有一位客人哦!"

"踢飞!把她甩下去!"

"这也太可怜了吧。她看上去和我的姐姐差不多岁数。"

对方掀起面具戴在头顶,露出脸来。果然都是些十来岁的孩子。

一共有十个孩子,两个在牵引车里,八个在集装箱上。他们从头到脚都沾着土,打扮也很奇怪。有的人额头上绑着缀有小齿轮或小钉子的布;有的人套着个没有底的桶;有的人赤膊穿一条背带裤,外面搭一件无袖夹克;有的人披着缝了许多羽毛的浴袍;还有的人将成人衬衫像连衣裙似的裹在身上。

"你们是谁啊?"

深冬仔细盯着他们的脸看了看,发现都认识。这些孩子是父亲道场里的学员。深冬霎时间卸下了内心坚固的戒备,"啪嗒啪嗒"地掉下了眼泪。

"喂,她哭啦!"

"哭了!为什么?"

"受伤了吧?"

"是我们吓到人家啦!"

孩子们你捅捅我的腰,我戳戳你的肩,彼此催促着:"快安慰安慰她呀。""你怎么不去?"可是,或许因为不好意思安慰一个陌生的姐姐,大家都磨磨蹭蹭的。

这时,坐在牵引车车顶的一名少年回过头来,不耐烦地摇了摇头,跨过集装箱,向那些吵嚷的孩子走来。他在现实世界中也是道场的学员。深冬对其他孩子的名字没什么印象,但知道他。这名少年是孩子王,柔道实力很强。步武也好崔也好,都十分偏爱他。她记得,其他人都管他叫卡奇。少年的头发短短的,长着一副争强好胜的面孔,裁到胳肢窝的衬衫袖管里伸出了两条微微鼓着肱二头肌的手臂。

"你们吵死了。"

"但是,大哥,这个女人哭了。"

"啊?管那么多干吗?她想哭就让她哭个够啊!"

卡奇在这个世界里似乎也是领袖人物。他站在孩子们的中央,自上而下凝视着深冬。

"我在找狐狸,"深冬用手擦眼泪,也不管会不会弄脏脸,"有没有狐狸来过这儿?我看到它往这边逃了。"

孩子们面面相觑。

"是这附近的动物?那就是银兽的饲料吧?"

"这下糟了吧?"

孩子们慢慢地往后退,越过边缘逃去了前方的集装箱。留在深冬面前的只剩下卡奇和一名戴着异色眼镜的少年。

卡奇抱着双臂,仰着上身,派头大得不得了,虽然深冬比他年长三四岁,可两人看上去平起平坐。

"你知道这里是什么地方吗?"

听到对方那不快的语气后,深冬胆怯地看了看周围。

"什么地方……"

天空很晴朗,但四处溢出的蒸汽令周边工厂群的轮廓变得模模糊糊。这个地方十分广阔。现实世界的电视里常会用"有多少个东京巨蛋那么大"来表达面积,但从未去过东京巨蛋的深冬没法以此打比方。硬要说的话,她觉得就像用高中校园对比公园的沙坑时感受到的那种宽广。这一带遍地堆着黑土,空气中仍飘散着她在地下洞窟里闻到的那种气味。

"农田……吧?"

沙土中那股有机物的气味让她想起了施过肥的农田,但卡奇笑了出来。

"错了!正确答案是银兽的便便处理场。"

"骗……骗人的吧?"

"这有什么好骗人的?如果你是从地下上来的,那应该见过银兽的饲养场吧?既然给它吃饲料,那么它该拉就会拉。拉出来的东西就会运到这儿处理。"

深冬吐了几口从胃里泛上来的酸水,赶忙把沾在脸上和身上的东西拍掉。

"哎呀呀,"眼镜少年同情地感叹了两声,"我说,瞧你把人家吓的。还是用'代谢物'这个准确的说法比较好。银兽的内脏和器官很特殊,再说了,它本身连肛门都没有。"

"什么啊,你也太严谨了。总之,没什么可觉得恶心的。这东西又没有害处。"

"你说得倒轻巧!"

深冬嚷道。于是,眼镜少年像乌龟似的缩起脖子。

"好凶哦。换你来。"

"好吧。我们说的都是真的。银兽的便……代谢物是没有用处的,只会散发怪味,连肥料都做不了,既不会和真正的泥土混合,也不溶于水，只会一天天增多，所以处理起来可麻烦了。"

"那为什么还要饲养这种生物呢……"

"因为它会产出Imensnium啊。"

Imensnium——故事中出现的一种矿石。深冬见过押解车的引擎炉、警示灯和电梯后，现在也意识到了，那燃烧着的紫光就是Imensnium的火焰。它是这个世界中所有机器的动力源。缩着脖子的眼镜少年清了清嗓子，然后昂首挺胸，上前一步。

"Imensnium是银兽的代谢物之一，混杂在从鳞片的缝隙和兽体内四散开来的代谢物里。"

"总而言之，那些地下工人每天挥洒着汗水，就是在寻找埋藏在银兽便便里的Imensnium。不过，谁都不想干这活，所以才会叫新人、北方来的奴隶或是我们这种孤儿去干。"

"你们也在那里待过吗……"

"是啊。我们就是从那个车间逃出来的。工厂的生活真的太恶劣了。"

这回轮到深冬嗤之以鼻了：

"好不容易逃出来，却又回到这儿，你们还真够怪的。搞不好会被抓起来吧？"

"话是没错。可我们也需要钱啊。"

卡奇说到这儿，牵引车刹了车，深冬所在的最后一节集装箱也慢慢地停了下来。眼前出现一栋狭长的二层建筑，看上去像教学楼。在敞开的入口大门前，一群和那些孩子一样衣着邋遢且怪异的成年人正围着一台机器。它有点像轻型卡车，从上面的齿轮和用途不明的导管来看，很像这个世界的产物，但没有具备Imensnium特有的紫火炉，动力源于一名挥汗如雨地旋转着摇柄的年轻男子。机器"嗡嗡"地运转，小幅地震动着，右边的导管里喷出大量黑沙，左边的导管则滚出仅仅一小颗闪着紫光的石头。排气口里冒出黑褐色的烟，散发着就连深冬也十分熟悉的煤炭味。

"真稀奇，我居然觉得这种气味还挺令人怀念的。"

深冬原本只是自言自语，但一旁的卡奇好像也听见了，他有些诧异地笑着问：

"有意思，你说煤炭味令人怀念？这么说，你果然是从其他地方过来的？莫非你真的不知道Imensnium？"

"不知道啊。今天我是第一次见。这台机器在干吗呢？"

"它在提炼Imensnium的残渣。这么一点量做不成燃料，所以没法卖给工厂和从业者。不过，它还有作为宝石的价值，可以卖给你这种老外。"

孩子们已经在家门外或屋里休息了。卡奇告诉深冬，这里就是他们的家。

"这儿有大人有小孩，也有婴儿有老爷爷和老奶奶。大家没有血缘关系。逃出来以后，无处可去的人就聚在一起生活。你要不要也待在这儿？"

卡奇回头看向深冬，深冬望着他，发出"啊"的一声。

是耳朵。两只软软的、尖尖的狐狸耳朵像幼嫩的竹笋一般从卡奇的脑袋上钻了出来。深冬慌忙摸了摸自己的头顶，指尖传来了软糯的触感，她的内心变得沉重起来。

"清醒点啊，深冬！"她告诉自己。故事是有魔力的，她完全被这个世界吸引，差点忘了当初的目的。她得去救真白，当银兽从麻醉中苏醒过来时，真白就会成为它的饲料。必须在那之前找到狐狸——找到萤子，让世界恢复原状。

"我接着前头的话问你，你真的没见过一只狐狸吗？不快点找到它的话，就要出大事了。"

"狐狸啊……"卡奇抱着手臂做出思考状，"可能已经被谁吃了吧。"

"吃了？开玩笑吧？"

"才没有开玩笑呢。这儿的每个人都饿着肚子，天天吃着上顿愁下顿的。Imensnium的买家所付的钱从中介那儿转一道后就没剩多少了。现在只能靠知道这个地方的工人偷偷运来冷粥啊土豆啊臭鱼烂虾什么的，我们才勉强糊口。因此，要是偶尔有银兽的饲料逃出来，迷路来到这里，我们就会抓来吃掉。附近到处都设了陷阱呢。"

深冬突然觉得，那些盯着她的孩子和大人的脸上露出了非常冷漠可怕的表情。尤其是现在，长出狐狸耳朵和尾巴的他们看起来就像真正的捕食者那样两眼放光，仿佛几秒钟后就会扑向被瞄准的猎物。

深冬掉头就跑。"啊，喂！"身后传来卡奇的叫喊，但她捂住耳朵，不停地跑着。深冬一跑，一边感觉到自己的手脚变得如天鹅绒般丝滑，浑身的肌肉也更灵活了。

——我的身体正在变成狐狸。

如果就这样变成一只狐狸，又会怎么样呢？可是，现在没有能抓住偷书狐的办法和线索，银兽的代谢物处理场又太大了，凭双腿去搜索根本走不完。牵引车开到这里后，在蒸汽弥漫的另一头，工厂看起来是那么小又那么远。说不定银兽已经醒了，正闹着要吃东西。

真白的面孔萦绕在深冬的脑海里。不久前，她们还在《黑皮书》那个晦暗又危险的世界中，坐在咖啡店的门前聊天。

——我是绝不会认输的。

渐渐的，深冬觉得四脚着地跑起来比用双腿更容易，飘舞的长发似乎也消失了。而在尾椎骨附近使劲后，她发现神经像是一直通到了尾巴尖上，在这之前还没有过这种感觉。如今的深冬以快于先前许多倍的速度奔跑在黑色代谢物的荒野中。

快跑，快跑，快跑。奋力呼吸，移动手脚，不要停歇。深冬的耳朵深处能听见心脏剧烈的跳动声。前进，即使心脏就快爆裂也要跑。

深冬冲破了雾霾，找到和出来时相同的连接着地下的通道，便缩起四条腿溜了进去。她用尾巴保持着平衡，一口气冲下坡，回到了银兽的饲养场。

车间的状况与刚才有很大的不同。工人们也在逐渐狐化，长出毛茸茸的耳朵和尾巴，有的在操作牵引车，有的围着发掘出来的块状Imensnium确认光泽。

而银兽仍在笼中酣睡。

但愿它并非刚吃完饭，深冬在心里祈祷着，比了比自己的手与岩壁。如今，她的脚指甲已像冰镐那般锋利，体重也轻了很多。

深冬急忙跑到笼子旁边，粗鲁地脱下运动鞋和袜子，张开四肢的利爪，攀上了岩壁。

"能行。"

深冬用尾巴维持平衡，攀登起凹凹凸凸的岩壁。此刻她已经没空去考虑会不会被发现了。快，快，快。她心急如焚，一步接一步地往上爬，不一会儿就越过笼子，来到岩壁上那扇"托马森"铁门的旁边。

生锈的红铜色铁门关得紧紧的，连个把手都没有。不过，它的顶部有不小的缝隙，还有风从里面吹出来。深冬用左手抓住岩壁，用双脚的指甲牢牢地钩住岩石，然后将右手的爪子伸进缝隙里，看能否把门撬开。可是，她试了几次都不成功，就像套着烘焙手套似的。这副爪子攀登岩石时很好用，却不适合精细操作。

深冬一心一意地掰着门，丝毫没注意到脚下踩的地方出现了裂纹。就在她焦躁地再次把手伸进缝隙里准备钩爪使劲的瞬间，支撑身体的右脚突然一滑，一整块岩石掉了下去。

"啊！"

深冬差点失去重心，慌忙抓住铁门的缝隙，总算没跟着一起掉下去。可是，下面很快传来恐怖的声响。被岩石砸中的银兽醒了。

深冬直冒冷汗，全身的汗毛都竖了起来，身体不停地发抖。身后有什么东西过来了。她感觉有阵阵低吼与湿暖的风。深冬颤巍巍地回过头去，面前赫然出现一只像中式炒锅那么大、滴溜圆的蓝眼睛，吓得她差点停止了心跳。

野兽的苏醒仿佛是某种信号，只听见警报声再次响起，警示灯也转动起来。深冬被眼前那张野兽的巨脸吸引了注意力，以至于完全忘了门会打开来。

"糟糕。"

门打开来，那股冲击力令深冬彻底失去平衡，一头栽了下去。

空中走廊又出现了，这次真白走在前面。与上次相比，她没有什么变化，仍然以白狗的形态跟随着那个红制服，一路低着头。

深冬一边下落，一边像置身事外那般望着野兽伸过来的长脖子，喃喃自语道："真白。"

那实在是一声极其轻微的啜嚅，但真白动了动耳朵，抬起了头。

这一刹那，迄今为止发生过的事情像走马灯似的在深冬的脑中回转。为了救暗夜黑猫的孩子而坠落的时候，真白跳下来救了她。她总是被真白救的那一方。

而这时，深冬看清了真白身旁那个红制服的面孔。

是萤子。

虽然狐化的程度很深，但那个人还残留着人类的五官。那毫无疑问就是萤子。

"怎么回事？"

野兽张开血盆大口，湿热的气息袭上面孔，深冬预感到自己即将撞击地面，这个瞬间她猛地睁大眼睛，一口气做了一个转体动作。现在的深冬拥有狐狸敏捷的身躯，和现实中不擅长体育的深冬简直判若两人。她轻松地躲开了野兽的獠牙，调整好姿势。最后，野兽锋利的獠牙只擦过她的尾巴尖。疼是疼，可她咬紧后牙忍了下来。

深冬落到野兽的身上，接着沉下后腿跳上半空，在笼子的栅栏上轻轻一蹬，随即再次高高跃起。

那感觉就像变成纸飞机。她仿佛被投向天空，飞快地翱翔在天际。而目标是那条空中走廊。飞翔的深冬感觉鼻子那里酥酥痒痒的，她明白自己的鼻子已经像狐狸那样伸长了。不过，这世界仍在继续。还来得及。

深冬把自己想象成纸飞机，可在旁人的眼中，或许更像一颗子弹。化为子弹的深冬笔直地朝着几乎已完全狐化的红制服撞去。萤子狐仰天倒下，圆圆的爪子松开了锁链。

"真白！"

"呜汪！"

深冬拼命伸出双臂，紧紧地抱住了真白的脖子。蓬松的长毛，熟悉的气味。真白摆脱了锁链恢复自由，让深冬坐在自己的后背上，从空中走廊跳入半空。银兽发出震耳欲聋的咆哮，那暴跳如雷的阵仗简直要把笼子整个掀翻。

"真白，萤子小姐不是贼。她说要偷书，但说谎了。不，或许在萤子小姐偷书之前，已经有人溜进御仓馆破坏了她的计划。反正，这次的偷书狐另有其人。"

真白"嗷呜"地吠了一声，以示回答。她伶俐地从发狂的野兽的脚边穿过，逃出了笼子。

小麦色的狐狸紧紧地贴在滑翔的白狗背上，迎着呼啸的大风紧闭双眼。笼中的怪物——那只看似狼龙合体的银兽因为没吃到饲料而懊恼地跺着脚，整个屋子都剧烈地晃动起来。

"真白，找个地方把我放下来！我要……要被吹跑了！"

"呜汪！"

已失去人形变成狐狸的深冬大喊道，而变成狗的真白气势十足地回应了她。

照顾银兽的工人们也全变成了狐狸。身为人类时，大家尚且很难治住狂暴的银兽，现在个头缩小到了原本的十分之一，难度就更大了。几十只狐狸涌向拴在野兽项圈上的锁链，大家喊着号子扯着锁链，试图压制住那庞大的身躯，但野兽只是摇了摇头，挂着狐狸的锁链就像强风中的万国旗一样"呼啦啦"地飘舞起来。

真白先落到地上，接着后腿用力蹬地，再次飞到空中，从那些东奔西窜的狐狸头顶越了过去。然后，她穿过最初的那个入口，来到一条人迹罕至的幽暗走廊里，这才放慢脚步，在一块凹陷进去的墙壁前停了下来。只见电梯的灯光正忽明忽暗。

深冬再次惊叹于自己那通体小麦色的光滑皮毛。她抓住真白的长毛作为绳索，短短的腿悬在半空往下试探。当她还是人的时候，脚趾立刻就能碰到地面，但现在无论怎么伸腿，都只是在踩空气。深冬别无选择，只能心一横将手从真白的毛上松开。或许是找到真白后内心松懈了，先前的勇敢和矫健像是骗人的，此时她只是发着怪声落到了地上。

"太讨厌了……完全变成狐狸了。"

深冬低头,看见自己那白白的毛肚皮。她不满地一一查看自己的手臂、臀部和全身。此时真白抖了抖身体,白毛像羽毛一样飘落,她又回到了少女的形态。

"为什么只有你还是人形啊……"

深冬瞪着她。或许是这个缘故,真白才露出一脸落寞的表情。

"因为我……深冬,你真的不记得了吗?"

"啊?什么意思?"

深冬正在气头上,粗鲁地问道。就在这时,从银兽饲养场的方向传来一声闷响,下一刻,狐狸们都跑了出来。

"快跑,快跑啊!"

"完蛋了,银兽的锁链断了!"

地面间歇性地震动着,像脉搏一样。深冬和真白互相看了看,慌忙起身要逃。可是狐狸太多了,电梯很快就满了,进不去的狐狸要么攀附在电梯厢上,要么顺着柱子爬了起来。众狐争先恐后往上冲的景象,就像聚拢在植物上的成群蚜虫,挤得密不透风。其间,大家又听到银兽的怒号。"笼子坏了!"最后一只狐狸边喊边逃过来,关上钢铁制成的大门,架上了门闩。

"其他人呢?"

"从搬运口逃走了!它往这边过来了!"

脚步声越来越响,震动也越来越强,野兽正一步步地向这里逼近。深冬耷拉着肩膀,说:

"要是刚才往对面跑就好了。"

"对面?"

"嗯。那边是搬运口,地方比这儿宽敞,大家应该更容易逃脱。"

没人料到银兽会挣脱锁链,破坏笼子逃出来。这么下去,恐怕所有人都会命丧野兽之口。

在接连不断的巨响之下,铁门逐渐扭曲,狐狸们齐声惨叫。野兽正在撞门。深冬的腿也软了。不过,当她从挤扁的门缝间望见野兽的鼻子时，她做出了一个决定。

"真白，变身！"

真白听从吩咐变成了狗的形态。事到如今，只有赌一把试试了。深冬爬上真白的后背，在她的耳边说道：

"要是它闯进来了，你就当着它的面飞起来。如果能吸引到它的注意，它就会远离这儿。"

还没等真白回答，门就被撕成了两半，与铰链相连的岩壁整面裂开来，碎成粉末的岩石如雨点般落下。银兽伸出长脖子，血盆大口中冒出了蒸汽。

"就是现在！"

深冬一声令下，真白便用力蹬地，跳到了银兽的跟前。野兽骨碌碌地转动蓝眼睛，张口探出赤红的舌头与咽喉，直冲她们而来。特有的腥臭味刺激着深冬那比过去敏感许多的嗅觉，她不自觉地埋下了头。若是被那尖锐的獠牙刺穿，很有可能会死。不过，深冬只是紧紧地抱着真白的身体。她觉得只要和真白在一起就不要紧。

真白一会儿往左跳，一会儿往右跳，敏捷地躲开了野兽大嘴咬合的瞬间，并诱导它返回原来的洞窟。银兽轻易地中了计，丢下那群挤在电梯前的狐狸，追着真白而去。

一狐一狗笔直地穿过洞窟状的车间，听着身后野兽的脚步声，向对面跑去。可是，当她们经过细细的走廊，穿过大门来到斜坡前时，搬运口却越变越窄。原来，先前往这里避难的工人们正拉下卷帘门，准备把野兽困在里面。

"等等！"

对方根本听不见深冬的喊声，无情的卷帘门越降越低。真白加快了速度。就在阳光即将消失，卷帘门即将彻底关闭的那一刹那，真白像跳火圈的狮子那般，蜷腿一跃钻了过去。

一阵凉爽的风拂过全身，深冬小心翼翼地抬起头，发现她们已经平安地来到了外面。

"太了不起了，真白，你好棒啊！"

深冬高兴得手舞足蹈,把真白背上的白毛揉得乱成一团。真白似乎害羞了,脸上浮起两朵红晕。

这里就是刚才的代谢物处理场。真白高高地飞到空中,那些先逃出来的狐狸看上去就像豆子那么大,堆满黑土代谢物的处理场也宛若一朵孤单的蘑菇。这是一块独立的地盘,和外侧那些厂区互不相接。处理场周围有一圈黑咕隆咚、深不见底的沟渠。正因如此,卡奇他们才没法出去吧。

"读长镇真的能恢复原状吗……"

很快,深冬看到了先前分解代谢物和Imensnium的机器,还有那栋二层建筑。一群小狐狸聚在家门前,正抬头望着他们招手。

"咦,那不是卡奇他们吗?"

深冬向真白示意,真白便放慢速度,一个转身落到了地面上。

"太神奇了,这只狗会飞呀!"

小狐狸们围着真白欢呼雀跃,可当她解除变身回到少女的姿态时,大家的脸上明显流露出失望。

"搞什么呀,居然变成人了?"

"没劲。"

"姐姐,你刚才是怎么变的呀?"

更多小狐狸围上来,冲着真白叽叽喳喳。深冬赶紧介入他们之间。

"好了好了,先打住!你们也变成狐狸了?"

"什么?狐狸?我们是人啊。"

原来是这样,他们自己不这么觉得。这么说来,确实也是,虽然长出了耳朵和尾巴,但没有一个人表示吃惊。

"你没事吧?听说银兽发飙跑出来了。"

唯一一只没有闹腾、体格相对健壮的狐狸和深冬说起话来。他似乎还保留着一些身为人类时的气质。应该是卡奇吧。

"对,要是卷帘门没被撞坏的话,它应该还在车间里。"

说来,深冬对狐狸也是越看越习惯,逐渐能分清五官上微妙的差异,抓住各自在举止或身形上的特征了。

"就像主人能从相同花色的猫中找出自己的那只一样……"

"我听不懂你在说什么。还是赶紧去避难吧。"

"是啊。我觉得早点逃命为好。电梯大厅的门被银兽几下就撞坏了。"

"好。梅基,莱达,去通知大人们。是时候用'那个'了。"

听到卡奇的命令后,其中两只小狐狸点点头,一溜烟地往建筑物里跑。剩下的小狐狸则在卡奇的带领下排好队,开始往某个方向进发。

"真白,我们怎么办?要跟着卡奇他们一起去吗?"

偷书狐原本就是往这儿逃的,想必不会跑得太远。只要找到贼和他偷走的书,就能回到现实中,银兽会如何便无关紧要了。可是,恐怕没那么快能找到吧。

"我看见那只偷书狐躲过银兽的虎口,然后逃往这儿了。可大家都变成了狐狸,又该怎么找呢?"

真白听罢,抱着手臂歪着脑袋,摆出思忖的样子。

"那个叫卡奇的孩子……扮演的角色可能是萨沙吧。"

"谁?"

"一个帮助过小说主人公的好朋友,是流浪儿的头头。"

"小说?啊,你说的是这个世界的原作?原来还有这么个角色啊。然后呢?"

"原作中,主人公驯服了银兽。他有一台'能将任何生物恢复到正常状态'的机器,可以让野兽显露出真身——也就是说,只要找到主人公,我们就能一举两得,既让银兽安静下来,又能把贼变回人形。"

"真的假的?那么,主人公在哪儿呢?"

"跟着卡奇走的话,或许能碰上吧。"

"你早说啊!那得快点追上他。"

一人一狐追上卡奇等人时,他们正围在一个半球形舱门前。生锈的绿色舱门看起来十分沉重,似乎没上锁,五只小狐狸正一起拉着把手,累得直喘粗气,但只把舱门打开了几厘米。

"让我来。"

真白是唯一保持着人形的人。她扎着马步,抓住把手,吐着气往上提。在铰链的嘎吱声中,舱门慢慢地打开了。深冬小心地靠过去,伸头往里瞧。她本以为那里肯定像窨井盖那样通往一个深深的洞,往下爬就能到达避难所之类的地方,但猜错了。

"这是什么?"

洞里被一个用浅褐色的布包起来的大件物品塞得满满当当。别说人了,连一只狐狸都藏不下。见深冬露出讶异的表情后,戴着异色眼镜的狐狸咧嘴笑了。

"这个洞不是给人下去的。"

"那是为了什么……"

"大哥!眼镜!装置已经刨出来啦!"

一只尖耳朵、鼓肚皮、浑身脏兮兮的小狐狸报告道。看来其他狐狸从代谢物堆里发掘出了舱门外侧的装置。它与舱门一样是绿色的,有一根摇柄和一根附有红球的控制杆。

"所有人都往后退!"

小狐狸们听从卡奇的命令远离舱门,接着围成一圈,敬了一个标准的礼。于是,卡奇用黑色的手转动摇柄。变成狐狸的他干起力气活来到底还是有点力不从心,好在有真白的帮助,摇柄顺利地转动起来。

深冬从来没见过这幅光景——只见摇柄转着转着,洞里便闪耀着Imensnium特有的紫光,刚听见一阵"咯吱咯吱"的尖响,那团浅褐色的布就突然鼓了出来,看上去就像一个放了过量发酵粉的海绵蛋糕。

"怎……怎么回事?"

深冬吓得缩成一团,面前那圆圆的"海绵蛋糕"越膨胀越大,眼看着变成了一朵巨型蘑菇,接着又从巨型蘑菇变得像公园里的游乐设施那么大,再往后,它大得像个得仰起头看的球形气柜。

深冬往后退了几步,把手支在前额上眺望。那块布膨胀得和银兽差不多大,绷得紧紧的,随着"嘎咻"的一声,晃晃悠悠地飘到了空中。拴着它的绳子也"嗖嗖"地蹿了上去。

"这……莫非是热气球?"

它比深冬知道的那种热气球大得多。这块布原本是浅褐色的,现在却发着Imensnium的紫光，一端还拴着绳子，就这样在风中摆来摆去。

满头大汗的卡奇和真白刚气喘吁吁地把控制杆拨向一边，地面下方就突然传来剧烈的震动，从地缝里喷出了蒸汽。

"大家快离开这儿！"

深冬急忙跟在小狐狸的后面跑起来。很快，刚才他们所站的地方就裂开了一道沟，有什么东西从里面升了上来。

蒸汽散去时，热气球的下方出现了一个吊舱。它的外形像附带屋檐的船，但比普通的船要大，就算深冬班上的所有同学都来了，似乎也容纳得下。船尾部分还有个大大的螺旋桨。

"好神奇，就和动画片里的一样。"

深冬小心翼翼地走过去，摸了摸那个钢制吊舱。吊舱入口有一扇绿色的舱门。这肯定就是先前的那个"窨井盖"。

"别傻站着，要么闪开，要么上去。堵得后面都动不了了！"

一大批成年狐狸不知什么时候出现在了这里。深冬急忙从舱门前让开，于是，小狐狸们先上了吊舱，成年狐狸紧随其后。深冬犹豫着该怎么办，但好奇心战胜了一切，她自己也钻了进去。

吊舱内有股铁的气味。小狐狸们在这个奇妙的交通工具里兴奋异常，有的挤在圆窗周围，有的在长椅间跑来跑去。舱内十分宽敞，即使大家乱成一片也有富余的空间。

不过，或许这个交通工具仅用于短途移动，舱内只有长椅，没有供人睡觉的房间。吊舱后方安装着齿轮与活塞式引擎。

"哇哦。"

狐狸们环顾四周，感叹声此起彼伏，但很快就尖叫起来。

"快！快看那儿！"

只见银兽正从工厂的搬运口探出脑袋来。那野兽终究是撞坏了卷帘门，出现在开阔的处理场里。吊舱发动引擎，喷着蒸汽升上天的同时，银兽恰好注意到了它。

在飞转的螺旋桨、引擎的推进力以及热气球的升力作用下，钢制吊舱飞了起来。深冬急忙趴在窗上往外望。她没看到真白。真白并没有坐进吊舱。

银兽一边用优美的嗓音唱着歌,一边用壮硕的四肢撼动着地面。接着,它晃了晃长脖子,朝吊舱奔来。

"快点,要被追上了!"

驾驶席里传来成年狐狸们和卡奇的呼喊声。

"真白,你在哪儿?"

深冬呢喃着。她紧贴着窗玻璃向外看,表情十分痛苦。

吊舱喷出蒸汽,拼命地逃着,但银兽的脚力十分强劲,转眼便追了上来。它的蓝眼睛近在窗边,黑色的瞳仁缩得小小的,宛如猛禽的眼睛。

银兽再次唱起歌来。那声音流畅婉转,富有通透感,让人越听越迷醉。在饲养场中,就在偷书狐快被吃掉的前一刻,银兽唱的也是这支歌。不知是谁嚷了一句:"听不得!快把耳朵堵上!"可惜所有狐狸都已成了银兽之歌的俘虏。大家眼神涣散,驾驶席上的几位也是东倒西歪。吊舱的速度越来越慢了。

就在这时,一只白色的大狗飞身而来,蹿到了吊舱与银兽之间。

"真白!"

真白像飞鸟般灵巧地从银兽的眼前掠过,一个翻身画了个"U"字又冲回来。这是和刚才一样的诱导作战法。银兽被真白吸引了注意力,放弃了对吊舱的追赶。它不再唱歌,而是睁大那双蓝眼睛追逐起真白的动向来。

"趁现在,左满舵!"

"等等,真白还……"

可是,没有一只狐狸听从深冬的呼喊。吊舱加快速度,朝着与争斗的真白和野兽相反的方向拐过去,不断前进,距离越拉越远。深冬只好趴在窗上,祈祷真白能平安无事。

等吊舱飞去工厂上空,跨过工厂周围那条黑色的沟渠时,真白也离开了那只野兽,掉转方向追了过来。看来她一直关注着吊舱的移动。被沟渠挡住去路的银兽像在做最后的挣扎那般伸长脖子,张开了大嘴。

那一瞬间，深冬甚至连尖叫都发不出来。只见银兽合上嘴巴，真白便消失了。能看到的只有蒸汽形成的雾霭，处理场转瞬间便被甩在了远处。

"求求你们，快掉头！真白被吃了！"

深冬陷入半癫狂的状态，揪着驾驶席上的狐狸们，吊舱也随之猛烈地晃动。

"要是真被吃了，那也晚了，回去还有什么意义！"

深冬感觉像全身的血一瞬间被抽干了，瘫软无力地蹲坐在地板上。她闭上眼睛，将额头抵在膝盖上，祈求梦能快点醒来。这里是故事的世界。虽说登场人物都是镇上的人，但一切都和现实不同，有一套独立的规则。

"我得去救真白。真白没死。她肯定没死……"

深冬不停地对自己说道，攥紧了拳头。必须去救真白才行。

当她下定决心站起身来时，真白却出现在她的眼前。

"哇，鬼啊！"

深冬跳起来往后退去，结果一脚踩空，摔了个四仰八叉。周围有几只狐狸目睹了一切，交头接耳起来。

"我才不是鬼呢。你仔细看看。"

真白微笑着，蹲在倒地的深冬旁边。她从狗变回了人，身上似乎也没受伤。

"可你刚才不是被吃掉了吗……咦，话说你是从哪儿进来的？吊舱的舱门也没有打开的动静。"

门没开，人就从外面进来了。是瞬间移动？或者说……

"莫非有两个真白？"

"怎么可能？只有我一个，深冬。真白只有一个。"

"我真是一点都搞不明白。那只野兽闭上嘴后，你就消失了。不，你活着，我当然高兴，可我的脑子好乱啊。"

"就像被狐仙迷住了？"真白轻轻一笑，将视线从深冬移到窗外，抬着下巴示意，"就快落地了。"

吊舱降落在一个小山丘上，引擎猛地喷出最后一口蒸汽，停止了运转。舱门打开来，深冬跟在其他狐狸的后面走下来，迎着明亮的阳光，眯起眼环视周围，不禁松了一口气。这里是御仓馆隔壁的神社所在地，这地方她认识。

御仓馆的正上方架着铁路桥，完全被煤灰、烟尘和蒸汽笼罩着，看起来魔幻极了。这座小山丘周围却出奇的平静，草木在微风中摇曳，呈现出一片绿茵茵的景象。深冬抬起头望向山顶，发现红色的鸟居和神殿竟然还在。

狐狸们背对着神社，往山丘下方走去。据他们所说，"科尼利厄斯"就在山脚下。

"那是谁啊？"深冬感到不解，凑在真白的耳边问道。

"就是主人公呀。跟着卡奇果然没错吧？"

故事《银兽》的主人公科尼利厄斯似乎和一位老人住在一栋窄长的三层楼房里，房子的外观就像戴着尖帽子的圆柱形积木。

推开生锈的门后，视野立刻在蒸汽中变得迷蒙一片，深冬不禁呛了一口。空气里充满了机油味，能听到齿轮转动的声音。这间屋子非常小，丝毫没法和银兽饲养场或周边那些工厂群相提并论，但看上去也像是某种工作间。继续往里走，只见到处是迂回的古铜色管道，玻璃瓶中还有奇异的黄绿色液体在冒泡。

"哟，萨沙。"

一只正在检查机器的瘦小狐狸转过头来，将护目镜推到额头上，朝深冬这边招了招手。卡奇——扮演着萨沙这个角色的狐狸立刻跑了过去。深冬望着他的背影，戳了戳真白问道：

"那就是主人公？"

"对，是科尼利厄斯。这里就和原作里一样。接下来卡奇应该会向他提起制服银兽的事。"

"不好啦，科尼利厄斯！银兽从工厂里逃出来了！这么下去，大家都会被它吃掉的！"

"你看吧。"

真白见事情全按自己说的发展，有些得意地笑了起来。

深冬和真白在车间一角的螺旋楼梯上并排坐下，远远地望着狐狸们——那群扮演着不同登场人物的狐狸。

"科尼利厄斯是谁演的……大家都是狐狸，一点都认不出来。"

"肯定是年轻人。"

"这也太笼统了。在读长镇的居民里，年轻人可是有三千人左右，大概吧。"

深冬夸张地叹了一口气，把手肘支在膝盖上，托着腮帮子。

她只读过原作的开头部分，听起来科尼利厄斯似乎是个天才发明家，如真白所说，他发明了一种"能将任何生物恢复到正常状态"的机器。卡奇建议，既然有这样的机器，就能让银兽变得温顺了。科尼利厄斯对此却兴致不大。

"机器还在试制阶段。要是失误导致发生怪事，那该怎么办？"

听到这番回答，卡奇傻了眼。深冬越来越不耐烦，突然站起身，几步走到他们身边，脚指甲抓得地板吱呀作响。她仰着头说道：

"喂，你够了吧？失误不失误的，不试试怎么知道？我可没时间了。要是你不想动手，那就把操作方法告诉我呗。我代你去做！"

科尼利厄斯瞠目结舌地问道：

"你是谁？"

"你管我是谁。至少我的行动力比你强。"

深冬越发傲慢，仰着头，挺起毛茸茸的胸脯。

卡奇也助阵说道："这家伙说得没错。要是不快一点，就连这个小镇也会被那只野兽袭击。"

"我……我明白了。我明白了。不过，万一发生事故，可就与我无关了。"

科尼利厄斯无力地垂下粗粗的尾巴，不情不愿地打开了通往地下研究室的门。

微暗的楼梯间里，油灯发出朦胧的光芒，将三狐一人拖出长长的影子。深冬跟在科尼利厄斯与卡奇的后面，一边下楼梯，一边犯嘀咕：

"那家伙怎么回事啊？说话一点也不像主人公。"

"嗯……毕竟深冬没在原作里登场。其实，科尼利厄斯烦恼了一整晚，结果在夜里做了个不可思议的梦，之后就下定了决心。"

"哦，是吗？反正我也不会看书，只要能抓住贼就行了。"

话音刚落，真白像是要从后方整个包住深冬般，凑近了窥看她的脸。人类大大的影子投在了小小的狐狸身上。

"喂，别这样行不行？现在就属你一个人体型最大。"

"深冬，你还是那么讨厌书啊。"

"我也没办法呀。本来我就讨厌书，再加上被牵扯进这种怪事里，你让我怎么变得喜欢呢？想象力这种东西还是匮乏一点比较好。在家看看电视，玩玩手机，再上上学。这是最保险也是最安全的生存方式。"

"这样啊……"

听见真白的声音变得低沉后，深冬抬起头盯着她看。

"别这么低落嘛。我也没有把喜欢书的人当傻瓜的意思。只是那不适合我罢了。想看就看，不想看的话，不看也罢。难道不是吗？"

"……嗯。"

下了几级台阶后就是研究室了。

深冬忽然问真白：

"对了，之前我就想问你了，原作的作者是谁呀？这次也好，上次也好，上上次也好，书上都没有标示作者的名字。藏书记录上也没有记载《繁茂村的兄弟》这本书。"

那些在书籍诅咒发动时出现的书自始至终都没有标示作者的名字。不料，真白有些吃惊地睁圆了眼睛，问道：

"深冬，你对作者有兴趣？"

"别把我当傻子，好吗？算不上有兴趣，我只是想看看写出这种怪胎小说的人到底长什么样而已。"

"我见过哦……"

"什么？"

"我见过哦，深冬。我见过作者的长相。"

深冬跳下最后一级楼梯，皱起眉来问道：

"作者长什么样？"

"喂，你们快过来啊。机器要亮相啦。"

听见卡奇的叫声后，深冬转过头看了看他，又回头看看真白。不过，真白似乎不打算继续说下去。"走吧。"她轻轻戳了戳深冬的后背，先走了过去。

"能将任何生物恢复到正常状态"的机器比深冬想象中的小得多，整体是一个不大的圆盘，即使是狐狸这样的小动物也能用双手抱住。机器上到处是旋钮和控制杆，中央则闪着紫色的光。

"这里面也有Imensnium吧？要怎么操作呢？"

科尼利厄斯用食指在圆盘表面划了一下，答道："仔细听机器的声音。要是它心情好，Imensnium就会闪闪发光。"听到这话后，深冬使劲把冲到嗓子眼的一句"你是不是脑子不太正常？"憋了回去。

"哦，哦……好厉害哦。然后呢？"

"然后，把控制杆往右拉，再按下蓝色的按钮。"

"只是这样啊。"

科尼利厄斯盯着深冬说：

"听上去可能很简单，其实还挺难的。这家伙特别容易闹别扭。像是这会儿，在它心情不好的时候去操作就会失败。比如，它会把和这个小镇格格不入的家伙赶出去什么的。"

在深冬的眼中，那个圆盘看起来就像圣诞树的装饰那样明明灭灭。

"这不是闪着光吗？"

"姑且算是。可现在还是不行啊，会失败的。"

"啊，急死人了！"

面对犹豫不决的科尼利厄斯，恼怒的深冬一把抢过他手里的圆盘，飞快地把控制杆往右一拉，按下了蓝色的按钮。科尼利厄斯、真白和卡奇都来不及阻止她。

圆盘"嗡嗡"地震动着，紫色的光"咻"地灭掉了。它像关掉了电源那样安静下来，但转眼间又爆发出耀眼的光芒。深冬觉得刺眼，下意识地把圆盘一扔，不过，由Imen钢制成的圆盘毫发无损。它不停地喷出泛着紫色的蒸汽，深冬猛烈地咳嗽起来。

"对……对不起，我错了还不行吗……"

深冬一边咳，一边感觉身体起了变化。手变得光滑了。天鹅绒般的毛不见了。狐狸的面孔剥落了，有着塑料般质感的头发垂到手上，耳朵又长在了脸的两侧。衣服也变得和来时一样了。

"我变回人了！"

深冬对着身旁那个柜子的玻璃门照了照自己的脸，发现真的恢复成了原本的样子，高兴地叫了起来："太棒啦，成功啦！"然而，当蒸汽逐渐散去，深冬却渐渐皱起了眉头。

"为什么只有我？"

科尼利厄斯和卡奇还是狐狸的样子，两人生怕圆盘摔坏了，吓得六神无主，甚至没注意到深冬变回了人形。这时，上方突然传来一阵仓促的脚步声。那声音特别响，不像身体轻盈的小狐狸们发出的。

——"比如，它会把和这个小镇格格不入的家伙赶出去什么的。"

"难道是这个意思？"

深冬咂了咂嘴，撞开了歪着脑袋杵在一旁的真白，如暴风般飞快地冲上了楼。人类的腿爬起楼梯来轻而易举，很快她就来到了一楼。她用力打开门，只见睁大了眼睛的小狐狸们一起回头望向她。

"明明没有人，门居然自动打开了！"

"刚才玄关也自动打开了！到底是怎么回事啊！"

小狐狸们叽叽喳喳地叫着。深冬被那台机器赶出了小镇，所以他们看不见她——是这个意思吗？深冬一边说着"让开让开"，一边小心地迈着每一步，生怕踩到小狐狸，好半天才挪到门口。小狐狸们说得没错，玄关的门本该是关闭的，现在却敞开着。

"真白，变成狗把我带到天上去！"

"什么？"

"快！"

真白很听话，再次变成狗的形态。她跳到空中一个翻身蹲下来，在深冬的脚下轻轻一顶，将她驮到自己的背上。她们很快就听不见小狐狸们的声音了，飞到了科尼利厄斯家上方的高空中。

骑在真白背上的深冬一脸严肃地俯视着被雾霭笼罩的小镇。

"我们要找人类。偷书狐应该已经变回人形了。"

变成狗的真白无法作答，瞟了深冬一眼，发出"呜"的一声。深冬像安抚似的揉了揉她的肩胛骨，说：

"我没骗你。刚才那个圆盘搞不好真的发脾气了。主人公先前不是说它会把和这个小镇格格不入的家伙赶出去吗？如果真是那样，那么，格格不入的只会是我和那个贼——你想啊，我和那个贼都是从现实世界过来的人嘛。既然我变回来了，那家伙应该也变回来了吧？"

这么一解释，真白像是稍微打起了精神，发出"汪"的一声，在弥漫着蒸汽的小镇上滑翔。

"在科尼利厄斯家附近找找。"

"呜？"

"想必那个贼逃去处理场后就躲在附近，趁所有人都变成狐狸时混了进去，在银兽袭来时一起坐上了吊舱。可是，刚刚只有那个贼变回了人形，所以他一着急就溜走了。"

天花板上传来的那阵重重的脚步声，应该就是贼变回人以后仓皇逃窜的声音。

"呜汪！"

真白像在表示赞同，用力吠了一声。她们从那栋有着三角屋顶的圆柱形房子侧边滑过，从大路到小巷，又绕着蒸汽机车往来的铁桥飞行，不断搜寻着人影。

"没有……会不会跑进哪户人家或哪家店铺了？"

路上来来往往的都是狐狸。抱着纸袋走出商店的是狐狸，蒸汽客车窗户里坐着的是狐狸，挤在公园长椅上互诉衷肠的还是狐狸。

"既然如此，真白，我们去御仓馆。现在能让贼安定下来的地方，就只有没发生变化的御仓馆了。"

深冬轻轻拍了拍真白的侧腹，真白便掉转方向，与蒸汽客车平行着飞了起来。小狐狸们发现狗在天上飞后，惊喜地大叫起来，纷纷从窗户里探出身子向真白挥手。

"他们能看见真白……"

深冬呢喃着，又看了一眼真白那雪白蓬松的后脑勺。刚才她的确是被那野兽吃了。而"格格不入的家伙"并不包括真白。也就是说，就是说……然而，深冬还是想不明白。

街道也好地形也好，如今的读长镇看起来面目全非，只有御仓馆和神社还维持着深冬熟悉的样子。它们就像被越来越激进的时代抛弃的老人，静静地立在原地，品尝着孤独。

真白降落在御仓馆前，两人匆匆穿过庭园，打开玄关门。换鞋的踏板上有一双鞋。深冬从没见过这双白色男款运动鞋，那明显不是萤子穿的那种设计古怪的鞋。对方大概脱得很急，其中一只甚至侧躺在板上。

"深冬，小心。"

变回人形的真白将手滑入深冬的手掌。两人手牵手，悄无声息地踏上馆内的地板。在长长的走廊尽头，从阳光房里溢出的光线斜拉出一道人影。是昼寐终于起来了吗？抑或是贼？深冬的心脏扑通狂跳，她紧紧地抓着真白的手，背部贴着走廊的墙壁，提心吊胆地探头往阳光房望去。

昼寐仍旧躺在地上打鼾。而沙发前站着一名青年。

"你好。"

那是蟹味菇青年。白皙而瘦长的身体，像蘑菇的圆伞盖一样的发型，还戴着眼镜，身穿白衬衫和蓝牛仔裤。深冬认识他，但突然间想不起他的名字了。

"你是书店的……"

"没错，我是春田。你好。"

他是步武常去的那家书店——若叶堂的店员。今天早上，深冬刚在这名店员负责的收银台前买了父亲让她带的一本书。直到刚才，深冬还咬定贼的真身是萤子，一点都没考虑过其他可能性。眼前的状况太出乎意料，导致她一时间说不出话来。

春田尴尬地垂下眼帘，走到二人的身边，递给了深冬一本书。封面上描绘着古老的植物图案，书名叫《义贼拉福尔兹》。

"对不起。真的十分抱歉。我只偷了这一本。"

"这是从我家的书库里偷的？为什么……"

深冬的视线在春田、那本书还有一旁的真白这三者之间来来回回。只要她接过书，再抓住春田的手腕，周围就会回到现实，真白也会消失。此前，深冬都是在不明真身的情况下抓住偷书狐的，可这次不同。对她来说，独自面对这种状况太有负担了。

春田暂且垂下了拿着书的手，低语道：

"我们是想弄清楚这个系统是如何运作的。"

"什么？我们？系统？"

"是的。我们想知道御仓馆的防盗系统是什么样的。起初我们都觉得那只是都市传说，是不值一提的谣言罢了。可萤子小姐实际试过以后，却发生了意想不到的大事。听了她兴奋的经历后，大家都——"

"请等一下。大家？刚才你也说过'我们'，对吧？意思是你们还有同伙？"

为了让混乱的头脑平静下来，深冬用手按着额头，努力梳理现状。与此同时，真白用炯炯有神的双眼瞪着春田，像威慑敌人的狗一样，在他和深冬的身边踱来踱去。

"深冬，快抓住这家伙吧。他根本不觉得盗窃是一件坏事。"

真白仿佛随时会变成狗，亮出獠牙发动攻击。春田望着她，赶紧辩解道：

"不是这样的！我知道这是坏事，知道不能这么做。所谓的'我们'，指的是读长镇书店联盟里的几个人。大家都在想怎么才能抓住那些层出不穷的顺手牵羊的贼。萤子小姐和我都是其中的一员。"

"什么？萤子小姐是我们镇上的人？"

萤子小姐那种时尚光头的打扮，绝对让人过目不忘。春田摇摇头说：

"萤子小姐不是镇上的居民，但在这里经营一家设有画廊的小型个体旧书店。我们是最近才认识的。"

"这样啊，但是，抓贼又算什么理由？"

深冬抱着手臂，仰着头问道。春田深深地叹了一口气，打开了话匣子：

"书店为顺手牵羊所犯的愁超乎常人的想象。因为每天都有书被偷，旧书街的岩飞旧书店都倒闭了，就连装了最新型防盗摄像头的大型书店也关了门。在到访读长镇的顾客里，不仅有来买书的，也有来偷书的。

"我们每天都在讨论，有什么办法能抓住那些顺手牵羊的贼。我们也实践过，但想破头都找不到行之有效的措施。就在那时，'书籍之谜'书店的老板和我们提到了御仓馆的事。"

深冬向来讨厌"书籍之谜"书店的老板，内心充满嫌恶。

"那位老爷子说，御仓馆有一套奇异的警报装置。上一代管理员珠树女士装了了不得的东西，所以只有御仓馆是安全的。"

听到这儿，深冬的脾气就上来了。她厉声说道：

"哪里安全了！我们家不但被偷过好多次，有一次还遭受了特别大的损失，我们至今都心有余悸！都怪那次盗窃，御仓馆成了只许自家人进出的地方，管理起来又特别麻烦，老实说，真是让人一个头两个大。要是受不了顺手牵羊，你们自己努力想办法不就好了！"

话一说出口，春田就露出了卑微的笑容。深冬见状，赶快捂住了嘴。她终于理解了春田他们想知道防盗系统的构造的原因。

"所以说呀，我们忍不住觉得御仓馆也太滑头了。毕竟我们没法做到你们那样。御仓馆能用限制来客的方法保护藏书，可书店每天都要接待顾客。谁都能进店，什么书都能拿起来看。我们要进书，卖书，然后以此过活。书店不是纪念馆，没法限制进店的人。"

春田克制着语气，但话语间流露出怒意。

"对不起……确实是这样。'努力想办法'这话说得太轻巧了……"

见深冬服软了，真白给她打起了预防针：

"深冬，你可不能道歉。这个人偷了书，说是不得已干出的事，但说到底和顺手牵羊的贼是一样的。盗窃就是盗窃，和目的或心情无关！

他果然还是没在反省！"

真白从喉咙里发出威慑的低吼声。春田吓得直往后缩，脚跟不小心绊到了地毯，一屁股坐在了沙发上。

"对……对不起，你说得对……请允许我再次道歉。偷了你们的书，我感到十分惭愧。为了防贼，自己竟成了贼。我会深刻地反省一番，再也不干这种适得其反的事了。"

恰好在这时，昼寐发出大大的鼾声，吓得所有人发抖。真白的气势一下子减弱，怏怏地瘪着嘴，往后退了一步。紧张的气氛稍稍得到了缓和，春田努力撑起身体，说：

"关于御仓馆导入了什么样的系统，我们也曾咨询过步武先生和昼寐小姐，可他们佯装不知道。'书籍之谜'书店的老爷子说，御仓馆的防盗系统充满了谜团，如果他们不肯说，要不就自己去试试。虽说如此，但要进御仓馆可是困难重重，该如何尝试呢？步武先生住院这件事就成了契机。步武先生滚下河堤后，有人救了他。那人和我们隶属于同一个书店联盟。他看到了从步武先生的口袋里掉出来的钥匙……我们盘算着，身为柔道家的步武先生不在后，那里就只剩下昼寐小姐了……是的，我们鬼迷心窍了。我们是打算先借用一段时间，等弄清楚系统以后就立刻归还给你们。"

"借口还不是要多少有多少？"

真白冷言冷语。春田听到后，把那本偷来的《义贼拉福尔兹》放到桌上，平静地看着它说：

"你说得对。为了防范顺手牵羊的贼，保住饭碗，我们做了贼。可实际上，我们的内心是很挣扎的。第一次和第二次是萤子小姐当了贼。她说自己不是这儿的居民，所以也没什么罪恶感……为了确认御仓馆里是不是只住着昼寐小姐，于是谎称警报发出噪声进行投诉的也是萤子小姐。"

深冬想起几天前代授师父崔曾告诉她，有人投诉警报响了很久，但他一点也没听见。

"体验过防盗系统的萤子小姐看起来特别激动，一个劲地和我们说她碰上了什么事，但是谁也不信她的话。大家觉得很荒诞，便放弃了向御仓馆学习防盗的计划。萤子小姐不死心，她没有提偷书的事，只是当面请求昼寐小姐参加书店联盟的会议，结果当然是被拒绝了。最后，萤子小姐找到了我。今天有杂志来采访，所以我提前下了班。萤子小姐说她会去吸引深冬小姐的注意，问我要不要试试看。"

"萤子小姐向我亮明了身份……她说马上要去御仓馆偷书，所以我以为贼百分之百就是萤子小姐，没想到并不是她。"

"是的……她说想知道除了偷书贼以外的人会发生什么，便叫我来偷。是不是真的只有贼和深冬小姐会保持着现实中的意识进入那个奇妙的世界？还是说，只要身在同一个地方，她就能保持清醒？总之，她想弄清楚共犯会怎么样。"

在银兽饲养场里，深冬见到的是沉浸在故事角色中的萤子。也就是说，除了执行犯之外，哪怕是共犯，只要不参与偷书，书籍诅咒就会判定他和其他人一样是无辜的。深冬心想这个系统还有待改进……不过，她总算把脑中的信息梳理清楚了。

"总之，我真的感到万分抱歉。亲身体验了这个系统以后，我算是明白了，光凭我们是驾驭不了它的。总不可能每次出现顺手牵羊的时候都来一遍冒险。我会去向大家解释，我们还是只能采取稳妥的防盗措施。很抱歉偷了你的书。我再也不会干这种事了。"

春田再次低下头来，毕恭毕敬地道了歉。深冬挠了挠脸颊，看了看仍高高扬起眉毛的真白，又看了看睡梦中的昼寐，叹了一口气。

"我倒是想原谅你，可必须问问我爸爸。实在不巧，我还未成年，也不是御仓馆的负责人。真白也说了，盗窃就是盗窃。由我爸爸来决定最终怎么处理，可以吗？"

"当然。到时，我会带上书店联盟里和此事相关的人一起过来。"

"好的。真白，你觉得这样行吗？"

"既然你这么说了……"

尽管表情还带有不满，真白还是勉为其难地点了点头。接着，深冬拿起桌上的《义贼拉福尔兹》。

"行。那么，春田先生，把手伸出来。"

春田老实地伸出了双手。

"我抓住贼了。"

深冬轻轻地握住春田的手腕，那一瞬间，地面忽然往下陷，意识脱离了身体。她就当自己正逐渐沉入梦乡，闭上了双眼。

再次睁开眼睛时，深冬十分平静地坐起了身。昼寐还在睡，时钟上的秒针滴滴答答。身边既没有真白，也没有春田。他肯定比她早醒一步，这会儿已经离开御仓馆了吧。

"先去向爸爸报告一下吧……"

深冬挠着头来到玄关，穿上鞋后，推门走了出去。在这之后不久，她注意到了异变。

晴朗的天空中飘浮着懒洋洋的白云，微风徐徐，树梢沙沙作响。午后的阳光照得背上暖烘烘的，甚至有点冒汗。深冬打开庭园的铁门，忍着哈欠向御仓馆门前的马路望了一眼。

路上停着汽车。不是靠边停，而是停在车道的正中央。并且不止一辆，一辆接着一辆，一整排的车都这么停着。反方向的车道也出现了同样的状况。哪怕信号灯变绿了，也不见哪一辆车有发动的意思。而且，深冬甚至没听到有人抱怨。

"这……这到底是怎么了……"

周围非常安静。深冬慢慢地走近其中一辆车，透过窗户往里看去。车是空的。驾驶席和副驾驶席都空空如也，车座的饮料架里摆着罐装咖啡，喝咖啡的人却不见了。后排的儿童座椅上还躺着一只粉红色的拨浪鼓。

深冬吓得哆嗦，小跑着去后面的汽车看了看——铺着浅蓝色坐垫的座位上也是空的。下一辆车，再下一辆，车里的人都消失了，只留下变成空壳的汽车和曾有人存在过的痕迹。

刚被太阳晒暖的背部开始发冷，深冬的膝盖颤抖起来。

"要……要冷静……每辆车的门都稍微开了一点缝，所以应该是大家自己下车的。"

就算这么告诉自己,深冬的身体依然抖得如筛糠一般停不下来。回过神来的时候,她发现自己已在飞奔。她必须找到个活人,再问问对方到底发生了什么事。

然而,无论走到哪儿,深冬都见不到一个人影。人行道也好,旧书店街也好,每条路上都空无一人。灯亮着,卷帘门开着,商品也都整齐地摆放着,却没有一个人。只有人不见了。人行道的沥青路面上,不知是被谁喝剩下的塑料瓶被风吹得一路滚去,掉进了侧沟里。

读长镇的居民消失了。

被留在寂寥的小镇上

第四章

深冬反复揉搓自己的眼皮,闭上眼,深吸一口气,用丹田发力,再睁开眼来环顾周围。以前梦见被手持鱼叉的青鱼头怪人追杀时,她就是用这个办法从梦里脱身的。可是,这次并没有奏效。

马路上依旧是成排的空车,传入耳中的只有风声。或许是有些司机在异变中慌乱地踩下了刹车,一部分无人车还跨到了逆向车道上。

"开什么玩笑……这到底是怎么回事?"

此刻,深冬只想找个活人问问究竟发生了什么。

所到之处都是空空荡荡的,别无二致。没有人迎面走来,也见不着人的背影。虽然所有汽车都停在原地,但信号灯仍在工作,默默地按着固定的节奏从绿色变成黄色,从黄色变成红色,再从红色变回绿色。

即便没有车流,深冬还是老老实实地站在人行横道前,等绿灯亮起后才走向马路对面的超市。自动门一打开,就听见背景音乐和"欢迎光临"的机械语音响起,深冬稍稍松了一口气,但这种安心感转眼就消失了。面前的生鲜食品区也好,商品货架之间的通道也罢,都没有一个人。绕了一圈回到入口时,她的心跳已快得要爆炸了,呼吸也十分困难。

深冬膝盖颤抖着,不禁用手撑着水果货台,结果有个苹果被碰倒了,滚落下去砸到地板上,凹进去了一块,但没有店员赶来查看。

"有人吗?"

深冬大声喊道,可整个楼层中回应她的只有背景音乐和冰箱的低吟声。

她再也无法保持冷静了。

深冬跑出超市,挨家挨户地按响了沿路住宅的门铃。手机没有信号,她便冲去派出所,可拿起电话后,不知为何听筒里没有声音,拨号键也是怎么按都没反应。明明通了电,电话线路却不通。她又粗暴地拉开书店的移门,发现里面也没有人,便继续像子弹一样冲出来,闯进隔壁的店铺。

父亲的柔道道场里也没有人。以往每到星期六,这会儿正是孩子们开始练习的时候,即使在外面也能听到他们练习受身时发出的声响,还有崔扯着嗓子指导学员的声音。可是,现在周围静得可怕。她推开沉重的移门往里张望。不出所料,铺着榻榻米的道场空无一人。

有什么热热的东西在深冬的眼中越积越多,视线变得模糊起来。

"冷静,冷静。肯定只是书籍诅咒出了什么问题。没事的。"

她用袖口擦了擦眼泪,呼出一口气。

离开道场后,深冬再也没有气力找人了,蔫头耷脑地踱着步伐往商业街走去。

"这里就是现实世界。我乖乖地遵守规则抓住了贼,夺回了被偷走的书。书籍诅咒已经解除了。那么,我应该可以去读长镇以外的地方。"

她想看看电车的情况如何。此外,不知道住院的父亲现在怎么样了。

和往常一样,商业街里弥漫着各种食物混杂的气味。摆在店门前的点心正等待着小学生的挑选;鲜鱼店里的青鱼和比目鱼浸泡在冰水中;鸡肉专卖店飘出了烤鸡串酱汁的焦香味,吊足人的胃口;果蔬店的绿笸箩中正摞着熟透的红番茄。只是,所有店铺里都没有卖家,也没有客人。

深冬在鸡肉专卖店前停了下来,踮着脚往油腻腻的窗户里看。通常情况下,身材魁梧的店主大叔会猫着身子,在那不大的空间里忙着烧烤,但现在只有一台破旧的排风扇"咔啦咔啦"地吵嚷着。深冬望着铁制烤架上那些再不翻面就要烤煳了的鸡肉,忍不住把手伸进窗户里,将烤串转移到一旁桌上的盘子里,这个动作害得她的胳肢窝都快抽筋了。

深冬抽回手,舔了舔沾到咸甜酱汁的指尖,这时,商业街里那只人见人爱的猫靠在她的腿边,柔软的尾巴蹭上了她的小腿肚。

"猫还在啊……"

深冬蹲下身子,揉了揉这只从喉咙里发出"咕噜"声的猫。当她从它的耳后挠到下巴时,地面上忽然掠过小小的影子,两只麻雀落在面包店前啄起了面包屑。"汪!"深冬闻声转头看去,只见一只灰色的贵宾犬正拖着红色的牵引绳向她跑来。

"难道是有人在散步时失踪了?"

深冬姑且抓住牵引绳,把狗拴在身边的路标杆上,以便主人回头能找到它。除了人类以外的生物都在——光是这一点,便让深冬觉得放松了一些。

换句话说,目前只有人类不见了。深冬感觉在黯淡的现状中冒出了一条极其极其细小的线索。这可比一味地因恐惧而腿软或被惊慌吞噬要好得多。

"好吧,我得快点找到大家才行。"

深冬穿过商业街,跑上了通往车站的阶梯。车站前同样没有人影。她透过阻拦行人的铁丝网向轨道看去,一辆停靠的电车都没有。即便这样,深冬还是抱着一丝希望,从售票机上买了一张到下一站的车票,塞进了自动检票机。机器维持着正常的运转,顺利地放她进了站。她走上通往站台的短楼梯,刚爬了几级台阶,就听见了电话铃声响起。

深冬吃了一惊,看了看周围。先前她想打电话,可那时半点声音都没有。然而,刚才确实是电话在响。声音似乎是从车站的办公室里传来的。

尽管她在心中期盼着会有站务员跑来拎起听筒,但不出所料,谁也没有接电话。铃声响了一阵后就停了。

深冬在空无一人的站台上找了一张塑料长椅坐下,等候电车的到来。她试着用自己的手机给父亲的手机打电话,可依然无法拨打出去。柱子上挂钟的秒针在动,天空中有缓缓的流云,所以时间并未静止。到时,电车应该会来的。

很快,深冬听见了"呜——"的警笛声。她一个激灵,往铁路尽头望去,如她所想,电车即将驶入站台。深冬心脏狂跳,捂着胸口站起身来。只要能离开读长镇去到临近的车站,肯定就能遇上人类,到时找个大人求助……运气好的话,还能找警察想想办法。

可是,电车丝毫没有减速。就像这个车站完全不存在似的,蓝色的车体当着深冬的面穿行过去。她望了一眼飞速滑过的车窗，发现里面坐着乘客。可谁也没有抬头，甚至像是没注意到车开过了站。

"等……等等！这里可是急行列车也会停靠的站点啊！"

她的喊声被淹没在轮轨的轰响中，电车轻易地冲过站台，消失在铁路的另一端。一片树叶悠悠地飘落在她的脚边，宛如那阵疾风留下的礼物。耳边只剩麻雀的叽喳声。

深冬愣愣地站在恢复了宁静的站台上，直到听见铃声才猛地清醒过来。车站办公室里的电话又响了。

她有些犹豫，但还是伸手握住车站办公室的门把手，慢慢地拧了一下。她本以为上着锁，谁知那扇门毫无防备地开着。她小心地推开门，进入了这个让她联想到教师办公室的杂乱小房间。

在文件成堆的办公桌上，有部电话正响着。深冬果断地拿起听筒，问了一声："喂？"

——我是……早到了三分钟。

——不知道，车站好像……

"喂，能听见吗？"

听筒里确实有人的声音在叽叽咕咕，可听上去很遥远，深冬使劲把听筒压在耳朵上。

"不好意思，请问能不能帮个忙？这里发生了怪事。"

不管是谁，只要有一同陷入这种困境的人在就行。可听筒对面的人仿佛听不见深冬的声音，自顾自地继续说着。

——为什么不停站？

——可是，根本没有需要停靠的车站……

这是两个不同的声线，有两个人在对话，而深冬就像窃听他人通话的第三者。所幸这个对话依旧围绕着车站展开，她决定继续听下去，说不定能获得什么线索。只是他们的声音很轻，深冬按了按电话机上增大听筒音量的按钮，却没什么变化。

——你说是我记错了？

——对。根本没有什么读长站。请您看一下线路图……

——可我这边的线路图上有……不，抱歉，没有呢。

深冬惊恐地把听筒放回座机上，挂断了电话。

电话里说"根本没有什么读长站"。

深冬无法相信，也不愿相信。然而，读长站分明是急行列车的停靠站点，电车却不停站通过了；电话分明是接通的，对方却听不见她的声音。深冬整理完现状，认为自己还是接受一个事实比较好：读长镇仍遭受封锁。

深冬的脑中浮现出真白的面孔。如果她在这儿，一定会帮忙想出办法吧。可惜真白只会出现在书籍诅咒的世界里。

走出车站的办公室后，深冬将车票塞入自动检票机里，结果挡板门"啪"地关起来，还报了错——从同一个车站进出就会报错。换作平时，这样的问题必须叫站务员来处理，可如今谁也不在。"这也是没办法的事啊。"深冬嘀咕了一句，抬腿从挡板门上跨了过去。

车站的地势较高，出了检票口后，整座读长镇便尽收眼底。太阳已开始西斜，下午暖黄渐浓的阳光照亮了家家户户的屋顶。

四周有一种阴森的宁静。深冬早已习惯平日的喧嚣，第一次知道鸦雀无声竟是如此令人恐惧。风儿带着一丝傍晚独有的清新气息，轻轻地扬起深冬的长发，一颗汗珠顺着她的额头滚落下来。

深冬站在通往商业街的下行阶梯前纠结了一下，最终没有选择走下去，而是朝右边迈出了脚步——往医院走去。她有些担心父亲步武。

然而，当医院的自动门打开的瞬间，深冬就挪不动脚了。这里和有背景音乐的超市、有动物的商业街、有电车声响的车站不同，无人医院的那种安静简直叫人不寒而栗。惨白的墙壁和走廊，前台与候诊室的浅色沙发上没有一个人。一副腋下拐杖躺倒在地，它的使用者消失了。结账叫号机的显示板始终停留在某串数字。消毒液的气味也加重了不安的情绪。曾在电视上看过的医院怪谈在脑海里闪过，深冬赶紧摇了摇头。她用双手抱住自己的身体，往冷飕飕的医院内部走去。

电梯前停着一张可移动的病床，想必是护士在运送卧床的患者吧，但现在床上只剩一片凹痕证明这里曾躺过一个人，就像蜕下的壳一般。

深冬的视线一直被那张病床吸引住了,她看也没看就按下了电梯的按钮。因此,她没有注意到,其实在按下按钮前,电梯厢就已经在移动了。

随着"嘭"的一声响,银色的电梯门开了。那一瞬间,深冬倒抽了一口凉气——里面有人!

"呀!"

"哇!"

双方都无比丢人地发出了惨叫。深冬往后跳了几步,电梯里的青年则两腿发软,一屁股坐了下去。深冬用手捂着胸口,浅浅地呼吸了好几下,一边平复自己狂跳的心脏,一边定睛看向对方。

"啊……你是春田先生?"

对方是在若叶堂上班的蟹味菇青年,也是先前触发了书籍诅咒的偷书贼。

"原来是御仓深冬小姐啊。没想到你会在这里……"

在两人认出对方的当下,电梯门正要合上,于是深冬赶快按下了按钮,春田则趁机站起身来,两条细腿踽踽着走出了电梯。

"哎呀呀,让你见笑了。"

"没事,我也吓了一跳……话说,春田先生,你为什么会在这儿?你怎么没有像其他人那样消失呢?"

"我还想问你这个问题呢。我真以为这儿只剩我一个人了。"

两人同时叹了一口气,望向对方。一种滑稽的感觉慢慢地浮上心头。终于,深冬发出"扑哧"一声,然后捧腹大笑。春田受到感染,也咧开嘴笑了。万籁俱寂的医院处处显得那么没有生机,此时却回荡着两人轻快响亮的笑声。

笑够了以后,深冬和春田决定交换一下当前掌握到的信息。

"车站发生了怪事。电车不停靠就通过了。然后车站办公室的电话响了,我听见里面有两个人在对话,但他们听不见我的声音,我就像在窃听。"

"也就是说,除读长镇以外的地方和平时一样是有人在的,对吧?"

"嗯。电车通过的时候，我看到车里有人。目前就像书籍诅咒发动后出现的状况那样，我们被困在这个小镇上了。"

"这样啊。"春田低语道，用手抵着下巴思考起来。

"那么……你呢？为什么会在医院里？"

"咦？啊……我想来见见你的父亲。毕竟偷了你们家的书，我得来向他道歉。"

据春田所说，他比深冬早一步从书籍诅咒的世界回到了御仓馆。

"我没见着你，但看到你的鞋还在，心想你应该还没回来。"

然后，春田离开御仓馆，直接去了医院。他的脑海中尽是偷书的事和方才在那奇妙世界中的经历，因此一点也没注意到镇上出现的异变。直到进了医院，他才发现人都不见了。

"一开始我以为是发生了罢工什么的，但连一名患者都没有也太奇怪了。然后我就急了……跑出医院一看，这才注意到车站前和商业街里也没有人。我感到慌乱，都没想到坐电车，打算直接步行过河。"

"啊，过桥吗？情况怎么样？"

"要是过得去，眼下我就不会在这里了。桥不见了。原本是有的，可不管往哪儿走，就是到不了桥边。我确实是按照平时那样往桥的方向走，可回过神来时发现马路莫名地拐了弯，无法通往河边。"

读长镇被两条河流夹在中间，这块土地就像一片沙洲。不过河的话，就无法离开这个小镇。

"我也试着打过电话，但是没信号，当然也联不上网。我们店里的Wi-Fi也失效了。我实在一筹莫展，只好回到医院，结果碰上了你。"

"原来如此……"

"我很担心，而且还联系不上我妹妹。"

"你还有个妹妹啊。"

春田听到这话后，禁不住眨巴了两下眼睛，望着深冬。

"咦，你不知道吗？她和你就读于同一所高中呀。她是文艺社的，说是和你打过招呼，结果碰了钉子。"

"这也太稀奇了吧，你们居然是兄妹？"

想必他的妹妹就是一周前在深冬下车时邀她加入文艺社的那名女生。这么说来，哪怕去掉戴眼镜这个共同点，两人的五官也的确有点相似。见深冬嫌弃地皱起眉头，春田的眉毛耷拉成一个八字。

"请你别在她的面前摆出这副表情。她也不过是想用她的方式和御仓家搭上关系。"

"那我更要拒绝了，你去告诉她，这辈子都不可能。哎呀，说到底，大家都是盯着御仓家。反正我早就知道了，无所谓。"

深冬疲惫地叹气，有气无力地按下电梯的按钮。电梯门立刻打开了，迎面而来的是明亮的奶油色光芒。

"你要去哪儿？"

"去爸爸那儿。我本来就打算去看看他。"

"啊，那我也一起去。"

"你别跟来了……"

深冬凶巴巴地瞪了一眼，春田一瞬间有点畏缩，但还是轻咳一声，说着"拜托啦"，也走进了电梯。

"事到如今只剩我们俩……步武先生应该也……"

"消失了？"

春田点点头表示肯定。深冬没再说话，也没把他赶出去，只是粗鲁地按下了前往三楼的按钮。

在到达步武所在的三楼病房之前，两人一直保持着沉默。

四人间的窗户敞开着，分隔病床的黄色布帘正悠然地飘荡着。深冬倔强地抬高下巴，大步穿过病房，"唰"地一下拉开父亲那张病床的布帘。如春田所说，她没见到父亲的影子，床上只留着一块凹陷的痕迹。

"还真是……他到底去哪儿了？"

病床的小桌板上摆着父亲的手机和深冬刚买来的那本书。今天实在发生了太多事情，以至于深冬自己都不敢相信这本书不过是上午才刚买给他的。

深冬绕过病床来到窗边，"咔啦咔啦"地滑动窗户，关紧上锁。这时，她在父亲的枕边发现了一个陌生的东西。

"这是什么？"

那是一本裹着褐色皮革封套的笔记本。他还有这种东西？深冬走过去拿起它，细致地端详起来。皮革封套已十分陈旧，有些皱巴巴的，不少地方还沾染了手指上的油脂而变了色。

深冬瞟了春田一眼——对方俨然是个识相的访客，站在离病床稍远的地方，避免打搅亲属之间的交流，但他的视线停留在深冬的手上。看来，他对此也很好奇。

深冬一口气打开了笔记本。她首先想明确里头记着日程还是日记。可越往后翻，她的眉头越是紧锁。

"这是什么呀，密密麻麻的。"

笔记本那一条条狭窄的横线上密不透风地排列着用圆珠笔写下的文字。下一页，接下来的十页，再往后的五十页都是一样。而且，大致扫一眼就会发现，这既不是日程也不是日记，而是小说。那无疑是父亲的笔迹。登场人物的名字也熟悉得很：嘉市、珠树、步武。

"爸爸是在写小说啊……"

"什么？"

春田快步走到深冬的旁边，接过笔记本，也翻看起来。

"真的。他写的好像是以自己家为原型的家族小说。"

"天哪——爸爸该不会想当作家吧？"

御仓馆后面有一座供奉着"书神"的读长神社，每当看到绘马上那些"今年准要拿下小说新人奖"之类的豪言壮语时，她都会在心底将这群怀揣作家梦的参拜者嘲笑一番。

"那不是挺好的？"此时，春田的脸上却露出些许愠色，"以前我也会写小说，会投稿，还会去神社祈愿。虽然我写得不怎么样，多次投稿才仅有一篇过初审，但拥有一个成为小说家的梦想不是挺好的？"

"是挺好的……"

"嗯，就是这样没错。而且，步武先生是御仓家的人。生在这么一个被小说环绕的家族里，他自然会想自己写故事吧？"

这时，深冬脑中的一部分记忆像烟花般炸开来。她清晰地回忆起这么一个场景：地板上摊着素描本，她正趴在上面，用小手握着笔专心致志地画着什么。

素描本上歪歪扭扭地画着一个小姑娘的蜡笔肖像。大大的眼睛，头发及肩，脑袋上有两个三角形的耳朵。那个小姑娘正咧着嘴开心地笑着。

"怎么了？你在发呆。"

"啊……啊，没……没什么。我突然有点恍惚。"

"打起精神来呀。话说回来，你瞧这个。"

春田把步武的笔记本翻到其中一页，递了过来。两页纸之间夹着一撮橙色的毛。深冬捏起那撮毛，一边用指尖捻着，一边体会那种触感。渐渐的，她的眼睛越睁越大。

"这是……"

这很明显是动物的毛。深冬愕然，朝春田点了点头。

"是狐狸的毛，绝不会错。"

离开医院前，两人一路上仔细地在地板和楼梯的角落等处找起了狐狸毛。结果他们发现，橙色的毛发散落四处，多得惊人，此前却一点都没注意到。就连窗玻璃上也有被爪子抓过的痕迹。

两人满脸倦容，跟跟跄跄地走出了医院，来到被夕阳染红的街上，继续搜寻起狐狸的踪迹。绝大部分的毛似乎都被风吹走了，不过他们发现，好些灌木丛的枝头上还挂着几簇，商业街的洗衣店门前也留有几个泥泞的狐狸脚印。

从商业街来到书店林立的街上后，春田找了一张长椅坐下，于是深冬也坐了下来，和他保持着一段距离。她往后一靠，双肩包里还放着父亲那本硬硬的笔记本，她感觉后背硌得慌。

"这到底是怎么回事呢……"

"咦，深冬小姐，你应该很清楚了吧？大家都变成狐狸了呀。"

"等等，那可是书籍诅咒里的设定。"

在刚结束的《银兽》那本书的书籍诅咒中，这儿的居民的确都变成了狐狸。只有深冬和春田受到在故事世界中找到的那台机器的影响，恢复成了人形,而其他居民仍维持原样。

"到目前为止,只要诅咒解除了,世界就会恢复原状。珍珠雨不下了,变成奇怪的雨男的崔君也好,变成耍帅的私家侦探的'山椒'也罢,都和读长镇一起恢复成了一贯的样子。"

"可现在到处是狐狸的踪迹啊。还有什么别的解释吗?"

"没有。可如果是那样,商店和医院里不应该都是人变成的狐狸吗?就算有些吓得跑去哪里躲了起来,一部分狐狸也会留在外面,这才合理吧?但为什么谁都不在呢?大家都去哪儿了?"

"这个嘛……你就别再增加问题了。"

春田说不出话来,垂下了脑袋。

乌鸦们啼叫着,飞过暗红色的天空。不记得是什么时候在电视里看过,说是乌鸦很聪明,能用叫声和同伴们取得联络。它们飞过夕阳西下的天空时,一定在说"快回家"吧。

深冬肚子饿了,口也渴了。今天从一大早开始就不停在行动,而且书籍诅咒中的世界与现实中时间流动的规则不同,因此体感上早已超过了二十四小时。

"我想休息一下……肚子饿扁了,还困得要命……我今天真是一刻也没闲着,连续经历了两次书籍诅咒。都怪你和那个萤子小姐。"

深冬的声音比自己想象的还无力。话说出口后,她更是觉得筋疲力尽。真想回家。

"好的。天快黑了,明天再想办法吧。我也累了。不过在休息之前,我能不能和你商量一件事?"

"什么事?"

"能不能把刚才步武先生的那本笔记本借给我一晚上?"

春田的请求实在出乎意料,深冬一下子眉头紧锁。

"咦,干吗?"

"我只是想看看,不会偷走的。"

就算这么说,但怎么可能那么简单就把父亲的手记借给一个刚从自家珍藏书库里偷过书的人?深冬毫不掩饰自己的怀疑,直勾勾地盯着春田看了又看,但也想不出什么别的办法。

深冬有预感,父亲的笔记本里藏着什么重要的内容。可她不喜欢看小说,更要命的是,看自己父亲写的文章总让人感到害臊。

"那你明天绝对要还给我……"

"绝对,我保证。"

深冬不大高兴地拉开背包的拉链,从里面掏出笔记本递给春田。

"要是敢动什么手脚,可别怪我对你妹妹不客气。"

"你威胁我?好啦,我知道了。"

虽说要保持联络,但现在没有信号,哪怕交换电话号码或邮箱也没什么意义。

"那明天上午十点在御仓馆碰头如何?"

深冬答应了春田的提议,两人就此告别。

在回家的路上,深冬见那只贵宾犬还在商业街的面包房前,便把牵引绳从路标杆上解下来,看了看项圈上狗牌的地址。就在附近。她把狗送去主人家的院子里,关好院门。那里也是一座空屋。

回到自家公寓时,楼里没有一个房间亮着灯,日暮时分的暗红色光线笼罩着整栋建筑物,看起来黑黢黢的。开锁进入家门的前一刻,深冬小小地期待着父亲会在屋里对她说一声"欢迎回来",但还是一个人也没有。

"我就说嘛,他本来就在住院啊。"

深冬自言自语,然后叹了一口气,扯下绑着马尾的橡皮筋,把长发放下来。她拉开冰箱取出麦茶,倒进杯子里一口气喝完,紧接着又倒了一杯,气也不带喘地又一次喝掉了。然后,她从袋子里拿出一根鱼肉肠,剥开薄膜包装,大口大口地啃起淡粉色的膏状鱼肉。

明明胃里是空的,深冬却没有食欲。家里有鸡蛋也有泡面,可连开个火煮一下,或是烧个水泡一下,她都觉得麻烦。

吃完四根鱼肉肠后,深冬把薄膜包装扔进水池旁的厨余垃圾桶里,又喝了一杯麦茶,然后径直走去卧室,衣服也没换便一头栽到床上。她把被子拉过头顶,将脸埋在满是自己气味的枕头上,突然掉起眼泪。

温热的泪水涌出，落下，涌出，落下，枕头不一会便湿成一片。深冬自己也有些不知所措，而当情感追上了生理本能后，她终于放声大哭起来。

"要……要是永远这么下去，该怎么办呀？"

一旦这个念头变成语言，深冬就更觉得难受了，但再不说点什么，她的胸口就要炸开了。

"爸爸……还有大家……你……你们到底去哪儿了？我好害怕，好害怕呀……"

深冬孤单地裹着被子，像是回到小时候那般号哭着。没有人来安慰她，她只听得到自己抽泣的声音。慢慢的，她的呼吸平稳下来，哭累之后便睡着了。

——深冬，你可是御仓家的孩子哦。

深冬惊醒时，周遭一片黑暗，天花板宛如刷了薄墨，浮现出一盏模糊的圆灯。深冬哼哼几声，转过头看了看枕边的闹钟。七点零五分。她睡了两个多小时。

她好像做了一个不愉快的梦。尽管一睁眼，仅存的那点细微的记忆便消失殆尽了，但糟糕的余味还萦绕在脑海里。那应该是和奶奶有关的梦。

深冬把手插进乱蓬蓬的头发里随便梳了梳，坐起身看向窗外。外面依旧没有人类的气息。四处有因饲主消失而饿肚子的狗在吠叫。回过神来时，她正紧紧地攥着窗帘，并使劲地拉上了。

大家会消失，毋庸置疑是御仓馆的书籍诅咒在捣鬼，而设下诅咒的就是珠树奶奶。瞧瞧她干了什么好事。深冬怒不可遏，在盥洗室里洗了把脸，揉了揉哭肿的眼皮，狠狠地瞪着镜中的自己。

她对刚才做的梦几乎没了印象，可只有那句话还回响在耳畔。

——深冬，你可是御仓家的孩子哦。

"没完没了，没完没了的，烦死了！"

深冬咬紧嘴唇关掉灯，转身走出盥洗室。

说起来，自行车还停在医院里。深冬离开家，在只有路灯没有行人的幽暗道路上走着。不知是因为哭了一通，还是因为生奶奶的气，她感觉自己的心像武装起来的螃蟹那般坚硬。不安与寂寞都飞去了九霄云外。不如说，现在的她甚至想挥舞大钳子和书籍诅咒干上一架。

萤子的白色山地车还停在御仓馆的围墙外。深冬瞟了它一眼，走进庭园。把铁门关上之前，她好像听见树丛那边有动静。她觉得那大概是猫，便走上了踏脚石。就在此时，随着一声低沉的"鬼啊——"，黑暗中浮现出一张人脸。

"呀啊啊啊啊啊啊啊！"

"啊……对不起，是我。"

深冬两条腿拧在一块，摔了个屁股着地。只见春田举着手电筒，慌慌张张地从庭园漆黑的树丛里跑出来。他朝深冬伸出手，但深冬凶狠地瞪了他一眼，靠自己爬了起来，怒气冲冲地使劲拍了拍屁股上的尘土。

"你跑到别人家里来干吗？"

"真不好意思……我实在有些好奇，想找找有什么线索。"

"要是我不在，你是进不去的吧……哦，不过你是贼嘛。"

"只有萤子小姐拿着备用钥匙。等她回来就马上还给你。我之所以会来这儿，单纯是觉得，光在外面看看，心情就会平和一些。"

"哦。"

深冬原本打算直接把春田赶出去，但改变了主意，打开了玄关门。御仓馆一贯有的那股旧书气味立刻扑面而来。

两人脱了鞋，走上玄关的地板，前往阳光房。黑暗中的阳光房里依旧听得见昼寐的呼噜声。打开灯后，只见昼寐躺在那张沙发上，睡得和往日一样香甜。

对深冬来说，这番光景实在太过平常，丝毫感觉不到异样，春田却指出了一点：

"好奇怪啊，为什么昼寐小姐还在呢？"

"咦？"

"明明其他人都不见了。你不觉得奇怪吗？"

深冬轻轻地惊呼一声，凝视着沉睡中的姑姑。这张睡脸看起来既年轻又年老，没有透露出年龄。无论什么时候，深冬都理解不了她。只有这一回，深冬预感到无法用"因为她是昼寐姑姑"来解释眼前的现象。

"姑姑，昼寐姑姑，快醒醒。"

深冬抓着昼寐的肩膀摇了摇。可对方一点也没有要醒过来的样子，反倒鼾声打得更响了。

"她睡得是有多沉啊？"

"深冬小姐，在书籍诅咒发动的时候，昼寐小姐通常在干吗？"

"干吗……就和现在一样，一直在睡觉啊。"

"原来如此……"

春田来到深冬的旁边弯下腰来，一会儿捂住昼寐的鼻子，一会儿轻拍她的脸颊。意识到这样也叫不醒她以后，春田从肩上的帆布包里取出步武的笔记本还给深冬。

"我看完了这个。"

"啊，这么快？"

"内容很短，一个小时就能看完。"

"怎……怎么样？"明明不是自己写的，深冬还是忐忑得不行，把笔记本抱在胸前问道，"是不是很没意思？"

没想到春田扬起嘴角，笑着说道："怎么会呢？很有意思哦。这是一部以他和他的家族为原型所写的小说。类型上属于私小说。不过，他的文笔非常扎实，让人惊叹，简直就像真正的小说家写出来的作品。"

深冬放心了，紧抱着笔记本的手也放松下来。然而，春田的表情越来越凝重。

"比起文笔，小说的内容才是问题所在。深冬小姐，你有没有听过这么一种说法：昼寐小姐和步武先生不是真正的兄妹。"

"什么……"

"我倒是听说过。老一辈的居民说，某天珠树女士突然抱来一个婴儿。在那之前,大家并没有见她大过肚子,所以都觉得不可思议。后来,那个婴儿得名昼寐,被当成步武先生的妹妹养大。"

"这种瞎话,肯定是'书籍之谜'书店的老头子说的吧?那家伙再怎么讨厌我们家也不能……"

"要先生的确也这么说过,可这么说的不止他一个。步武先生的笔记本里也有提到,昼寐小姐不是他真正的妹妹。不仅如此,还说她甚至不是人类。"

深冬一下子手软了,笔记本倏地滑落到地毯上,顺势摊开来。排列在纸面上的字是深冬见过无数次的笔迹——和监护人面谈材料上的签名一模一样。

"甚至不是人类?"

深冬不禁感到混乱,但似乎又有些想通了。昼寐是个离奇的人。她的所思所想是别人难以理解的,她是那么超然物外,要是没有步武和深冬的照顾,她连饭都不会好好吃。

可以说,这种离奇的存在感和真白莫名有些相似。深冬知道,昼寐和书籍诅咒肯定也脱不了干系。因为每当有书被盗的时候,昼寐的手中都会留下一张符,而深冬念出文字后,真白就会出现。

深冬慢慢弯下腰,捡起笔记本。她觉得自己也必须看一看。她轻抚了一下写满父亲笔迹的薄纸,紧闭双眼,然后缓缓地合上笔记本,放进了双肩包。

"现在先不看。"

"什么?"

听到这个决定后,春田瞪大了眼睛。深冬像要表明自己的决心,连珠炮般说道:

"反正现在也叫不醒昼寐姑姑,春田先生或许用一个小时就能看完这本笔记,但对我这个看书很慢的人来说,恐怕得花费明天一整天的时间。与其这样,不如先去找找镇上的人。"

这时,深冬忽地想起了傍晚在车站里听到的通话内容。

"对了,那通打去车站的电话可能是读长镇以外的站务员在和谁通话，但不知怎的让我听见了。不过，那也不算呼叫等待就是了……"

"我懂了。既然电车暂且还能通过读长站，就说明或许在车站，书籍诅咒的效力比较薄弱。"

"嗯，有这个可能。然后呢，整个车站好像在通话的过程中消失了。电话的一头问为什么不停读长站，另一头回答'根本没有什么读长站，请您看一下线路图'什么的。随后，这一头也表示线路图上的确没有。"

尽管深冬不愿那样猜测，但万一正中猜想，就表示情况危险了。

"也就是说，有些人知道读长镇，有些人不知道，线路图上原本也有这个地方，但看过一眼之后，它就不见了。这是不是意味着，读长镇会随着时间的推移越来越没有存在感呢？现在是从线路图上消失了，最终则将不复存在。"

把这个猜想说出口后，深冬更加感到毛骨悚然。气温分明不低，她却觉得浑身发冷，不禁用双手摩挲起肩膀来。

"我们得赶快找到大家。搞不好到了明天，读长镇真的会消失。"

如果说，不仅是居民消失了，连读长镇的存在都被遗忘了……到时他们既过不了河，也坐不了电车，被单独留在无人小镇里，重复着空有一堆书的虚无生活——光是这么想象，深冬都觉得可怕极了。

"明白了……那我们就从今晚开始寻找目标吧。可话说回来，要怎么找呢？"

听春田这么一问后，深冬沉默着朝墙壁大步走去。墙上嵌着一面巨大的书架。

"深冬小姐？"

深冬没有理会感到不解的春田，而是从书架上抽出一本书，然后返回原地，把书递到讶异的春田面前。

"给。"

"啊？"

那是一本厚厚的旧书。深冬并没有看过。书名叫《不值一别》。

"快，拿着它到外面去。"

"咦？"

"你把它偷走,否则我们无法进入书籍诅咒的世界。你自己不也说了吗?大家都变成了狐狸。现实本该和书籍诅咒的世界不同,如今肯定是哪里出了状况。要想解决这个问题,只有到那个世界去才行。"

"你的意思是……让我再当一次贼?"

深冬每把书往前递出一点,春田就往后退一步。深冬终于发火了。

"还有别的办法吗?你不来,那就我来!"

气愤的深冬拿着书就要往玄关冲。

"啊——!等等,等等!"春田慌忙拦住横冲直撞的深冬,"我听你的,听你的!"

春田推了推滑到鼻尖上的眼镜,在气得快七窍生烟的深冬面前站定了脚步。

"这个贼我来当。反正一次还是两次都一样。而且,你是御仓家的一员,把自家藏书拿出去,大概也不会被当成贼。再说了,哪怕没有这层关系,我也不能让未成年人被打上贼的烙印啊。"

春田说着,从她的手中接过书。她终于平静下来,皱着眉道了歉:

"不好意思,是我不对,我好像太较真了。"

"没关系啦。"

春田翻来倒去,看了看那本《不值一别》,轻叹一口气,小声说了一句"实在抱歉",便把书放进肩上的帆布包里。

"那我走了。回头在庭园里见。"

"嗯……"

深冬继续留在阳光房里。她担心目送对方离开的话就不算盗窃了,所以看到春田走向走廊后便背过身来,然后竖起耳朵,听着他穿上鞋走出玄关的声响。

"啪嗒",不远处传来了关门的声音。深冬实在不愿去想对方到底会怎样,接下来又会发生什么。她搓着因紧张而变得冰凉的双手,再次转过身去,就在这时,她吃惊地睁大了双眼。

昼寐醒了。虽然头发还乱糟糟的,但人已经坐在沙发上了,背挺得很直,脸正对前方,眼神却如同盯着某种虚空之物。

"昼……昼寐姑姑？"

深冬战战兢兢地走近昼寐，将手伸向她。深冬先是用指尖碰了碰那瘦削的肩，然后手掌顺势贴了上去。不过，昼寐毫无反应，只是微微张开嘴唇，用嘶哑的嗓音喔嚅道：

"'偷窃本书的人会被留在寂寥的小镇上'。"

下个瞬间，御仓馆剧烈地晃动了一下。

"怎……怎么回事？"

深冬连忙抓住旁边的书架。所幸只晃动了一次，她心中的石头落了地。抬眼一看，只见昼寐又趴在桌上睡去。

窗外，路灯的光线将大银杏树照得朦朦胧胧，树上凝固着一片片维持着摆动姿态的枝叶。看来，春田确实被认作贼了。

而昼寐的手中拿着不知从哪里出现的一张白色符。深冬咽了一口唾沫，从姑姑的手中抽出那张符，然后念出了声：

"'偷窃本书的人会被留在寂寥的小镇上'。"

这和昼寐刚才呢喃的是同样的内容。下一秒，深冬感觉背后有人出现。她安心地转过身去，同时坚信真白肯定知道小镇发生异变的原因和人们的去向。

"真——"

"深冬。"

听到这低沉沙哑的声音后，深冬吓得僵住了，身体像被冰封了似的动都动不了。站在眼前的人并不是真白。

"你刚才在干什么？"

这是一位矮小的老太太。花白的头发高高束起，发髻上插着一支玳瑁发簪。她穿着黄绿色的和服，白色的腰带上别着大红色的带扣。老太太的脸白皙小巧，目光却相当锐利，仿佛仅用视线就能震慑得对手无法动弹。

"珠……珠树奶奶……"

这位老太太就是深冬的奶奶——御仓珠树。那双套着短布袜的脚在地毯上一步接着一步挪动，向深冬走来。深冬感到浑身出了冷汗，一边厌恶地摇着头，一边向后退去。

"不是吧？奶奶应该已经死了啊。都已经死了，怎么会……"

深冬还清晰地记得珠树去世那天的场景。当时她读小学三年级，为了出席葬礼，还请假缺席了学校的远足活动。父亲递给她一束白菊，要她放进奶奶的棺木里。她紧紧地攥着花，害怕得几乎要把花茎折断。珠树躺在棺木之中，脸像菊花一样惨白，好似涂了蜡一般，毫无疑问，生命的迹象已然消失。

然而此时，珠树就站在她的眼前。

"深冬，你刚才在干什么？奶奶可不会看走眼，一直在这儿盯着呢。你又没经过奶奶的允许，把陌生人放进御仓馆里了？你甚至让那人偷走了书。"

深冬面孔抽搐，不住地向后退。终于，她不小心被矮桌绊倒，摔了个四脚朝天。

"奶……奶奶，我也是逼不得已的啊。要想救大家，就只有这个办法了。"

"你还敢找借口，丢不丢人？那时我应该说得很明白了，再也没有下次了。"

珠树扬起一只手，将修长的指尖刺向深冬，同时张大了嘴。她的口腔黑洞洞的，宛如深渊，深冬恐惧得移不开视线。

就在这时，不知从哪里吹来了一阵风，卷起珠树那黄绿色的袖子缠上了她的手臂。

那是一股白色的风。接着，白风化为旋风停留在深冬的身旁，变成了一名长着狗耳朵的白发少女。

"真白！"

"深冬，到这儿来。"

珠树表情骤变，嘴巴和眼睛往上吊，咧成了大口子。

"真白，你要来妨碍我吗！"

真白毫不理睬珠树的责问。她用力地抓住深冬的手臂，蹬着地板高高跃起，直接飞过楼梯跳到二楼。接着，她跑过走廊，打开巨大书库的门。里面已经亮起了灯火。真白一把将深冬推进去，然后火速关上门架上闩。门外传来珠树惊骇又刺耳的尖叫与一步步踏上楼梯的声响。那样一个瘦小的老太太，发出的动静却响彻四方。

"快往里跑！"

"但……但是……"

"别说了，动作快！珠树女士只能待在这个炼狱里。只要去了那边，我们就安全了。"

深冬听从真白的吩咐，在书架间的幽暗窄道上往前跑。真白来到角落的墙边，将自己毛茸茸的尾巴拨到一旁，取出一本书递给了深冬。那本书的装帧是白色的，上面用简朴的字体印着《厌人之街》这个书名。

"看，快看。"

外面传来了捶门和用爪子抓挠的声音。深冬不顾一切地翻开了书。

◆◆◆◆

持续了两个月的繁忙工作总算告一段落，我久违地申请了假期，驾驶爱车踏上了旅途。这次独自旅行没有目的地，我只是随心所欲地踩着油门，转动方向盘，一路向前。后座上的背囊里仅仅装了两套内衣和袜子，还有一些饼干和少量现金。不够的话，沿路添置就行。

海鸥咕咕鸣叫，在头顶上悠悠飞舞，我开着车轻快地奔驰在沿海公路上。天空的颜色朦胧柔和，就像用蘸满水的毛笔涂抹出的水彩画。打开窗后，舒适的海风灌入车内，稍有些长的刘海拨弄着额头。我从方向盘上松开一只手，把头发向后捋了捋。

不知是因为现在仍属于初春淡季，还是因为这一带算是不为人知的隐蔽景点，路上并不拥挤，单手就能数完从对面车道上过来的汽车。波涛拍岸，卷起层层泡沫。瑰丽的海面从纯白渐变到淡绿再渐变到深蓝，海上只有几个冲浪者等待着潮涌，小小的身影点缀其间。沿路稀稀落落地坐落着几幢房子，外墙已长年被海风吹得褪了色。我还看到几家旅馆和卖海水浴用品的小店，但基本都关着门。

就在海岸线即将到达尽头，公路快进入隧道的时候，我终于发现了一家像是能歇歇脚的店。

这家店的外墙油漆也不例外，在风雨和海潮的摧残下变得斑斑驳驳，整栋建筑物给人一种相当破败的印象。然而，当我把车停在隔壁的停车场里，走近去打量时，才发现从门上的窗户里透出了十分温暖的光芒，玻璃也擦得很干净，能看出店主尽可能地保持着这里的清洁。门上挂着"营业中"的牌子，我转动把手走进去，迎面便飘来了咖啡芬芳的香气。

"欢迎光临。"

店内氛围宁静，光线微暗。老板是个中年人，打着黑领结，穿着红格子马甲，从柜台里探出头来。这里没有其他顾客，我找了一张靠里面的桌子坐下。天花板、地板和桌椅全是木制的，处处精心打磨，令木纹散发出雅致的光泽。圆桌正中间摆着一盏烧得亮堂堂的小灯，它有一个老式的铜制底座和一个调节火力的旋钮，没有电源。或许是酒精灯吧。

我本以为这一带很偏僻，没想到竟发现了宝藏店铺。我点了一杯混合咖啡，等待期间，我从上衣口袋里掏出地图，一边铺平纸上的折痕，一边用红笔做起标记。这里离家已经超过两百公里。我还真能跑啊。

"您是从哪儿来的呀？"

老板将混合咖啡放在我的面前，问道。

"从北边的城市。难得休个假，我就想开着车到处跑跑。也没什么目的地，眼下就来到了这儿。"

"原来是这样。"老板微微一笑后，捋了捋嘴唇上那撇尖端翘起的浓密小胡子，面露忧虑，"不过，您差不多也该掉头回去了。再往前可就什么都没有了。"

"你是指隧道那头？老板，我倒是不介意。不如说，我就想去那种什么都没有的地方，暂时远离人多的地方。"

我端起描有深蓝色线条的白瓷杯，含进一口琥珀色的液体。烘焙咖啡豆那股馥郁的香气本该直冲鼻腔深处——可我什么也感觉不到。

我不禁皱起眉来，又喝了一口。仍旧感觉不到一丝香气。怪了，这杯咖啡居然无臭无味。我盯着杯中晃动的深色液体，用手将冒出的水汽赶到面前闻了闻。可别说香味了，就连热气也没有。再仔细一看，液体的颜色越变越深。水面宛若吞噬一切的黑洞那般，就连天花板上的灯光都反射不出来。

"老板，这到底是什么？似乎不是咖啡啊。"

我抬起头，可老板忽然不见了。他是什么时候走的？不，现在不是找老板的时候。发着暖光的灯消失了，屋子里暗了下来，甚至让人感觉到一丝寒意，我忍不住搓了搓臂膀。情况不对劲。我抬头望去，只见原本泛着漂亮光泽的天花板变得破破烂烂，不匀整的木纹上都是洞眼，像被老鼠咬过一般。先前天花板上明明亮着灯，现在却连灯泡都没了。而且到处结满蜘蛛网，还不住地有灰尘往下落。

我大惊失色，一起身便碰倒了椅子。不知是不是材质太脆了，椅子刚撞到地板就摔了个粉碎。咖啡店看起来就像迅速快进了几十年。桌子布满了虫眼，酒精灯的磨砂玻璃也裂了。

老板曾来过此地的唯一痕迹，只有摆在老朽成灰色的桌子上的那只白色咖啡杯。然而，杯子已经空了，就连无臭无味的咖啡也消失了，只剩蛆虫在茶托周围爬来爬去。

"啊！"

那恶心的蛆虫令人脊背发冷，我下意识地后退了几步。这时，嘴里出现了某种异样的感觉。舌头上像是贴着一层薄薄的异物。我慢慢地伸出舌头，哆嗦着把那东西拎出来。那是一张纸片——

"若你遭到了小镇的拒绝，那就去寻找乌鸦的居所吧。"

乌鸦？这么诡异的便笺到底是谁写的？再说了，这种东西为什么会在我的嘴里？咖啡杯"咔嗒"一声倒了，像摇篮一样在茶托上晃悠着。因恐惧而汗毛倒竖，说的就是现在这种情况吧。我惊慌失措，全速逃离了咖啡店。

外面正下着雨。刚才还是那般稳静的晴天，现在却暴雨如注。我扯着衬衫的衣领盖住脑袋，跑过泥泞不堪的空地，冲进爱车里。真不明白这里到底发生了什么。心脏还在狂跳，头脑也一片混乱，但为了尽快离开这里，我疯狂地踩下了油门。

雨势大得惊人，无论刮雨器怎么工作，视野始终一片迷蒙，连眼前的东西也看不清。砸在车顶上的雨点发出堪比机枪扫射的声响。就算这样，原路返回总做得到吧——想是这么想，我却在不知不觉间冲进了隧道，沿着黑暗的公路向前驶去。

之所以没有掉头，原因只有一个：尽管后方还能听见激烈的雨声，但在隧道的前方，在这片狭长黑暗尽头的出口处，却可以望见放晴的天空。我几乎是凭借本能在不停地踩着油门。和前方相比，突如其来的暴雨和时光倒错的可疑咖啡店实在要异常百倍。

那条才是我来时真正开过的路吧。我应该只是犯了点迷糊，其实早就开进隧道了。等出了隧道，我肯定会重新回到那条美丽的沿海公路上。

事实上，隧道的尽头是一望无际的大海。波浪拍打着白色的沙滩，微微泛起泡沫的海面从淡绿渐变到深蓝。奇怪的是，公路在出隧道以后立刻就断了，取而代之的是一条伸向远方的铁路。

我发觉自己失误了，便把车停在路肩上，下车来到中断的沥青路旁。这是一条突然出现的铁路——堆满石块的路面上铺着等间距的枕木，上面架着笔直的铁轨。

真不该进刚才那条隧道，我后悔不迭，回头看了看来时的路，却发现连隧道的影子都没有了。视野里只有宁静的大海、淡蓝的天空和一小段被阳光照得发白的公路。穿过隧道后好像也没开多久，难道是错觉？管不了那么多了。反正我本来就不打算给这趟旅行设置目的地。

左手边的大海和右手边高高的堤坝挡住了前路，车往前是开不了了。我拿过后座上的背囊背在肩上，顺着铁路走了起来。既然是仅有两道铁轨的单线，那么电车只会从前方过来。要是真的来了，往大海的方向躲开就行。

可我走了许久也没见到电车的影子，而且，除了风声和鸟鸣，这里听不到什么声响。

我走得汗流浃背，不由得怨恨起这片晴天来。原本令人舒心的海风此刻却刺激着我的皮肤，头发黏糊糊的，好几次我都想回去算了，我的腿却南辕北辙，不停地往前走去。

正在这时，右手边的堤坝忽然中断了，出现一条往下的阶梯。太好了！我立即顺着阶梯跑下去，满脑子都在乞求暂时别让我再沿着海边走了。

阶梯的尽头有一条商业街。和进隧道前见到的那些受众为海水浴消费者的小店不同，在这里迎接我的是一家家十分气派的店铺。

理发店、杂货店、肉店、果蔬店、小酒馆、中华料理店、酒类商店、花店……各色各样的店铺分布在这条三个成年人并排就会嫌挤的狭窄街道两旁。这里算是一条颇为老式的商业街。

然而，这个地方也很奇怪，听不到一点人声。陈列在店门前的商品琳琅满目，但既没有人购买鲜红欲滴的番茄，也没有人品尝香气四溢的炖菜。

"有人在吗？"我气沉丹田，大声喊道，"没有人在吗？"

我想屋里屋外总该有人才对，便尽量抬高嗓门，希望能被谁听见。可是，没有人应答，只听得到乌鸦的叫声。

我仰起头，发现电线上停着一只乌鸦。这时，我突然想起之前从嘴里发现的那张令人胆寒的纸片。

深冬长吸一口气，合上了书。尽管还没看完，但应该够了。先前翻开封面看到第一句话的时候，周围的声音就消失了，奶奶抓挠书库门的声音也听不见了。现在也是如此。身边只有真白。

"你看了？"

"嗯……"

深冬一脸阴郁，视线落到手中的书上。以往每次看真白递过来的书时，她都会想：怎么净是些古怪的内容？降下珍珠雨的男人呀，在暴力的夜世界中生存的孤傲侦探呀，产出奇异物质的野兽和蒸汽机呀什么的。在体会到个中趣味之前，那些过于超现实的内容已经让她觉得消化不良了，她是为了找出偷书贼才勉为其难看下去的。

可这次的状况以及阅读过程中交错涌起的情感都和过去大不相同。深冬非常能理解《厌人之街》里主人公的境遇。面对现实中发生的怪事，他感到困惑和混乱，而逃去的地方有更奇怪的现象在等着他。而且，深冬正好体验着那种身处无人城镇的恐怖。

"真白，为什么选这本书呢？"

"咦？"

"这本书所写的完全就是现在的我。以前，我都觉得是自己进入了书中的另一个世界，但这本《厌人之街》好像是书在向我靠拢一样。"

真白有些疑惑地皱起眉头，略微歪了歪脑袋。

"会不会是你碰巧召唤了现在该看的这本书呢？"

深冬却用力地摇摇头，表示否定。

"不，不是碰巧。"

"但是……"

"真白，先前那些书都是怎么选出来的？"

"你问我怎么选的……"

深冬这么追问后，真白的表情越发困惑，头顶那对雪白的狗耳朵渐渐耷拉下来。

"那不是我选的……如果贼偷走了书，昼寐就会醒来，我就会受到召唤。等我有意识的时候，就已经站在那本要让深冬看的书面前了。"

"可是，真白，每次你都先看过那些书了吧？"

"这个嘛，毕竟我一直待在御仓馆里呀。只是你看不见我罢了。我也出不去，又很空闲，就会一本接一本地看书架上的书。"

这次轮到深冬感到困惑了。

"你一直在御仓馆里？"

"嗯。不过，总感觉就像待在一层朦胧的膜里。只有书架是清晰存在的，至于深冬和你的家人，在我看来，就像隔着厚厚的磨砂玻璃，只有一团模糊的轮廓。因此，我也不太清楚外面发生了什么事，哪怕和你们说话，你们也听不见。可一旦出现了偷书贼，我就能来到那层厚厚的磨砂玻璃和现实之间——也就是把书交给你时的那个状态。"

"这样呀。"

"我管那个模棱两可的空间叫'炼狱'。"

"炼狱？"

"这是宗教用语。人死后，在上天堂之前，灵魂不够纯净的人会在那里得到净化。总之，那里是既不属于天堂也不属于地狱的地方。"

那么，真白是幽灵吗？深冬没能问出口。在《银兽》的世界中，真白被野兽吞食后却立刻一脸平静地出现在吊舱里，而且连舱门都没打开过。那是因为她本身就是幽灵吗？深冬实在不敢这么问她。

不，就算是幽灵也无所谓。深冬自身的迟钝才是更大的问题。

过去，深冬一直想知道真白平时待在哪儿，当听说她一直在御仓馆里时，深冬的心突然抽痛起来。尽管模糊，但真白是能看见深冬的，深冬却丝毫意识不到她的存在。

——真白是怎么吃饭的？有没有父母？还是孤身一人？来这里多久了？一直独自生活在这个被书籍包围着的地方吗？

深冬很想开口问这些问题。就在她吞吞吐吐的时候，真白拉住了她的手腕，催着她去书库外面。

"走，出去吧。我们得快点抓贼！"

面对劲头十足往前走的真白，深冬突然惊呼一声。对了，她彻底把春田忘了。

"等等，真白。这次没有偷书贼。"

离开书库前，深冬向真白说明了目前的情况。当她从《银兽》的世界回来后，读长镇的居民全体消失了。本该停靠此地的电车也径直通过，读长镇自身或许将慢慢被遗忘。现在，读长镇上的人类只有深冬和春田两个，她实在没办法，只好再次进入书的世界。

"……所以，我让春田先生又一次偷走了书。我实在不知道还有什么方法能到这个世界来。没想到奶奶竟然复活了，还大发雷霆。"

听深冬解释的时候，真白竖起了那对狗耳朵，一脸严肃地盯着她。也正是因为这样，深冬更不想和真白对视了。她感觉此刻耳边依然能听到珠树的声音。

"小时候我带邻居家的大姐姐来过御仓馆,结果被奶奶痛骂了一顿,所以这次肯定也是这样……"

"没事的。珠树女士已经不在了。她只会出现在'炼狱'里。平时你见不着她,这回她却出现了,就是这个缘故吧。"

真白说着,紧紧地握住深冬的手,打开了书库门。如她所说,珠树已经不见了。

来到庭园后,只见春田正坐在玄关前等着她们。大大的耳朵,尖尖的鼻头,蓬松的毛包裹着小小的身体——他已经彻底狐化,似乎连话都说不了了。深冬叫了一声"春田先生",对方甩了甩尾巴当作回答。

"不好意思啊,春田先生。变成偷书狐后,果然就没法说话了。《银兽》那会儿,我变成狐狸的时候还能说人话来着。这到底是为什么呀?"

不过,能平安地和春田再会,深冬还是松了一口气。真白的态度却大不相同,她大概还惦记着《银兽》的事,此时正不悦地紧锁眉头,刻意站远了一点。

"深冬,要是你还想继续待在这个世界里,就不能碰那只狐狸哦。这样算你抓到贼了。书在哪儿呢?"

春田听到这话后跑去紫阳花丛下,叼着帆布包的背带拖过来。他用黑色的鼻子和獠牙灵活地扯开了魔术贴,露出里面那本深冬让他偷走的《不值一别》。

"接下来该怎么办?总之,先把书放回书架上吧?要是弄丢了,可就麻烦了。"

深冬捡起书,回到了御仓馆。

深冬把她让春田偷走的那本书放回原处。仿佛在等待这一刻似的,书"唰"地一下滑入空隙里,这一层书架立刻变得整整齐齐。她仰望着由曾祖父和奶奶共同打造的家族书架,小声地叹了一口气。

"为什么呀,奶奶?为什么不愿意把书借给别人呢?"

虽说她的确违反了家规,但奶奶那恨不得和她断绝关系的高压态度实在有些过分。

"讨厌看书的我或许没什么资格说这话，但书不就是给人看的吗？给人看了才有价值呀。可她倒好，发那么大脾气。"

"那是因为被偷过好几次了。"

"嗯，我也听奶奶本人说过，所以明白这个道理。可你看春田先生呀其他书店里的人呀，都因顺手牵羊而那么绝望了，但还是在营业啊。"

"那还不是经营和收入的问题……"

"话是这么说啦！"

听到真白的回答后，深冬狠狠地揪了揪头发，又跺了跺脚。她有很多话想说，却又说不清楚。

"啊，算了算了。因为信不过别人所以下了条件苛刻的诅咒，会这么做的奶奶才更让人信不过呢。"

之前就已萌生的疑问此刻也有了清晰的眉目。

"……在人们消失后，我就一直在琢磨，也许读长镇居民的消失并非是因为书籍诅咒失控或出错了，而是因为这个系统本身就是这么设置的。不，除此以外，就没别的可能了吧？"

之前，她始终认为是书籍诅咒出了问题或发生了误操作，才殃及读长镇的居民，害得大家都消失了。可是，假如这一切都是必然呢？

"我总觉得很诡异。贼会被变成狐狸，这一点还好理解。虽然不清楚为什么是狐狸，但变得和人类不同的话，我们找起来方便，贼本人也不好开溜。我想不通的是，为什么隔了一段时间后，连其他无辜的人也会变成狐狸呢？在一开始的那两次书籍诅咒里，我们在大家变成狐狸之前就把贼抓住了，可在《银兽》里，所有人都完全狐化了。

"莫非这就是书籍诅咒的规则？明明没做错什么，可只要在诅咒中变成了狐狸，那个人在现实中也会消失？这就是奶奶制定的'苛刻的条件'？"

深冬注视着书架，转身大步迈向玄关，真白和春田赶紧跟了上去。

奶奶或许还在这座御仓馆的某个角落里，就像真白一直以来那样，透过磨砂玻璃观察着孙女的行动。深冬穿好扔在换鞋踏板上的鞋，又转过身，冲着两侧书库并排的走廊大声说道：

"奶奶，不管你是幽灵还是什么，如果镇上的人们是因为我们家才消失的，我可绝对饶不了你。"

话音刚落，御仓馆深处就传来"轰隆"的声响。真白、春田都和深冬在一起，昼寐肯定还在睡觉。深冬咽了一下口水，趁奶奶还没再次现身，她拉开御仓馆的门冲了出去。

深冬内心期盼着，在进入书的世界后，她能重新和读长镇上的人相逢，可镇上没有一个人影。只不过，她确定自己已经进入了《厌人之街》的世界。

因为黑夜已经结束，头顶是辽阔的蓝天，还看得到大海。原本那些排列在路上的无人车已消失，取而代之的是一条不知通往何方的陌生铁路。

大海就在不远处，却没有波浪声，周遭仿佛时间停止了，安静得像是会让人产生耳鸣。无人的黑夜固然令人生畏，可大白天感受不到一点人的气息，则是另一番极度阴森的场景。深冬下意识地抓住了身边真白的手。她的手一如往昔，但深冬的手心里渗满了汗，变得冷冰冰的。

"深冬，你害怕吗？"

"怎么可能不害怕呢？明明是大海，为什么没有一点波涛声？"

深冬深吸一口气，大吼一声为自己打气。振奋精神后，她迈出了步子。

"我们要去哪儿？"

"咖啡店。"

"什么？"

深冬没有回答真白的疑惑，一个劲地向前走去。此时要是不动起来，她觉得自己都要石化了。为了消除心中的恐惧，深冬大步流星地走着。变成狐狸的春田小跑着跟在手牵手的两人身后。

深冬所说的咖啡店位于道场和商业街之间一条幽静的小巷里，离书店街还有些距离。旁边还有香烟店和酒吧，都透着一股乡村的气息。

这座建筑的历史可以追溯到深冬远未出生的昭和时代，粗糙的外墙上到处是白油漆剥落的痕迹，还攀附着常春藤。嵌着木格子的玻璃门里总是一片昏暗。深冬对这个地方反正提不起一点兴趣。不过，她的父亲——步武倒是不时光顾这里。

明明应该没有人，屋檐下却亮着橙色的灯，照亮了写着"亚炉麻咖啡店"的招牌。深冬感觉心脏跳得厉害。准是这里没错，但她还是拿不出勇气走进去，犹豫不决地盯着古旧的金属门把手。真白好奇地问道：

"为什么要来这儿，深冬？"

"是《厌人之街》啦……书里不是有家咖啡店吗？"

"你是说隧道前那家不可思议的咖啡店？"

"没错。其实我对那个老板有点印象。这家咖啡店的老板总是系着领结，穿一件红格子马甲，还留着小胡子。"

说到这儿，深冬突然反应过来。管这家店的老板叫"小胡子"的就是父亲。

深冬愣在原地，这时脚下传来了爪子抓挠的声响。变成狐狸的春田正用前腿抓着门，像是在催促她们打开。

"嗯。进去吧。"

深冬转动把手一推，门就在"当啷当啷"的铃声中打开了。窗户很少，幽暗的店堂内弥漫着咖啡的香气，怎么想都觉得刚才有人在这里煮过咖啡，但实际上这里也空无一人。电灯没有亮着，只有角落里那张圆桌上的一盏小灯明晃晃地发着光。

"和书里一模一样。"

深冬悄悄地走近圆桌，真白和春田紧随其后。桌上摆着的是一盏酒精灯，由圆柱形玻璃和盛着液体的半透明底座构成。深冬记得在还小的时候，有一次她和父亲到这儿来，那时就见过这种灯。她还从父亲的杯子里喝了一口咖啡，真的又苦又涩，于是急忙喝自己的橙汁，这才缓过来。

深冬回想着往事，同时瞥了一眼酒精灯旁边，发现那里不知什么时候多了一杯咖啡。里面装满了黑色的液体，似乎在等待有人喝下它。

深冬望了真白一眼，喉咙里发出"咕嘟"声。假如要模仿《厌人之街》，她就必须把咖啡喝下去。

"我要喝了。"

深冬一把抓起杯把，屏住呼吸将里面的东西一饮而尽。她也不知道有没有味道，至少喝完后再次呼吸时，她仍没闻出咖啡的香气。

"怎么样……"

望着眼神严肃又焦急的真白，深冬用舌头在嘴里舔了舔。什么都没有。她又用舌尖从前牙舔到后齿，还是一无所获。她伸手去拿杯子，想再看看情况，这时却倏地停了下来。

嘴里不太舒服。深冬感觉在左后牙附近出现了一个硬硬的小东西。她刚想用舌尖去确认，那东西就膨胀起来。她惊恐地睁圆了眼睛，张开嘴。里面躺着一张纸片。

三人之中数春田的反应最大，或许是因为他还没看过《厌人之街》吧。他发出一声莫名其妙的怪叫，吓得一屁股坐在了地板上。

深冬伸出舌头，用手慢慢地拿起纸片，然后展开来。这是很常见的便笺纸。

"深冬，上面写了什么？"

"'若你遭到了小镇的拒绝，那就去寻找神的居所吧'……"

那是一行用签名笔写就的潦草文字。深冬对这个笔迹很有印象。

"是爸爸……"

这下她确定了。她紧紧地攥住纸片，直接塞进牛仔裤的口袋里。

"我明白了。《厌人之街》的作者是我的爸爸。他一直管那位老板叫'小胡子'，这行字也的确是他的笔迹。不，不止是《厌人之街》。"

父亲的笔记本上面写的是以家族为背景的私小说。尽管深冬从未想过自己的父亲拥有写小说的才能，可如今她信了。

"想必用于施加书籍诅咒的书都是爸爸写的，所以那些书上才没有作者的署名，也没在市面上流通。《繁茂村的兄弟》也好，《黑皮书》也好，《银兽》也好，都是爸爸写的。他是为了御仓馆……为了奶奶。"

深冬不明白那到底是如何运作的。为什么这张纸片上的字是父亲的笔迹？是他很久以前就来到这儿安排好的吗？还是因为他是这个世界的"作者",所以才能做到这种事？

"爸爸为什么要准备这么一张纸呢？是爸爸让这张纸出现在我的嘴里的？"

"作者就是故事世界的神。故事世界里到处留有作者的指纹。"

"原来是这样。"

作者的指纹——但深冬觉得不止是这个原因。这本书的出现像是配合现状为她准备的。总觉得故事的作者与读者之间那堵厚厚的墙变得像一张膜那么薄。父亲是不是已经预测到,总有一天深冬会来到这里,来到这空无一人的小镇呢？

"这果然是'计划好'的。"

"什么意思？"

"我终于明白了准备《厌人之街》这本书的意义。这张便笺上所写的'神'或许就是作者,也就是我的爸爸。"

深冬说着,从双肩包里拿出父亲的笔记本。此时,先前一直瘫坐在地上的春田尖叫着蹦跳起来。

"他怎么了？"

"偷书狐的身上长跳蚤了吧？"

听见真白的冷言嘲讽后,春田不但叫唤得更厉害了,还用后腿站起来,指了指深冬的手。

"我的手怎么了？"

春田气恼地摇摇头,跑到咖啡店的墙边用尖尖的爪子挠了起来。可深冬完全不懂他想干什么。

"哼,这只偷书狐还像猫似的磨起爪子来了。"

"真白……没想到你这么记仇啊。"

"贼就是贼！"

"好吧,话是没错。啊,你看,他在写字。贼变成狐狸以后果然就说不了话了。这是为什么呢？"

春田费了九牛二虎之力才用爪子挠出一串字——"Qing Ba Bi Ji Ben

Jie Wo Yi Yong"。

"哔叽奔？啊，笔记本是吧？"

深冬将父亲的笔记本递给春田，对方便专心地一页一页翻起来。翻到某一页后，他停下手来，然后递给深冬看。深冬接过笔记本，视线从第一排开始往下扫。左边的页面上几乎写满了字，但右边那页是空着的。最后一句话是这样的：

"——'知道这本手记的只有昼寐。'"

到底是怎么回事？深冬又翻了一页，发现后面全是白纸，看来这句话就是结尾了。深冬望了望笔记本，又望了望真白和春田，说：

"这句话的意思是，珠树奶奶不知道这本笔记本？可这又意味着什么呢？"

听见深冬的嘀咕后，春田比手画脚，试图作答，可惜什么都表达不出来。深冬本想拍拍春田的背，安慰一下垂头丧气的他，但说不定这个动作会被当成"抓住贼了"，于是只好表示自己会再努力想想。结果春田更加丧气，缩起了身子。

——没办法，那就看看爸爸写的小说吧。

深冬拿着笔记本，哗啦哗啦地翻到最前面那一页，当场吸了一口凉气。开头有个列表，标题就叫"书籍诅咒规则"。然而，几分钟前应该还没有这样的内容才对。

"真……真的假的？居然有这种东西！"

这个列表是进入书籍诅咒的世界后才出现的？总之，深冬用颤抖的手指循着文字，一行一行专注地念了起来。

"禁。严禁无关人等将御仓馆任一藏书带出馆外。如若破戒，即刻发动咒术——书籍诅咒。

"其一，窃贼其身化为狐。此时禁其托词，故封其口舌。

"其二，一旦遭窃，除御仓馆与神殿外，世界依规定之书全数幻化。

"这是什么呀……有一半以上的内容我都看不懂。尤其是开头那个'托词'，指的是什么？"

深冬看着这堆老古板的文字，脑子都要短路了。

真白解围道："意思是，把书带出御仓馆的贼会被强制变成狐狸。而'托词'指的是找借口或求饶，为了不让贼这么做，诅咒会禁止他们说话。"

怪不得变成狐狸的春田说不了话。确实如此，从《银兽》的世界回来以后，深冬也在一定程度上接受了春田的说辞，才会继续和他一起行动。

"原来是这样啊。那我接着往下看。

"其三，规定之书由步武记载，由昼寐选用。

"其四，步武与昼寐终止义务时，交付给孙辈深冬与真白。

"这说的是什么啊?!"

深冬不知如何是好，又是跺脚又是挠头。看到她怒发冲冠的样子后，春田吓得甚至蹲到椅子上躲起来。

"怎么还莫名其妙扯上我？好吧，我已经牵涉其中。我早就知道了。"

"深冬，冷静一点。"

"我很冷静啊！要是不冷静的话，我早就把这里的桌椅都砸了！"

深冬的回话近乎狂吠。然后，她在店堂里打着圈转。

"从'规定之书由步武记载，由昼寐选用'这句话来看，那时的昼寐姑姑果然是……"

先前深冬将书交给春田并让他离开御仓馆，原本沉睡的昼寐就突然醒了过来，念叨完那句"偷窃本书的人"后又再次睡去。虽说深冬仍旧不清楚昼寐究竟是个什么角色，但假若一切是按上面所写的规则在发展，那么发动书籍诅咒时要选用哪本书应该是由昼寐决定的。然后真白会出现，将那本书交给深冬，世界随之变化。

"真白，我第一次遇到你时，你说'我是被那个人叫来的'，指的就是这个意思吗？"

"什么？"

被叫到名字后，真白满脸透着开心。深冬望着她，不禁泄了气，继续看起笔记本来。该了解和该整理的东西实在太多了。

"总之，等一切都解决了，我要把这座御仓馆卖了。"

"深……深冬！"

"你想啊，这种房子给人添了这么大麻烦，可不是只有这一条路能走了吗？幽灵奶奶就交给你了。话说回来，还有最后一句话没看呢。"深冬清了清嗓子，开始念最后一段文字，"上述咒术之执行均受读长神社所供神灵——阅读天尊之加护……什么？"

深冬怔住了，笔记本差点脱手。好在她反应够快，重新拿稳后，她又来回看了几遍。到底是她看错了，还是书籍诅咒在捉弄人？然而，不管正着看还是反着看，内容都是老样子。

读长神社位于御仓馆的后面，是所有读长镇居民都非常熟悉的地方。深冬赶忙从口袋里掏出便笺，将纸展平。

"若你遭到了小镇的拒绝"恐怕就是指现在这种状况吧？问题在于"神的居所"。

"我一直以为'神'是指故事之神，也就是作者本人。难不成是指真的神灵？"

深冬回想了一下，在《银兽》那座变化后的小镇里，除了御仓馆，不知为何只有神社还保持着原型。读长神社的历史其实不长，听说是进入近代（注：一般指日本江户时代末期以后，尤其是1868年以后）后才开始祭祀"书神"的。而深冬的曾祖父嘉市出生于1900年。

深冬突然想起来了。小时候她在神社境内（注：指日本神社或寺庙等宗教法人的所有地，包括建筑物、参道、田地等整个范围内的土地）玩耍时，曾见过穿和服打阳伞的奶奶过来。在灌木丛上摆碎石玩"开店过家家"时，玩"冰鬼"游戏（注：捉迷藏的一种玩法，扮鬼的孩子触摸到其他孩子时会将对方"冰冻"，自由行动的孩子可以帮其"解冻"，所有孩子都不能动时，"冰鬼"便胜利了）时，把伞当帐篷边躲雨边在里面玩时，她都见过奶奶的身影。每次奶奶总是笔直地走向神殿，看都不看深冬一眼。

"对哦，奶奶经常会去那里。"

神社的阅读天尊堂前供奉着某种动物的石像。

"稻荷大神，是狐狸。"

听到深冬的呢喃后，春田不禁抖了抖那身橙色的毛。

二人一狐离开咖啡店，沉默着跑了起来。不知不觉已到了晚上。深冬想，也许他们的对话已经被"谁"听去了。

漆黑的夜色中，路灯像一串珍珠项链，照亮了通往御仓馆的道路。现在还是初夏，夜风很凉，深冬越跑越觉得肺部很疼。不过，胸口之所以会难受，其实源于缠绕全身的那股强烈的紧张感。

为什么是狐狸呢？深冬百思不得其解。不是狗，不是猫，不是熊，既不是异想天开的虚构生物，也不是无机物。要是把贼变成书或不能移动的石头，那么搜寻和抓捕的行动都会轻松得多，为什么要让贼变成能四处逃窜的狐狸呢？

说到底，奶奶为什么能使用这种可以把整个小镇变成书中世界的魔法呢？普通人是不可能发动什么书籍诅咒的。那个读长神社有这种能力吗？气喘吁吁的深冬摇了摇头。实在难以置信。

可还能怎么解释呢？神社是能合理解释眼前这个奇怪世界的一块拼图。

在无人的街上，红绿灯还在变换颜色。三个小小的影子无视信号横穿马路，借着冷冷的灯光绕过御仓馆，向读长神社跑去。

与《银兽》中相同，小山丘、鸟居和神殿仍维持着原样。平时在阳光下，神社中那枝繁叶茂的樟树给人一种温暖平和的印象。然而，它们现在成了比夜空还浓重的影子，看起来就像巨大的怪物正张开双臂等候人类的到来。

风猛烈地吹着。樟树的枝叶摇摆不停，层层叠叠的叶片相互碰擦，嘈杂的声响从境内的鸟居一直向下方扩散。当深冬单脚踏上石阶时，风吹得更猛了，气压像是要将这二人一狐的队伍刮走，阻挡着他们的前路。现在的风俨然成了一块保护神社的巨型盾牌，一堵庞大的墙壁。不仅如此，被撕裂的树叶还化为刀片，接连不停地向他们发起进攻。

石阶变得越来越陡峭，他们不得不用四肢爬行。树木和狂风的喧嚣犹如魑魅魍魉的抗议，听觉灵敏的真白好几次去捂耳朵，结果一松手就被风吹得滚下去。而身体瘦小又气力不足的春田只能伸出尖利的脚指甲，紧紧地抓住深冬的双肩包。

暴风轰鸣，吹得人睁不开眼睛，深冬终于忍不住大叫起来：

"我……我是御仓深冬！我代替珠树奶奶来这儿！让我过去！"

可风势丝毫没有减弱。深冬咬紧嘴唇，把所有力量都集中在支撑身体的那条手臂上。

"吵死了，闭嘴！奶奶和爸爸都不在，眼下我就是御仓家的主人！"

话音刚落，深冬就被击中了侧身。准确地说，是风化为一个硕大的拳头横扫着吹了过来，她感觉自己的身体像是结结实实地挨了一下。

吃了一拳的深冬侧翻在地，差点撞到头，所幸变成狗的真白及时垫在下方。可是，在这股冲击之下，双肩包从深冬的肩上脱落出去。

"春田先生！"

千钧一发之际，深冬抓住了背带，但春田抓着包的手松开了。小小的橙色身躯被强风卷到鸟居后方。于是，真白低吼着，用后腿蹬向石阶，飞身追了过去。

深冬看到的仅止于此。真白为救春田一跃而出的刹那，凶猛得近乎世界末日到来般的暴风从正前方袭来，就势将深冬往后吹向半空。她回想起崔曾经教过的受身，只能拼了命地收紧下巴，尽可能避免头部着地。

深冬被吹落在马路上，疼得露出了痛苦的表情。当她抬头望向神社时，刚才那股劈头盖脑的狂风如梦境一般烟消云散了。双肩包还在手中，但春田和真白没了踪影。

深冬一点声音都发不出来。

她用手扶着疼痛的肩和腰，跌跌撞撞地站起身来。一阵钻心的剧痛窜过右臂，她禁不住呻吟起来。即使如此，她还是往石阶的上方爬去。石阶的坡度已经恢复正常，变得像原先那般平缓了。

终于，深冬爬到了顶端。鸟居和樟树看上去都那么泰然，仿佛刚才的骚动从未发生过。然而下一秒，深冬便浑身僵直，愣在了原地。

境内——从鸟居到神殿的这块区域中密密匝匝地挤着无数尊小小的石像。暗夜里的黑云顺着风儿流走，月亮露出了脸蛋。约有二十厘米高的小石像成群，在月光下映入眼帘。它们都是狐狸的形象，有尖耳朵和粗尾巴。所有狐狸都朝着神殿的一个方向，好似在等待什么东西的出现。

深冬没看到春田的身影，他本该被风卷走，飞去了鸟居的后方才是。不过，真白在这里。确切地说，她正静静地坐在这一大群狐狸小石像的最前方，即神殿的跟前。

"真白……"

真白没有应答，深冬也听不见什么声音。曾是那般吵闹的樟树叶如今却没有一丝声响，只有深冬的话音飘出来，又散开去。

真白一动不动。即使从远处看，深冬也明白，真白已经变成石头，和其他石像一样。

被迫知晓真相

第五章

时间犹如静止了一样。

无风，无声。暗夜中，神社境内的一切都骤然静止。参天樟树的枝丫不再摇晃，甚至没有小石子滚动的轻响。

几分钟前，这里明明还在飞沙走石。暴风从神社内部吹来，当着深冬的面掳走真白与春田后，像是心满意足似的消停下来。

孤身一人的深冬呆立在鸟居下方。一尊尊狐狸形状的白色小石像冷冰冰地悬浮在夜色里，从鸟居一直铺到神殿，密集得连给人下脚的空隙都不留。深冬将视线聚焦到从脚边蔓延开来的狐群尽头。神殿前坐着一尊白狗的石像。它格外大，像是这群奇怪石像的领袖。

深冬非常确定那尊石像的真身是谁。那是引导她进入这个故事世界的人，是那名忠诚的白发少女，是那位长着狗耳朵的朋友。

"真白！"

石像对深冬的呼唤毫无反应。深冬想再走近一些，可境内有一地摩肩接踵的拦路狐。她气急败坏，真想不管不顾地一脚端飞它们，冲去真白的身边。然而，她刚抬起一条腿就迟疑了，最终放弃了这个念头。狐狸石像几乎都背对深冬，齐刷刷地面朝神殿，只有面前的这尊面对着她。看到那双如新月般细细的弯眼睛后，深冬不禁退缩了。那尊石像本没有生命，她却从它的身上感受到某种负罪感和呼吸的律动。

深冬蹲下来，与那尊狐狸石像面对面。那翘起来的鼻尖湿漉漉的，嘴也微微张开着，露出了牙齿。

"你有什么话想说吗……莫非你是商业街里的人？"

深冬说着，戳了戳石像的鼻头，可对方没有答话。于是，她干脆一把抓起这尊与冬末时节常见的竹笋差不多大的石像。

"哇啊！"

石像比她预想的要重，不使点劲的话，怕是会从手里滑落。她只好先把它放在膝头上。

石狐不是全裸的，身上雕着洋装。深冬对那奇葩的外观有点印象，仔细一瞧，狐狸的耳朵上还垂着耳环。

"这……难道是萤子小姐？"

那个女人此前捉弄过深冬，还把春田带去了御仓馆。深冬对着自认为是萤子的狐狸石像说了几句话，又是抚摩又是拍打的，但石像没有吐出半个字。之前感觉它有呼吸，难不成是她的错觉吗？

深冬只好把它放回原位，又看起其他石像来。腰上系着围裙、用手臂兜着鱼的应该是鲜鱼店的老板吧，弓着背的说不定是"书籍之谜"书店的老爷子，双手正抓着烤鸡串递到前方的是鸡肉专卖店的店主，还有狐狸戴着车站站务员的帽子。

不会有错。这里的狐狸都是读长镇上失踪的居民。深冬并不认为有哪个雕塑家会特意做上几百几千个石像，因此，这应该也是受了书籍诅咒的影响。

"大家都在这儿呢。"

就算深冬开口说话，这些狐狸石像依然缄默着，静静地伫立在原地。深冬站了起来。总之，得快去瞧瞧真白。不过，假若不先把石像搬开，她就到不了靠里侧的神殿，也碰不到真白。

若想开出一条道，就只能把石像搬到鸟居外侧的石阶上。深冬不得不搬完一尊，返回再搬一尊，如此循环往复。虽说石像有大有小，但每一尊都又肥又重，一不留神就容易掉在地上，需要加倍小心。万一裂了或磕了，说不定镇上的人就会丧命。一想到这儿，她就满头大汗。

深冬好不容易来到了神殿前，真白的石像在神社前方正襟危坐，此时触手可及，可深冬早已体力不支。不过，她还是捶着累弯了的腰，挪着步伐，轻轻地摸了摸那块雪白的石头。

它完全就是真白石化后该有的样子。狗耳朵，长鼻子，前后腿齐整地并在一块坐着，尾巴粗壮有力。它微张着双眼，露出深邃的瞳仁。深冬伸出手，在它的眼前慢慢地挥了挥，盼望着它的眼珠能动一动，可惜什么都没有发生。

"真白,你能听见吗?为什么你会变成石头?你知道吗?镇上的其他人也全变成了石头。只有我一个人能动。"

深冬轻柔地抚摸着那尊石像的面颊和脑袋,不可思议的是,她觉得石头像是有生命那般透着暖意。那果然是真白。深冬感觉鼻子发酸,视野也渐渐笼上了雾气。

她一直认为,就算读长镇的人都不在了,只要真白还在,那就没关系。

书的世界可谓险象环生。一会儿在硬汉派的世界里差点被枪击,一会儿从银兽大张着的嘴边闪身掠过,还要被银兽追杀。而即使被吃了,真白最终也回到了深冬的身边。她一度认为,这次也不会有问题。

"接下来我该怎么办?连你都变成了石头,我彻底没辙了。"

深冬吸着鼻涕,拎起Polo衫的袖口擦了擦眼角,可眼泪还是前赴后继地往外涌。

"每次碰上危险……你都会来救我。你真是个怪人。在我快摔死的时候,你会第一个冲过来,刚才也是你保护了我。"深冬将手搭在真白的两耳之间揉了揉,瓮声瓮气地说道,"因为你是狗?毕竟狗对主人很忠诚嘛。可我应该不是你的主人吧?"

难道珠树奶奶才是真白的主人吗?假设如此,深冬大可认为是奶奶命令这只狗保护孙女的。然而,先前在御仓馆被珠树追赶的时候,真白没有听从奶奶的命令,反而救了深冬。

深冬一直觉得自己似乎早就认识真白了。和真白交谈时,她有种感觉:尽管她已经忘记了对方的容貌和名字,可真白还是在茫茫人海中找到了她,并为二人的再会满心喜悦。

——真白认识我。我却不认识真白。

当真如此吗?

深冬曾在空荡荡的医院里和春田讨论过父亲写在笔记本里的小说,当时她的脑中闪过这样一幅光景:她手握蜡笔趴在素描本上,纸上是一个脑袋上长着两只三角形耳朵的小姑娘。她有着大大的眼睛和开怀的笑容。

一个情景复苏后，其他的记忆片段也接连不断地被拉扯出来。那是深冬第一次画那个长着狗耳朵的少女，但不是最后一次。她非常满意那个形象，反复画过无数遍，甚至还对看着她画画的父亲和姑姑说："这是我的朋友。"深冬想起来了，她给画中的小姑娘取了一个名字——"真白"。

对了。小时候父亲为她读绘本时，故事里出现的那只小白兔就叫这个名字。她记得刚开始还把第一个字下面的一笔写反了，奶奶还目瞪口呆地说她："你怎么到现在还写不好这个？"

这一切，她为什么忘了呢？

"把你画出来的人原来是我啊。"

真白偶尔会露出哀伤的眼神看着深冬。她像是有话要说，但最终没有付诸言语，也许是在等深冬自己回忆起来。然而，如今深冬终于找回记忆，终于能亲口告诉真白了，她却无法对着石化的耳朵传达这件事。想到这里，深冬越发悲从中来。妈妈去世时也是如此。就算她对着墓碑说话，妈妈也无法再听到她的声音了。为什么没能趁早，趁对方还活着的时候把话说出口呢？那时她已懊悔过一次，现在却重蹈覆辙。

"对不起，我竟然忘了。对不起啊……"

心底那扇紧闭的阀门像是打开了，难以言喻的情感喷涌而出，深冬紧紧地抱住了真白的脖子。风再度刮起，掠过深冬发烫的脸颊和身体，樟树的树梢"沙沙"地摇摆着，遮蔽夜空的薄云缓缓流走，月亮露出脸来。那是一弯雪白的新月，弯钩如真白的尾巴一般柔韧，像极了她飞跃天际的样子。

深冬是从什么时候开始不再画真白了？是因为害怕奶奶冷淡的视线吗？还是因为到了不会和想象中的朋友玩耍的年纪，真白便自然而然地从心里消失了？

说到底，为什么她笔下的少女会拥有实体，成为书籍诅咒的向导出现在她的面前呢？

深冬止住哭泣，慢慢地放开了真白的石像。

她把手伸进双肩包里，摸索到目标后轻轻地抽出来，是那本沾满指纹、皱巴巴的皮革笔记本。明明从未在女儿的面前拿出来过，为什么父亲会把它摆在病床的枕边这种显而易见的地方呢？或许他在写作的中途突然孤化，错过了藏起来的时机。不管怎样，深冬从父亲那里接收到了"快看！"的信号。作为御仓馆幕后的当事人，他明白深冬会遭此厄运，也预见到了后果。

风逐渐变得强势，片片落叶飘进狐狸石像的缝隙之间。青白色的月光照亮了笔记本，深冬做了深呼吸，翻开了第一页。

御仓步武的手记

活在被书籍环绕的环境之中，人就会得到书籍的爱吗？

我觉得，至少祖父嘉市是如此。祖父在我六岁时就去世了，因此，我对他的印象仅仅是由那些附着在记忆角落里的碎片还有从母亲和邻居口中听到的传闻拼凑而成的。即使这样，我也充分地了解到他是一个爱着书又为书所爱的人。

当时，到访御仓馆的人所做的第一件事就是在巨大书架间的狭窄缝隙中寻找我那瘦得如枯柳般、弓着背的祖父。他什么都看。从祖母配茶吃的羊羹的说明书到水费单，从伤痛贴膏的注意事项到点心盒上那张"由此打开"的橙色贴纸，但凡是文字，他都要看上一眼。祖父会在生日那天去逛水无月节，细致地品读他人所写的绘马。无论是罗马字母、西里尔字母、简体汉字、韩文、阿拉伯文还是其他文字，只要有一个字，他的视线就会毫无例外地停留一下。前一分钟他还在透过大大的眼镜盯着文字看，后一分钟就会拿出字典，念念有词地查找含义。祖父的这种形象深深地留在了我的脑海里。

毋庸置疑，祖父对书籍和文字的爱是发自内心的。那么，书籍和文字是不是同样爱着他呢？

如果我说书籍拥有自己的意志，恐怕会引来一番嘲笑，但我很清楚这是真的。那是因为，一旦祖父提过想看某本书，那么无论那本书多么稀少多么昂贵，祖父都能在偶然踏入的旧书店里轻易地找到，或是书自身像受到磁石吸引的铁块一样被送往家中或御仓馆里，仿佛盼望着能去到祖父的手边。

祖父爱书，书也爱着祖父。不仅如此，祖父还长年对外开放御仓馆的书架，希望培养出更多与书籍相亲相爱的阅读家。对幼小的我来说，御仓馆就像一个公共图书馆，那里总有很多人在看书论书，以至于我都快忘了那里其实是我家的私有财产。

而我的母亲肯定从那时起就已牢骚满腹了。

就情感的激烈程度而言，母亲珠树比祖父是有过之而无不及。她会把自己的书放在上锁的书柜里，绝不允许他人触碰。哪怕是祖母，即我母亲的母亲，也不被允许接近她的书库。能阅览那些书籍的只有嘉市。我作为她的儿子，自然也是从小没见过她的藏书。存放着那些藏书的分馆已然变成一座名为仓库实为禁闭室的建筑，足见母亲多有洁癖。

根据她的理论，书籍是神圣的，它与读者的关系是一块不可侵犯的圣地，是不能与他人分享的东西。她认为，品味一个故事所获得的体验应只存在于个人的心中，与他人交换意见纯属愚蠢之举。她甚至认为，只有自己对书籍的解读才是唯一正确的。这就是为什么她从未通过阅读结交哪怕一个朋友，也是她和一个对书籍毫无兴趣的男人结婚的原因。丈夫在妻子生下儿子以后就和情妇住到了一起，放弃了身为父亲的一切职责。因此，我对父亲的长相和姓氏一概不知。而母亲的态度似乎是御仓馆后继有人即可，对父亲是听之任之。

我出生于这样的家庭，自然接受的是英才教育。毕竟我身在一个藏书丰富到能吸引全国藏书家和阅读家的家族中，这就是我的命运。

我没有退路。要不是上小学时还健在的祖母坚持让我去道场练柔道，或许我就不得不过一种更为封闭的生活了。我曾想，假设我变得讨厌书，情况又会如何？然而，不知是幸还是不幸，我也爱上了书。

不，确切的说法应该是：我爱上了写书。

自懂事时起，我就会在图画纸或大人给的纸上写故事。阅读家不等于作家，祖父也好母亲也好，尽管看了那么多书，但他们从未想过要自己写故事。我却和他们不同。当我顺着文字的指引行走在故事的道路上时，我会发现一些通往其他故事的门。幼小的我不停地打开一扇又一扇这样的门，由着那股冲动写下了一个又一个新的故事。

　　祖父对此十分高兴，母亲却很不解。我早年的记忆中有这样一个清晰的场面：当我将自己写在图画纸上的故事片段拿给母亲看时，她板着那张能乐面具一样毫无表情的面孔，一把将它抢了过去。或许对母亲珠树来说，故事是已经搭配好的套装，而不是当面织起来的布。而且，母亲至死都是这么对我说的："你写的那些东西不是创作，顶多是对现有故事的效仿。"

　　可是，在祖父去世二十年后，母亲却开始利用我所写的故事。

　　御仓馆永远地失去了祖父，也失去了名为"阅读之趣"的光辉。起初，母亲仍然遵守祖父的遗嘱提供书籍外借，但数量锐减为一人一本，规章也修改得极为严苛。整座御仓馆显得死气沉沉，仿佛一个开朗爱笑的人变得冷酷无情（在我看来，或许从那时起，"那个东西"的种子就已经发芽了）。

　　那起事件发生在当年六月。母亲由于腰疼，有段时间让我在学校放假的日子里管理御仓馆。那会儿正值梅雨，当时的我才十二岁，尚未自信到能拍着胸脯说充分明白到这份责任的重大。

　　在御仓馆接待来客的时候，我会看看自己喜欢的书，有朋友进来时会和他们聊聊天，在检查进出御仓馆的人员这项工作上颇为马虎。

　　那天，御仓馆后方的神社正在举办水无月节，我比平时更加心神不定，因为听说当时挺有好感的那个同班女生晚上要去那里逛庙会。等过了傍晚五点的闭馆时间，我便去各个书库巡视，准备把来客赶走。直到这时，我才发现，祖父的书架上大约有两百本书不翼而飞了。印象中，那一刻的夜蝉声尤为刺耳。

　　不用说，母亲当然是狂怒并责打了我一顿，我的屁股上至今还有竹鞭留下的伤痕。虽说如此，母亲也知道责备我是没有意义的。她报了警，可从第二天开始，她就叫嚣着"警察怎么靠得住"，穷尽她自己能做的一切。母亲甚至挨个去敲读长镇居民的家门，碰上有人开门，她就揪住对方的衣领质问一番，反倒招来了警察。

母亲是一股呼啸的暴风，是一场连同情这起被盗案的人都一并伤害、没人阻止得了的暴风雨。要不是祖父的好友——读长神社的神主陪我在镇上四处向人道歉，别说抓住偷书贼了，恐怕御仓家都只能背井离乡了吧。

我本以为母亲的这场暴风会永远持续下去，不过，事件发生后大约过了两个月，它却慢慢消退了。

这时，正在阅读父亲笔记本的深冬忽然一惊。几分钟前，周围还很暗，她得借着境内昏暗的路灯光线，才能勉强看清纸上的字，可突然间，周围就像到了正午那般亮起来。

深冬抬起头，发现那并非只是像正午。此刻，周围不再是黑夜，而是真真正正的大白天。太阳放射着光芒，白云从高空中慢慢飘过。更让她吃惊的是，境内那么多的狐狸石像居然一个不剩地消失了。就连身旁的真白石像也不见了。

深冬左顾右盼，站起身来，只见枯红的落叶在境内空荡荡的沙石地上滚着，高大的樟树变了颜色，时节不知何时从初夏入了秋。不仅如此，神殿前的注连绳（注：指用秸秆编成的绳索，表示神圣物品的界限）和油钱箱看起来也像新的。

就在这时，深冬听到有人走上台阶的脚步声。她惊慌失措，打算找个地方躲起来，可已经来不及了。

在鸟居的下方，一个女人的身影从石阶的边缘升上来。一头服服帖帖梳在脑后的黑发，肃杀的神情，还有裹着黄绿色和服的身体逐渐显现，最后，一只穿着白布袜黑木屐的脚踏入境内。

深冬挪不开步子。尽管对方没有一根白发，光滑的脸上也几乎没有皱纹，但绝对是她的奶奶——珠树。

"奶……奶奶。"

她在脑中拼命地叫着"快跑",可脚像粘在地面上似的抬不起来,视线也移不开了。在御仓馆的"炼狱"中被奶奶追赶的恐惧苏醒了,她的背部传来一股寒意。

然而,珠树看也不看深冬一眼,旁若无人地从她的面前走了过去。接着,珠树拎起和服下摆,以雄赳赳气昂昂的气势笔直地穿过境内杀向神殿。她到底要干什么呢?

深冬好不容易恢复了行动,追了上去。可无论是站在珠树的身旁,还是在她的眼前挥手,她都无动于衷。想必她是看不见深冬的。

珠树往油钱箱里扔了一枚硬币,然后抓起铃绪(注:**日本垂在油钱箱前的布绳,顶上挂着铃铛,有种说法是摇铃可唤醒高处的神佛来倾听参拜者的许愿**)粗鲁地摇了摇,双手合十。接着,她瞪着双眼,从喉咙里挤出声音呢喃道:

"神啊佛啊什么的,你恐怕看见了吧?从这座高台看我们的御仓馆可谓一览无余。你应该知道是谁偷的吧?还是说,你喝多了神酒以致没注意到?"

"偷?"

深冬的脑海中闪过那次导致珠树关闭御仓馆的盗窃事件。

"奶奶这么年轻,神社也像翻新了,莫非我来到了过去……好痛!"

突然,她的后脑勺撞到了什么东西。她一边揉着发痛的地方一边回过头去,不禁瞪大了眼睛。只见一串字面意义上的"文字"悬浮在眼前。

"啊?这是什么?"

五厘米见方的文字连成文段,就这么飘浮在半空中,既没有支柱也没有被钢丝吊着。文字是小说常用的那种字体,通体洁白。

一天,母亲珠树没有告知去向便出了门。我很久以后才知道,那天她去了御仓馆后方那座历史悠久的神社。

"原……原来是这样?"

深冬刚看完，这段文字就像烟一样散去，接着又出现了另一段。

母亲从来不信什么神佛，她既没参加过祭祀或新年初拜，对祖父那位担任神主的好友也相当不屑一顾。这样的人居然会去神社，恐怕真的是走投无路了吧。母亲曾经逼问神主，遭窃当天有没有见过可疑的人，可问了也是白问。

"我知道了。这不是时空穿越。我是闯进了爸爸的手记里。"

刚刚她已经身在《厌人之街》的世界里，没想到居然还能再进入另一本书的世界。她想了半天，还是不明白这是怎么回事。再说了，父亲的这本手记是什么时候发动书籍诅咒的？她可没偷过东西啊。

就在深冬歪着脑袋思考的时候，神殿的后方传来了开门的声音。一位秃顶的老神主从社务所里慢悠悠地踱了出来。

接下来就像浮在半空中的文段所描述的那样，珠树连珠炮似的逼问神主，单方面念叨了好几分钟，可最终还是徒劳。神主像父亲教导孩子那样正颜厉色地训斥了珠树一番，然后沿着石阶下了山。而珠树还在他的身后不停地咒骂着。

空中的文段再一次隐去，浮现出新的文字。

神主什么都没看见。也难怪，那天是水无月节，神社里从白天开始就摆了许多小摊，人山人海的，好不热闹。恐怕那个贼也是利用了庙会混乱的场面，才将大量书籍运了出去。只要伪装成食材和煤气炉之类的物品往板车上一放，两百本书便能一次拖走。再加上那天小摊从后街一直摆到了山丘上的境内，完美地遮住了高台的视野。对偷书贼来说，没有比这更好的时机了吧。

奶奶怒气冲冲，咬着指甲在油钱箱前转来转去。深冬一边用视线追随着她，一边思索。

"板车啊……嗯，只要等到御仓馆书库里的人都走光了，趁机把书装进纸箱里，的确就能神不知鬼不觉地把书搬出来。特别是在爸爸分心的时候，那就更容易了。"

深冬静静地离开神殿，走向将神社区域围起来的灌木丛，伸长脖子往下看去。这里的确能清楚地望见御仓馆。假如没有庙会，神主、参拜者或巫女只要往这里一站，就能发现形迹可疑的人，可也得凑巧碰上了才有可能。深冬再次觉得，奶奶还是太不讲理了。

"好痛！"

新的文段显现出来，戳到了深冬的头顶，她不高兴地噘着嘴看了起来。

假如母亲与神社的纠葛到此结束，那倒也好。可事情没那么简单。居于神社中的某人——某位我实在无法称之为"神"的不明人士，向母亲伸出了援手。

"咦？"

突然一阵疾风刮过，下一秒周围暗了下来，并不是进入了黑夜，更像是被关在无窗无灯的屋里那般伸手不见五指。难道又被传送到其他世界了？深冬刚这么想，就看到空中换了一段新文字。她明白了，她即将目睹接下来的一幕。

母亲至死都没告诉我，"那个东西"是如何和她接触的。我完全不知道"那个东西"是以什么形式，用什么声音诱惑母亲给书籍施加了诅咒。

"也就是说，现在之所以黑灯瞎火的，是因为身为作者的爸爸并不知道那是个什么样的场面？"

话音刚落，文字旁就出现了泛黄的黑白胶片，伴随着"咔嗒咔嗒"的响声，胶片转动起来。上面还有个标题，写着"活动写真"(**注：日本对电影的旧称，指会动的照片，在电影出现初期广泛使用**)四个字。

不过，我至少明白了一件事。

"然后是影像解说吗？这么贴心，真是多谢了。"

胶片中映出古早时代的画面。一座座盖着瓦片的小房子，拉着货车的马儿，身穿便装和头戴费多拉帽的男性，盘着头发的女性还有担着大箱子的流动商贩在路上来来往往。马路一侧有座山丘，插着幡旗，上面用毛笔写着"读长稻荷神社"几个字。场景一转，画面中出现了神社绘马的特写。有的祈求健康，有的祈求姻缘，内容多种多样，却没有关于书籍的。

现在的读长神社是"书乡"的一种象征，吸引着许多对书籍和故事抱有烦恼或愿望的人。可过去不是这样。那里只是一座十分常见的稻荷神社。看过乡土资料馆里那布满灰尘的史料后，我才知道标榜"书神"这一说完全是祖父和神主想出的主意。

胶片上，那面写着"稻荷"的幡旗不见了，取而代之的是写着"阅读天尊"的幡旗。

"唔……也就是说，'书神'是后来才安上的名号，属于振兴乡镇的一种举措？"

仔细想想，"书神"之类的神灵不可能是自古就有的。毕竟直到近代有了印刷机，书籍才进入了寻常百姓家。不过，祖父与神主这番纯粹的"企图"令"书神"这一概念在镇上扎根下来，变得广为流传，博得不小的人气，仿佛自古便有之那般。我想，恐怕这才是"那个东西"的源头。

"看得我昏头昏脑的，不过，问题似乎出在曾祖父和神主的身上。"
这时，黑暗的尽头出现了一个小光点。深冬疑惑地朝着发光的方向走去。其间，新的文段像路标一般时左时右地出现在两旁。

不管怎么说，半夜回到家的母亲看起来平静许多。

她的表情十分轻松，以至于我误以为她已经知道了偷书贼是何许人也。

事实却并非如此。可惜了，如果我早些意识到并在那个时间点阻止她，那么我的家人就不会受到怪事的牵连了。

当时我们还没卖掉御仓家最早的房子。我独自一人在陈旧而宽敞的日式宅邸里等待母亲回家，心中非常害怕。尽管只要她在身边，我就不可能安宁，但此刻的我仍然希望她能陪着我。啊……为什么落地钟的声音如此令人焦虑呢？

我一直扛着睡意，等待久久未归的母亲。听见玄关的移门发出沉重响声的瞬间，我便跳起来，跑出去迎接她。可我没来得及把"欢迎回家"说完，就看见母亲的怀中抱着一个熟睡的婴儿，小小的，不知有没有一岁大。

"从今天起，这孩子就是你的妹妹了。"母亲微笑着对我说。她在我面前展现笑容的次数屈指可数，那算得上其中之一。母亲有些蹒跚地踏入屋里，直接朝自己的卧室走去，关上纸拉门后，整整两天都没有出来。

那时，不，从那个瞬间开始，照顾女婴的任务就落到了我身上。奇怪的是，她完全不睡觉。

"什么？姑姑不睡觉？"

深冬吓了一跳，忍不住要去触碰那些文字，而它们霎时间变了形状，出现了下一段文字。

婴儿的工作就是睡觉。如果一直像这样不睡，搞不好会丢了小命。于是，我给她起了个名字叫昼寐，期望她能好好入睡。她仰起头，用大大的眼睛看着我。从那以后，昼寐就成了我的妹妹。

文字中所描述的姑姑与现在截然相反。深冬深感吃惊，继续追逐起父亲的文字来。

昼寐不是我真正的妹妹。她诞生于母亲和"那个东西"的约定，换言之，她像是一种字据，一个触发器。

面前突然光芒四射，深冬觉得刺眼，用双手遮住了眼睛。等放下手时，她发现自己不知什么时候来到了御仓馆里。

比起深冬印象中的样子，御仓馆此刻更接近于图书馆。阳光房里摆放着好几套用于阅读的桌椅，昼寐经常用来睡觉的长椅上铺着遮灰布，屋子也打扫得非常干净。

阳光房里有一名青年，那是深冬的父亲。他扎着三角头巾，身穿围裙，黑色的立领西服随意地扔在桌上。父亲看起来很年轻，即便说他是深冬的同学或学长也毫不违和。

与珠树一样，手记中的登场人物似乎都看不见深冬。于是，深冬姑且当自己是透明人，在椅子上坐下，端详起和自己年龄相仿的父亲来。理智上，她明白父母亦有自己的人生，而眼前的状况再次让她认识到这一点。

父亲用抹布擦完地板后，朝上方喊道：

"昼寐！你在那里是吧？"

上面传来了一声含糊的应答。好奇的深冬站起身，来到传来声音的二楼。书架贴着墙壁一字排开，前方有一个五岁左右的孩子正在专心看书。那不是绘本，而是一本厚厚的、面向成年人的书。

"不是吧，这种书就连大人也很难看懂吧？"

自从知道昼寐不是人类后，深冬就有些迟疑是否该叫她"姑姑"，而眼前的情景更是令人震惊。果不其然，昼寐就是她该有的样子。

"既然那么小就能看懂书，那不管是御仓馆还是分馆里的藏书，她当然都能看完。"

深冬寻思着反正昼寐也看不见自己，干脆在她的身旁蹲了下来。昼寐目光炯炯，以迅猛的速度扫过一行行文字。深冬尝试着一起看，可还没看几行，昼寐就翻页了。

深冬长叹一口气，抬起头来，只见半空中又浮现出一段文字。

昼寐贪婪地吸收着每个书架上每本书中的每一个字，像是要将书页尽数吞食下去，以构成她的血肉那般。

"昼寐！我要去买晚饭的食材喽！"

深冬听见步武在楼下喊道。她本以为昼寐肯定不会挪动，没想到对方立刻合上书，小心地放回书架上，然后跑下楼朝步武奔去。

昼寐不是生物——世上哪有生物一觉都不睡呢？然而，她有人类的外形，举止与人类无异，就连灵魂也和人类相同。不看书的时候，她总会和我聊天。我们俩关系融洽，气味相投，反而比母亲更像一家人。

青年步武和小昼寐手牵着手向屋外走去。

这么一回顾，我发现那时的自己显然很渴望一个志同道合的伙伴。身处祖父的藏书之中，又接受着母亲的英才教育，我意识到自己身上有种难以和其他朋友分享的孤独感。我和我的朋友彼此都不了解对方所知道的事物。我能看懂欧洲的书籍，却不会唱电视里播放的流行歌曲。渐渐的，大家把我看作一个与众不同又无法沟通的人。对孩子来说，这种孤独实在过于沉重。而昼寐成了和我分担这份寂寥的对象。

紧接着，阳光房又变了个样。让人联想到阅览室的桌椅不见了，盖在长椅上的遮灰布被撤到一旁，成长为初中生模样的昼寐正舒舒服服地坐在上面看书。

自大量书籍失窃那次事件以来，母亲就关闭了御仓馆，再也没有对外开放过。这里已然成了御仓家专属的藏书库，但实际上，母亲肯定早就想这么做了。照管御仓馆和昼寐成了我的任务，一直到我大学毕业，甚至获得柔道师父的证书后仍在继续。

有人正穿过走廊来到阳光房。深冬回过头去，原来是已长大成人的步武，看起来颇有担当。他比现在稍稍年轻一点，身上透出一股充沛的活力。他肩上挎着背囊，瞥了一眼昼寐后，走去电水壶前。

过了一会儿，步武端来两杯冒着香气的咖啡，将其中一杯放到昼寐身旁的矮桌上，自己则拿着另一杯走向二楼。深冬跟在父亲的身后也上了楼。

二楼的走廊上摆着如今并不存在的书桌和椅子。步武从牛仔裤的口袋里掏出钥匙，打开了书桌下方的抽屉。里面藏着一台文字处理机。

步武一屁股在椅子上坐下，打开了文字处理机的电源，轻轻地敲击起键盘。深冬被那片刻不停的"咔嗒咔嗒"声吸引了，朝父亲靠近过去。

文字处理机的一旁摊着笔记本，手写的文字填满了横线间的空隙。父亲似乎正一边看着文字一边输入文字处理机。深冬凑上前，盯着笔记本看了一会儿后，不禁惊呼一声。

她看到了"瑞奇·麦克洛伊"这个名字——是《黑皮书》。

我以维护御仓馆为借口，在那里写起了小说。毕竟家里有母亲盯着，而在御仓馆里，我还能吸取其他书的养分以写出更好的故事。就算这样，我好像还是没能瞒过母亲那猎鹰般犀利的眼睛。

"步武！"

尖锐的叫声响彻整个空间，深冬吓得浑身紧绷。是珠树来了。步武也是一脸仓皇的神色，手忙脚乱地把文字处理机藏进抽屉里。

"母亲，怎么了？"

"快下来。昼寐，你也先别看了。已经到最后了吧？"

最后？深冬咀嚼着这个怪异的词，急匆匆地跟着父亲回到了阳光房。昼寐已经听从珠树的命令，将看到一半的书放在矮桌上，端正地坐好，像是在等待即将发生的事情。

珠树看了看神情诧异的儿子，又看了看一本正经的女儿，忽地莞尔一笑。

"一直以来你们俩都做得非常出色。"

珠树突然表现得和蔼可亲。步武一脸困惑，而昼寐只是盯着空气中的一点，身体动也不动。

"哎呀，步武，你那表情就像在问'出什么事了'呢。我还以为，身为御仓家的一员，你也会感到高兴才是……昼寐啊，她快把所有藏书都看完了。这是最后一本了。"

步武紧绷的双肩放松下来。而知晓现状的深冬心中有股抑制不住的忐忑。这时，空中又变换出一段文字来。

一开始，我对母亲的这番话不以为然。我很清楚，昼寐废寝忘食地看书，总有一天会看完所有藏书，想来母亲是对此感到欣慰吧。然而，她并不是这个意思。

珠树扬起嘴角挤出笑容，向儿子投来两道冰冷的视线。

"你还没听懂吗？我知道了，看来昼寐没告诉你啊——昼寐把这里的所有藏书都看完，意味着所有书都被施加了'诅咒'。这孩子是我和那个可疑的神相互约定后立下的字据，是'诅咒的护符'。西洋人所谓的'书籍诅咒'指的就是这种东西。"

"你说什么？母亲，你很不正常。"

"不正常？我正常得很。你对这个孩子的真身才是一无所知。亏她还是你自己笔下的人物。"

"母亲……"

"你不记得了吗？也是，那时候你还太小，难怪不记得了。你啊，趁我不注意的时候，在我的笔记本一角写下了这个孩子的故事，主人公就是一个不眠不休总在看书的小姑娘。"

深冬握紧了拳头。指甲深深地嵌入手心柔软的皮肤里,她感觉疼得要命,但还是用力地攥着拳头。

"所以昼寐才会这么亲近你,我便放任不管了。因为这样,你才会努力地写小说嘛。"

"我一点都不懂你的意思……"

"我这就讲给你听。书籍诅咒是通过昼寐施加到书上的,但诅咒本身的内容得另行制作。而这就是你的任务,步武,是会写故事的你要承担的职责。

"只要贼偷了书,踏出御仓馆一步,诅咒就会发动——读长镇会变成你笔下的故事世界,偷书贼也会被囚禁在故事的牢笼中。

"这种魔法是依靠神灵的力量施展出来的。不过,有些麻烦的是,天下没有免费的午餐。既然这是一笔交易,自然就成了这么回事。也就是说,这是需要付出代价的。假如没能抓到贼,时限一过,镇上的人们也会随着偷书贼一起被献给神灵。这就是它的规则。"

神的饵食。

这行文字一出现在半空中,周围便再次陷入黑暗。不但如此,地面还开始倾斜。深冬惊恐万状,顺着垮塌成巨大滑梯的地板滑了下去,一路发出尖叫。

母亲到底在发什么疯啊?

御仓馆里的所有东西都开始飞速下坠。沙发、桌子、书架、书,一切都掉进了黑暗的无底洞。深冬惨叫着,四肢奋力地挣扎着,试图抓住什么,但很可惜,她抓到的只有空气。

起初,我以为母亲终究是气昏了头,才会满嘴子虚乌有的谎话。可我错了。第二天,母亲带着老熟人——旧书店的老板娘来到御仓馆,用十分温和的语气请她拿一本书回去。我想着反正也不会发生什么事，便未加阻止。我祈求母亲能意识到，神灵也好书籍诅咒也罢，都是她的妄想。接下来也确实没有出现异常，我的生活一如既往。昼寐却忽然找到我，递给我一本书——那是我自己写的故事。

快速坠入无底洞里的深冬打算伸手抓住浮在空中的文段，但在触手可及之时，文字变了形，她扑了个空。

我刚看没几行，读长镇的风景就变了，所有居民都开始扮演我笔下的人物。我陷入混乱，甩下领路的昼寐冲去了镇上。然后，我发现了彻底变成一只狐狸的她。我才终于明白，母亲并没有撒谎，书籍真的被施了诅咒。

地板的斜度越变越大，几乎接近垂直的状态。深冬感觉身体轻飘飘的，于是慌忙调整姿势。下一个瞬间，好几本书从天而降，冲着头顶砸下来。在千钧一发之际，深冬躲闪开来。
"好险！"
她抬头一看，吓得眼珠都要跳出来了。这次可不是几本书而已，只见数不胜数的书本翻飞着洁白的书页，如雪崩般轰然袭来。
这么下去会被卷入书本的旋涡！深冬条件反射般弯下双膝，用脚底蹬斜面，跃入黑暗中。就在她转身的瞬间，空中恰好浮现出新的文段。

可怜的旧书店老板娘回到现实中，没过一周便离开了读长镇。她和许多人讲述过御仓馆里发生的怪事，希望获得他人的理解，但是显然谁都不相信她。

深冬宛若跳上纱窗的猫，用手指死死地抠住文字的间隙。紧接着，书本的雪崩来势汹汹，直接砸到她方才所在的地方，又散成无数纸张，飘飞着落入深渊。

"真的饶了我吧……呜哇！"

可是，刚抓住救命稻草没多久，文段就消失了，深冬差点又要跌落半空。幸好下一段文字迅速登场，她在危急关头找到了支点。

"不知要先生的太太是怎么了。"母亲满不在乎地装着傻。我也恪守着母亲的命令，没有对外泄露一个字。被独自留在镇上的老板对我们由疑生恨。会有这样的结果并不意外。

深冬挂在最后一个字上，大叫起来：
"我算是明白了，怪不得'书籍之谜'书店的那个臭老头看我不顺眼……但现在可不是说这种话的时候！不知道家父是否清楚自己的女儿遭了这份罪……啊！"

文段再次消失，深冬直挺挺地掉了下去，但幸运的是，出现在正下方的新文段恰好接住了她。一会儿上一会儿下的，深冬被这难以预测的动向捉弄得气喘吁吁。

我和昼寐再也不可能离开御仓馆了。不管母亲施加了怎样的诅咒，只要不发生盗窃就行。因此，我们整天待在御仓馆里，防范着他人闯入。就算这样，御仓馆还是好几次进了偷书贼，我和昼寐便会抓住那人。有时，我觉得自己是漫画或电影里的主人公，误把自己当成了惩恶扬善的英雄。而昼寐总会提醒我不要得意忘形。

就在那段时间，我爱上了一个女人。母亲希望与御仓馆相关的人越少越好，因而十分反对，但也正是因为这样，我坚定了步入婚姻的决心。

深冬站在这段文字上，时而走来走去，时而金鸡独立，阅读着脚下的文字，然后疑惑地歪着脑袋。
"婚姻……也就是遇到了妈妈吧？"

深冬刚嘟囔完，文段又不见了，她失去支撑掉了下去。肯定还会有新的文段吧,她想。文字却始终没有出现。不久,头朝下的深冬望见了在深渊底层闪烁的光点。

那光点以惊人的势头急速扩大,就像一场爆炸。周遭的黑暗霎时被染成白色,深冬赶紧闭上了眼睛。

明明从那么高的地方掉下来,深冬却没有受到冲击。等眼皮内侧感觉不到刺眼的亮光后,她小心地睁开眼,发现自己不知不觉来到了室内。这个日式房间位于一栋简陋的公寓中,深冬对这里非常熟悉。

这里是她的家,但和平时又不太一样。既没有墙边的衣柜,也没有杂乱无章的电脑桌。她踩着柔软的榻榻米,在收拾得清清爽爽的新房里转悠起来。

阳光透过小窗照入屋中,一个裹着尿布、屁股圆滚滚的婴儿正端坐在榻榻米上,好奇地望着闪闪发亮的尘埃。

即便没有冗长的文段出来解说,深冬也知道那是自己。她两眼发直盯着婴儿。

"深冬,你在干什么呀?"

深冬一惊,回过头去,只见日式房间的门口站着一个年轻的女人。鹅蛋脸,米色的居家服外面套着毛衣,长发梳到一边垂在胸前,盖住了纤细的锁骨。

"妈……妈妈。"

那是在深冬读小学二年级时就去世了的母亲。她担忧地皱起眉头,向深冬走来。然而,她从震惊得愣在原地的深冬面前径直走过,抱起了坐在榻榻米上的婴儿深冬。

"乖乖。在看太阳公公吗?"

深冬愣愣地张着嘴,视线怎么也离不开本已去世的母亲和她怀中的自己。

这是现实,还是穿越到了过去?抑或仅仅是父亲创作出来的故事?不过,脑中冒出的疑问像肥皂泡般接二连三地破裂了。母亲正在眼前。那个原本再也见不到的人就在眼前。

深冬眼眶一热，涌出的泪水顺着脸颊流了下来。她才十五岁，正处于每天都过得眼花缭乱的少女时期。对她来说，八年的岁月实在漫长得让人昏厥，但看到这样活生生的母亲后，她又感觉和母亲共处的日子就像昨天那般记忆犹新。

深冬抽泣着，轻轻地一步一步走上前。她伸出手，想抚一抚母亲的后背，指尖却毫无阻力地穿透了对方的毛衣。

这时，她感觉有什么东西碰到了脑袋——又是新的文段。

我与和音结婚后就搬出了御仓家。话说回来，母亲原本就想把宅邸卖了，我又请求她让我们住进御仓家名下仅存的公寓楼里，所以实际上我就像从正房搬去了偏房。我设立了道场，开始自力更生，但最终还是没能摆脱对御仓馆和昼寐负有的责任。昼寐看完所有藏书，启动了书籍诅咒后，简直像要把过去的觉全补回来那般，变得极度嗜睡。

"爸爸你这个大笨蛋……"深冬抬起肩头，用Polo衫使劲擦去脸上的鼻涕和眼泪，然后用双手往脸颊两侧一拍，"清醒点，深冬。这和家庭录像是一回事呀。你不过是在看过去的影像罢了。"

假如不这么做，急剧萎靡的心脏恐怕就要崩溃得灰飞烟灭了。

"放心吧。我会配合爸爸的回忆。"

新的文段像在等着深冬的这番回答一般，立刻出现在空中。

我让和音与深冬吃了太多苦。我真的很对不起她们。

"爸爸……"

和音跟不上御仓馆，跟不上书籍诅咒，尤其跟不上我母亲的步伐，好几次都打算离开这个家。而我一次又一次地阻止了她。和音在很年轻的时候就身患癌症不幸去世了。即便心里明白有些祸是躲不过的，可我至今仍在后悔，如果当初给她自由，她是不是就不会遭此厄运了？

母亲抱着婴儿深冬的身影宛如浸了水的水彩画，越变越淡，最终隐没在空气中。接着，白茫茫的背景里落下光影，御仓馆随即显现。在深冬的面前，父母开始了口角。母亲手中拖着拉杆箱，而父亲则拼命地挡在她的身前。

深冬感受到他人的视线，抬头一看，只见阳光房的窗边站着幼小的自己和奶奶珠树。和奶奶视线相对的瞬间，景色为之一变。等反应过来时，深冬已身处御仓馆内，身旁站着穿蓝色背心裙、年仅四五岁的自己和干瘦如枯树的奶奶。

珠树从窗外争吵的儿子和儿媳身上收回视线，弯下腰来，从幼小的深冬手中拿过图画本。纸上用蜡笔画着一幅大大的真白的肖像。

"我哪儿都不会让你去的……毕竟……"

深冬觉得这番台词似曾相识，好像先前小睡时梦见过。

仿佛在呼应深冬的思考，那句话出现在眼前。

"你可是御仓家的孩子哦。"

母亲珠树给我和我的女儿深冬设下了言语的诅咒。

是的。这句话，奶奶曾对幼小的深冬说过无数遍。

孩童时代，深冬的身边总有好几本绘本。她确实很爱看绘本，但每当她想出去玩或画画的时候，奶奶都会出手阻拦，再硬塞一本书给她看。眼看着面前的书越堆越高，小深冬哭叫着，渐渐被书山掩埋，连身体都看不见了。

回过神来时，深冬的拳头已经砸在了那段文字上，"你可是御仓家的孩子哦。"这行文字顷刻间化为粉末。

"我总算想起来了……小时候我其实非常喜欢看书。都是因为你，我才会变得讨厌书啊，奶奶。"

哪怕足不出户，那些故事也能带着深冬前往未知的世界。比如禁闭在高塔里的公主呀，在怪物横行的道路上披荆斩棘的勇者呀，为镇上的人们派发邮件的小熊呀，被魔女和冬季控制的幻境呀，一个又一个曾令她爱不释手的故事从深藏在心底的洞穴中复苏了。

深冬跟随真白驰骋在故事世界中时，感觉自己和过去一样，心中充满了对未知的兴奋与热爱。她想看更多书。阅读让她觉得开心极了。

并不是因为她是"御仓家的深冬"，她才得以享受这种愉悦。即便不属于御仓家，人也能品味故事之美，珠树却偏偏拘泥于"御仓"这个出身。或许在珠树的信念中，只要关闭御仓馆，让这里成为专属于御仓家的地盘，那么深冬乃至子孙后代就能成为书籍的传人。殊不知，缺少了空气，花朵根本无法生长。

深冬握紧另一只拳头，用力挥向"言语的诅咒"几个字。它们像失去水分的骨头那般脆弱，碎成一片片掉落下来。

"好——嘞！"深冬鼓起劲喊道，"诅咒什么的都给我见鬼去吧！"

话音刚落，一阵狂风便猛地刮来。它以骇人之势吹走了哭叫的幼年深冬，吹走了围绕着她的书，吹走了她的奶奶、父亲和母亲，最后，御仓馆也被吹得七零八落，随之消逝在远方。

唯一被留在原地的深冬用双臂护住脸，双脚奋力地踩着地，但随着一阵更猛烈的风袭来，她踉跄了几步，整个人被卷离了地面。深冬在空中乱挥双手，到处摸索着能让她抓一把的东西，但一切只是徒劳。空中不再出现父亲的文字。与之相对的，那本皮革笔记本不知从哪里掉了出来，深冬急忙伸手抓住了它。

"也就是说，爸爸的手记已经结束了吗？呜哇！"

风一个劲地往高处吹去，深冬感觉自己的身体正不断被推向上方。视野忽地明亮起来，她惊讶地来回看了看，发现景色恢复了原状。下方是成片的住宅，夕阳照亮了一个个屋顶，远处还能看到河流——这里是读长镇的上空。

那阵风突如其来，又毫无征兆地停了。深冬张开双臂，脑袋朝下，像失去推力的飞机一般旋转着往下坠，她下意识地闭上了双眼。

——这下真的要以头抢地了！

就在深冬快被死亡的恐怖吓晕过去的时候，前方突然敏捷地飞来一朵白云，温柔地接住了她的身体，缓缓向下降落。

"得……得救了……"

深冬疑惑地看着这朵云。说是云,它倒更像一块巨大的棉花,手感有点粗糙。这也是父亲手记里的产物吗?深冬感到不解,对着棉花又戳又扯的。不料,下方居然传来低沉的呻吟声。

"啊?等等,你刚才是不是说话了?"

可那声音闷闷的,加上风声的干扰,实在很难听清。深冬俯下身,将耳朵贴在了棉花上。

"……嗯。"

"咦,什么?"

"对不……"

"喂,我都说了听不清啊。"

"因为……久。睡太久……声音……有点哑。"

深冬睁大眼睛,坐起了身。

"难道是昼寐姑姑?"

只见那团棉花伸缩了一下,深冬姑且把这当作肯定的回答,与此同时,又不禁感到头疼,便揉了揉太阳穴。那个声音听起来很熟悉。是姑姑变成会飞的棉花救了深冬。而且听她的意思,因为睡得太多了,所以她不怎么发得出声音。

虽说接连经历了不少怪事,但深冬依旧适应不了这种情景。她皱着眉头,刚想好好地整理状况,又听见昼寐呻吟起来。

"吓……你了?吓着……"

"啊……的确是吓着了。一般来说,谁会想到一直以来都当成姑姑的人会变成棉花伸出援手啊。不过,我看了爸爸的手记,大致掌握了情况。"

在深冬看来,昼寐和父亲的关系很像她和真白的关系。深冬轻轻地抚了抚棉花的表面。

——假若这团棉花是真白,我肯定会这么做。

"姑姑,你受累了。我总以为你是个贪睡的怪人,其实你只是一直在执行奶奶的命令,对吧?真是苦了你啊。"

"不……会睡是因为……困……"

"搞什么啊。"

深冬自讨没趣，叹了一口气。昼寐还是那个昼寐。不过，姑姑接着所说的话引起了她的注意。

"但……诅咒需要……用很多力……"

深冬眉头一皱，问道：

"你是说，发动书籍诅咒需要依靠睡眠？"

"……对。连累……抱歉。"

"连累到我，感到抱歉？啊，是啦，真的给我添了超级大的麻烦，我都想叫你赔钱了。"深冬在变成棉花的姑姑身上盘腿一坐，大模大样地不住点头，"话说，为什么是我呢？爸爸不在的时候就由我顶替，是这样吗？"

"这也是……一方面，但总有一天深冬……珠树也很看好深冬。"

"所以要由我来继承，是这个意思吗？别开玩笑啦，我可是准备把御仓馆卖掉哦。"

深冬大剌剌地说完这番话，只见那团棉花突然发起抖来。

"怎……怎么能这……"

"你就别'厌样''内样'啦。我绝不会乖乖听奶奶的话！"

姑姑没有再做出反应，棉花突然间开始加速下坠。深冬慌忙抓紧棉絮，小腹使力让重心下沉，以免自己被甩飞。她顶着巨大的风压微微睁开一只眼，视野中出现了小山丘、鸟居和境内。

"是神社。"

棉花落到地面上一弹，将尖叫的深冬往外颠，然后便消散了。事出突然，但还好深冬卡在了灌木丛里。她踉踉跄跄地爬起来，顺手将满身的小树枝和树叶拍掉。一抬头，只见狐狸和真白的石像重新出现在洒满晨光的神社境内。

"姑姑，你在哪儿？消失了吗？"

棉花不见了。不过，深冬发现鸟居旁躺着一个人，便急忙跑过去。果然，那是恢复成人形的昼寐。深冬抱起昼寐，让她靠在鸟居的柱子上。

"姑姑，你没事吧？千万要坚持住啊！"

深冬摇了摇她瘦弱的肩膀，只见她稍稍睁开双眼，嘀咕道：

"没事……就是太困……"

说着，她像是要继续睡去，深冬又使劲摇晃起来。

"别睡，快醒醒！睡着了就完了！接下来我该怎么办？爸爸给我的线索已经到头了，下一个提示也没有出现！我要怎样才能让大家恢复原状呢？我肯定得干点什么才行吧？姑姑，你不是书籍诅咒的护符吗？那你快告诉我呀！"

"提示？"昼寐迷茫空洞的眼眸中透出了些微光芒，"就和往常一样啊……深冬。和往常一样。去抓住他。"

"抓住他？谁？这次偷书的是春田先生，他已经变成石像了呀！"

"不是他……是最早的那个家伙。机会只有一次，千万不能搞错。"

深冬还没来得及询问，昼寐就打起呼噜，沉沉地陷入酣睡中。无论深冬怎么大声呼喊，如何用力打她的脸，都没有效果。

这种时候，要是真白在身边就好了，深冬想。可是，真白已经变成了石头。她只能求助于自己。

深冬死了心，站起身来，先是长长地呼出一口气，接着又猛吸一口气撑满了胸腔。身体、心灵和头脑都已精疲力竭，干脆在昼寐旁边就地睡下算了。可当闻到清晨带着夏草气味的新鲜空气时，她觉得脑袋又开始运作了。

水无月节。书失窃那天举办了庙会。正巧，现实中也快到水无月节了，整个小镇都在忙着做准备。而最早触发书籍诅咒的那个事件就是在庙会时发生的。

"换句话说，'最早的那个家伙'指的是那时的偷书贼？"

然而，当时没有目击者。庙会那么热闹，说不定还有很多从读长镇外面过来的人。连当时的警察都没调查清楚那起事件，毫无线索的一介高中生能解开这个谜团吗？

深冬慢慢地环视四周。狐狸的石像——镇上的居民都在这里。仿佛所有人都是正在接受惩罚的贼。

"这会不会是奶奶真正的目的呀……她是不是想把所有人都变成不能动的石头,逼迫偷书贼自首呢?或者说,她怀疑镇上的每一个人,所以让大家负上连带责任,读长镇的全体居民同罪。奶奶可真够讨厌的啊。"

深冬边骂边一一查看那些狐狸石像。先前被她搬开的那些石像像是要保卫神殿似的,不知何时回到了原位。只要是脸熟的人,深冬就能依稀从狐狸石像的服装和特征分辨出原型:商业街的人们、代授师父崔、春田和他的妹妹,还有体育老师"山椒"。

深冬一路仔细地观察,突然在某座石像前停下脚步。

石像弓着腰,下垂的嘴角让它看上去颇顽固。

"是'书籍之谜'书店的臭老头……说来,就是他撺掇春田先生他们去我家偷书的吧?"

老板要翁之所以怨恨御仓家,是因为他的妻子被珠树当成了实验对象。那么,珠树为何挑中他的妻子呢?

"因为关系好?或者说,比较好下手?但是,怎么才算'好下手'?"

深冬设想了种种可能性。假如是自己十分信赖的亲密好友,那么确实能更方便地拜托对方帮忙,但奶奶会将这种人当成实验对象吗?如果真的重视这个朋友,肯定下不了手把对方变成那种狐狸的样子。因此,对方应该是奶奶多少有些厌恶的人,或者至少是她漠不关心的人。

"但是啊,奶奶好像对镇上的每一个人都很厌恶。"

不然就是想报仇。说不定她此前已经遭遇了什么。想到这里,深冬轻轻地惊呼了一声。

"是犯人。莫非奶奶觉得偷了那两百本书的犯人是'书籍之谜'书店的老头?既然是旧书店的老板,他就有地方售卖偷来的书。因此,为了报复他,奶奶就把气撒到了他妻子的头上。"

深冬颇有把握,重重地点着头,伸手去摸石像——尽管被盗的书不在手边,但她满心期望着,只要宣布这家伙是贼,大家就能恢复原状。

——"机会只有一次,千万不能搞错。"

昼寐先前说过的话在深冬的耳边响起。

——没事，不要紧。不要紧的，肯定就是他。

然而，就在她的指尖距离要翁的耳朵尖只有一毫米的时候，她听到神殿的方向传来某人的声音。

"真白？"

神殿前方只有真白变成狗的石像。深冬的视线在要翁与真白之间扫了个来回，然后缓缓站起身，嘀咕道：

"不对，如果奶奶怀疑是要老爷子偷了书……警察应该也调查过才对。他却没有被抓起来。这不就表明他确实是清白的吗？再说了，就算他从我家偷了书拿去卖，在这么小的熟人社会里，总会有人察觉到呀。书上还盖了御仓馆的印章，那东西是去不掉的。是呀，从这么一座名声在外的大图书馆里偷走那么多书，简直没有一丁点好处啊。"

那为什么要偷呢？

风又一次吹了起来。相互碰擦的树叶像在窃窃私语。深冬回忆起父亲手记里提到的"那个东西"，后背不禁打了个寒战。

"有人……在吗？"

深冬小心地迈出步子。越是注意不要踩到狐狸石像，她越找不到下脚的地方，离神殿也越来越远。她打算搬开狐狸石像辟出一条路，可不知怎么的，石像变得比刚才更重了，根本搬不动。深冬全身大汗淋漓。

——有人在阻挠我前进。

读长神社原本是一座十分普通的稻荷神社，所谓的"书神"源自嘉市和他的好友——神主的主意。那就是一位谈不上有历史传统的"新造的神"。

此前，深冬对于境内摆着石像这个现象不以为然。可假如这是有意为之的结果呢？假如在境内摆石像是必然的一步棋呢？境内的对面是神殿。并且，现在她仍遭到阻碍。

深冬擦了擦滴下的汗水，咧开嘴笑了。

"我知道书藏在哪儿了。"

转眼间，强风突袭。不过，深冬早已预料到这一点，用脚蹬地面，乘着风跳起来。那股风试图将她吹离神殿，但她紧抓着樟树毫不松手。

大概是因为枝叶茂密的樟树遮蔽了目标，风慢慢减弱。深冬轻手轻脚地攀过树枝，一咬牙，在靠近神殿的地方松了手。见状，风慌乱地再次吹起，可这回，由下往上的风反而托着深冬的身体越过了狐狸石像群的上方。她奋力伸出手脚，希望能离神殿近一点，再近一点。风终于读懂了深冬的意图，便戛然而止，但此刻她已经按计划来到了神殿跟前。

"失敬了！"落在油钱箱上的深冬大喊着，迅速跳下来，整个人顺势撞向了被细细的注连绳和纸垂（**注：用特殊折法折成的纸条，通常与注连绳等神道的神祭具系在一起，表示对神灵的敬意**）封起来的横拉门。风迟了一步。

充满灰尘与霉味的空气直刺鼻腔，倒在横拉门上的深冬不住地打喷嚏。

"啊——真讨厌！得好好打扫呀！这不是神灵的居所吗！虽然也不知它还在不在！"

很快，深冬就明白了没好好打扫的原因。神殿内部极其昏暗，又莫名闷热，还有股怪味，就像坏掉的鸡蛋，又像在温泉边……那是硫黄的臭气。这么一来，还真的没有人愿意靠近这里，哪怕是神社的人也一样。既然参拜者也看不见这里，那就更没有人管了。

"这里是怎么回事啊……阴森得要命。"

深冬揉了揉被撞疼的肩膀，战战兢兢地往里走去。

神殿内部十分狭小，不消十步就触到了对面的墙壁。每走一步，硫黄的臭气和热气就增添一分。她恨不得快点出去，但仍然鼓起勇气搜寻着想找的东西。

"既然能藏下两百本书，相应地就会占据一块不小的空间。之所以没有引起骚动，是因为它们被放在一个平时不引人注目的地方。而神社的神殿尤为如此。"

太阳已经升起来，可神殿里还是黑得什么都看不清。深冬只能手扶墙壁，跪在地板上一点点摸索。灰尘呛进喉咙里，她疼得不停咳嗽。

"别来捣乱好吗?真是的,还不是你的错?"深冬被呛得眼泪汪汪,但还是瞪着黑暗中那个隐形的对象呵斥道,"你也该死心了吧?要是觉得过意不去,就快来帮忙!"

深冬摩挲着地面,这时指尖碰到一处凹陷。有块地板比周边的低了那么几毫米。她试着用指甲抠住接缝往上一提,居然轻轻松松地卸下了地板,露出了下方的洞。

"啊,对了,手机。"

深冬从双肩包里取出手机,闪烁的红灯提示她手机快没电了。她咂了咂嘴,将发亮的屏幕当成手电筒照亮地板下方。只见那里有一只大箱子,像是藤编的。她赶快把旁边的地板也卸掉,将手伸进齐肩深的洞里。好在箱子没上锁,深冬只用指尖钩了一下,用灯芯草编成的箱盖就"哧溜"一下滑到了一旁。

深冬喘着粗气拔出手臂,用手机往箱子里照。是书。箱子里藏着大量书籍,一看就知道年头不短,潮湿和发霉已令它们残破不堪。

"找到了……"

深冬刚放下心来,外面就刮起狂风,整座神殿剧烈地晃动起来。硫黄的臭气让她的胃里翻江倒海,她忍不住吐了几口酸水。

"书是找到了,可接下来该怎么办呢?"

深冬并不知道把书藏在这里的犯人是谁。是眼下百般阻挠她的不明人士,还是父亲所谓的"那个东西"呢?若是在书籍诅咒的世界里,书一会儿飞去天上,一会儿消失,那倒还情有可原,现实中也会发生这种事吗?

深冬努力憋住又一次泛起的恶心感,决定再好好观察一番,便拿过手机照着地板下方的藤编箱。里头装的净是古旧的外国悬疑故事书和杂志,很像曾祖父嘉市会收集的类型,不过,唯有一个特征是御仓馆的藏书所不具备的。

那就是红色的印章。就深冬能看见的范围内,所有书的封面上都贴着一张小纸片,上面盖着一个小小的圆形图章。深冬再次将手臂伸进洞里,勉强抽出一本书来。凑近一看,只见纸上的图章有这样一串字——"捐赠品，御仓嘉市赠"。

深冬感到全身变得无力。

"什……什么？"

她当然明白"捐赠品"和"某某赠"是什么意思。这和刻在校园里的雕像背后，还有图书馆挂画外框一角上所写的是同一个东西。

这些书不是被偷的，而是曾祖父捐赠的。

根据父亲的手记，书"被偷"的日子似乎是在曾祖父过世六年之后。六年。还真是个不上不下的数字。

然而，深冬突然想起了什么。她再次掏出父亲的手记，翻到开头看了起来——"祖父会在生日那天去逛水无月节"。

"曾祖父的生日是水无月节那天。"

曾祖父和前任神主这位好友之间会不会缔结了什么协议呢？如果是这样，事到如今，也无从知晓"死后六年"这个条件是出于什么意图了。可是，曾祖父的生日与水无月节在同一天，这一点很关键。

"曾祖父曾经承诺，在六年后的水无月节，即他生日那天，将这些藏书捐赠给神主，所以书被带出了御仓馆。那天爸爸一心想着爱慕的女生，就算有人来和他讲了这回事，说不定他也没往心里去。何况他当时只是一个十二岁的孩子，对方把书运走的时候很可能都没知会他一声。再说了，那位神主恐怕也嫌和珠树奶奶打交道太麻烦，就没把事情交代清楚……"

这些书就在人人都糊里糊涂的情况下被运出了御仓馆，而比谁都拘泥于藏书的珠树对此毫不知情，因此大闹了一场。想必面对盛怒的珠树，神主也是想说却说不出口，只好指望哪天珠树的暴风雨能自然消停，在那之前就装聋作哑。然而，珠树的执念实在太深了。

结果，难得捐赠的书就这么被塞在外人无法靠近的神殿的地板下方，被遗忘，因发霉和虫蛀而毁得遍体鳞伤。

"太过分了。"

要是有谁能知会一声，要是人和人之间能相互信任，这种悲剧分明是可以避免的。

深冬只觉得自己一点也使不上劲。

"也就是说,并不存在偷书贼……可是,等等。"深冬直直地盯着黑暗中的某个对象,"你这个把书籍诅咒授予我奶奶并引诱她下咒的家伙,打一开始就知道根本没有偷书贼吧?毕竟你一直住在这里嘛。"

话音刚落,神殿像是在表达不安,又"哐哐"地晃动起来。

"我说你啊,该不会在利用我奶奶吧?像这样把镇上的人全变成狐狸石像,难道是要把大家当成奴隶?或者吃了他们?总不会是想和他们做朋友吧?"

不知是不是被戳中了痛处,屋外的风摇撼着神殿,宛如在争辩。

"发火有什么用?利用别人就是不对。"

可冲着这个非人类的对象,深冬还能干些什么呢?

这时,她的脑海里忽地冒出一个点子。尽管有些不好意思,但或许值得一说。

假如确实存在"偷窃本书的人"——

深冬从藤编箱里掏出一本由曾祖父捐赠的书,用双手握着,如祈祷一般闭上双眼。

"偷窃本书的人——"

狂风发出了凄厉的嘶吼。

"快离开读长镇,并将镇上的居民复原!"

深冬大声喊出宣言后,风瞬间就停了,四周一片寂静,硫黄的臭气也散去。

朝阳照进屋里,一切都明亮起来。先前那股充斥着整个空间的邪气已然销声匿迹。眼前不过是一座气氛祥和的神殿,里头摆着一座极其普通的木制祭坛。

深冬轻轻地起身,跨过倒下的横拉门来到屋外。眼前的景象令她瞠目结舌——境内恢复成原本那空荡荡的样子,成百上千座狐狸石像如今一座不剩,真白的石像也消失了。

此刻,地面猛地晃动,山脚下有一团半透明的雾霭膨胀着,升到了空中。神奇的雾霭看起来像长着一条粗粗的尾巴和两只尖尖的耳朵。

镇上的人们压根不记得自己曾经变成狐狸。他们穿着狐化前的衣服，开着车，继续购物，继续开店。事实上，他们本该丢失了整整半天的记忆，但不知为何，当他们清醒过来时，一段平凡得宛如从本人平庸的过往中复制出来的记忆已被填入那段空白的时间。这就好比把电影中不宜上映的片段剪掉，又换上另一段，再用剪辑手法串在一起。

日子头也不回地向前推进着。电车未停靠读长站已不再是事实，这段插曲既没有上新闻，也没有人打电话来投诉。

并且，当深冬来到若叶堂时，春田似乎已经完全忘记了他与深冬的冒险。在路上偶遇萤子时，她也一脸漠然地从深冬的身边经过。

整座读长镇上，记得书籍诅咒这回事的只有深冬一人。

那天将盘踞在神社里的不明人士驱赶之后，深冬发现，原本一直睡在鸟居下的昼寐忽然不见了。无论她怎么呼喊，昼寐都没有再出现。同样对她的呼喊毫无反应的还有真白。

深冬惴惴不安地来到医院，冲进了步武所在的病房。他瞪大眼睛，似乎想问她怎么了。他看起来太过正常，她不知该从何说起，结果半天就憋出一句："昼寐姑姑呢？"

"昼寐？"步武听罢，皱起那对浓眉，疑惑地问，"你在说什么啊，深冬？你想午睡吗？"

步武忘了和妹妹有关的一切。深冬大为震惊，但总算把话圆过去，又随便聊了两句后便回了御仓馆。

御仓馆仍然静悄悄的，但深冬长久以来感受到的那种威慑力已经消散殆尽。她没有看见每天必然在馆内的昼寐，只听见时钟在嘀嗒作响。不过，垃圾箱里还堆着垃圾山和食物残渣。深冬意识到还有证据能证明昼寐确有其人，心里稍微安定了。除了留在她脑中的样貌和记忆，外部世界中还遗留着昼寐曾经在世的痕迹。

深冬爬上二楼，打开书库门，一一查看书架。真白到底去哪儿了？这里没有步武写的书，摆在书架上的只有往常的那些藏书。

深冬命令那个不明人士离开读长镇，事情真的就这样发展了。换句话说，授予书籍诅咒那股魔力的人已经不在了。

可是，双肩包里有父亲的笔记本，御仓馆里还有昼寐吃剩的食物。

从那以后，深冬每天放学回家时都会顺路去一趟御仓馆，细致地查看挤在书架上的每一本书的书脊。她希望能在哪个角落里找到什么线索，以解开残留在心头的疙瘩。

真白并没有消失——深冬没来由地坚信着。她觉得真白如今仍在那个被称为"炼狱"的地方。她一直相信，书的诅咒并不完全来源于魔力，换句话说，那并不是只有那个在读长神社盘踞多年的异形才能使用的魔法。

夏过秋至，冬去春来。步武出了院，此刻正为怎么处置御仓馆而发愁。

"总像珠树奶奶那么拘泥也不是个事啊。"步武一边洗碗，一边和深冬商量，"要不把藏书全卖了，怎么样？多少能卖点钱。将御仓馆改装一下的话，还能住人。你不是想住大房子吗？"

深冬蜷起腿坐在椅子上，看了一眼挂在纸拉门边上的衣架，衣服还没收下来。她又看了看电视机前，那里被杂物堆得乱七八糟。

"大房子是好，但肯定会收拾不干净。不管住哪儿都一样。"

"你不想卖吗？以前你不是总说想卖掉吗？"

"说是这么说。"

深冬回想起在《黑皮书》的世界里和真白对话的情景。在孤零零亮着光的路灯下，真白静静地听深冬说着那些她甚至不会对朋友提起的话。

"失去的东西可没那么容易找回来。一旦改装就回不到从前了。我还不是很清楚它的价值，所以……"

"原来如此。没想到会从深冬的嘴里听到这番话，珠树奶奶应该也会很欣慰吧。"

深冬很想说她才不是为了珠树奶奶，但只是拨弄了几下头发，没有再开口。

最终，步武没有出售御仓馆，而是向公众开放。虽说一周只有周六周日两天开放，但只有深冬能负责接待，这也是没办法的事。人们陆陆续续来到馆里，有些人胆战心惊地望着书，有些人会借书，深冬则待在昼寐经常坐的那条长椅上观察他们。

步武偶尔会在做饭或整理御仓馆的藏书时忽地停下手，然后发一会儿呆。某天，深冬路过父亲的房间，透过稍稍打开的门缝发现他正紧盯着相册不放。还有一次，深冬试探性地问了句："要不要午睡一下呢？"结果父亲皱了皱眉。

父亲对姑姑还是有那么一点印象吧。深冬也非常想见到真白。记忆越是清晰，心里越是难受。

从御仓馆开放那天起，已经过去一整个年头。此时，初夏的青翠逐渐遍布整个世界，深冬又去了御仓馆。她长高了一点，包里放着一本没看完的书。自从开放了御仓馆，和她提起御仓家云云的人少了，她也渐渐不抵触阅读了。她还觉得自己已经摆脱了珠树对御仓家施加的诅咒。

只有书能填补内心那难以自控的空虚。深冬无比怀念那段在充满冒险和魔法的世界中东奔西跑的经历。而当她发现自己打心底里渴望再去一次的时候，她似乎明白了为什么对书籍诅咒抱有抵触心理的父亲会让它一直持续下去。

某个工作日，深冬来到御仓馆空无一人的阳光房，坐在昼寐过去经常睡觉的沙发上看起书来。在目光追随文字的过程中，冒险之路就此展开。只要和主角携手并进，沉浸在故事的世界里，就多少能排遣掉那些孤独。

因为突然沉迷于阅读，深冬的视力有所下降，好在戴上眼镜就没什么影响了，关键是她很难做到不看书。深冬隐约觉得，像这样一个接一个地阅读故事，总有一天会再遇到真白。

这天，深冬又看完了一本书，不知这是第几百本了。她上到二楼，准备把书放回书库的书架上。她透过阳光房的窗户往外看，心想哪天叫辆推土机来把这整栋楼推了，心情应该会很舒爽。真想哪天这么做。她真想这么做。

可在那之前，她得先把那两个人带回来——从故事世界里带回来。

站在二楼的挑空式走廊上，深冬眼前一花，看见了那个存在于手记中的父亲的背影。之后她便买来了笔记本和自动铅笔，摊放在桌上。

深冬用自动铅笔抵着下巴，稍微思索了一会儿，慢慢地写了起来。

说起读长镇的御仓嘉市，那可是闻名全国的藏书家和评论家。从呱呱坠地到靠在檐廊上阅读时突然离世，这位地方名士在读长镇生活了一辈子。

"如果有什么事不明白，就去问御仓先生""如果要找书，在御仓先生那儿保准找得到""如果身体不舒服，先去请御仓先生瞧一瞧"……御仓嘉市被大家尊为活字典，但没有人知道他的书库里究竟藏了多少本书。

读长镇的土地呈圆角菱形——一条宽阔的河流分成南北两支后又汇合，读长镇恰好夹在中间，地形便像岛屿一样与周围分隔开来。

挺立在这个菱形正中央的就是御仓馆。御仓馆的地板与柱子经过多次改造得到加固，到嘉市去世时，这栋建筑已经变成一座地下和地上各有两层的巨型书库。御仓馆是读长镇的名胜之一，坊间甚至有这么一句话："只要是读长镇的居民，就至少去过那里一次，从读幼儿园的小朋友到百岁老人都不例外。"

1900年出生的嘉市从大正时代就开始孜孜不倦地收集藏品。后来，他的女儿珠树——一位同样杰出的收藏家继承了他的藏品，规模便越发壮大。

有书的地方会吸引收藏家，但收藏家有好有坏。

某天，珠树发现御仓馆内约有两百本珍本从书架上不翼而飞了。前前后后，藏书屡屡失窃。曾经有一次，珠树还逼着一位和父亲相识的旧书商监视旧书交易所，当有人准备高价转卖那些书时，她就将他们骂个狗血淋头，并交给警察处理。

可是，当看到一下子丢了两百本珍本时，珠树大发雷霆，终于决定关闭御仓馆。邻居们目击到，一家大型安保公司派来一群工人，他们在珠树的监视下，花了一整天的时间给建筑物的各个角落安装了警报装置。从那以后，除了御仓家的成员，任何人都不得进入御仓馆，也无法借阅书籍。哪怕是珠树的父亲的好友和知名的学者，也遭到了严词拒绝。

御仓馆关闭了。从此，人们再也没有听到珠树每每发现盗窃时的大呼小叫。哎呀呀，这下总算清静了，虽说接触不到御仓馆的藏书实属遗憾，但如今的读长镇已是"书乡"，要看书并不是一件难事。镇上的人都松了一口气。

然而，在珠树去世后，一个令人难以置信的传言悄悄地流传开来。

有传言称，珠树不仅安装了普通的警报装置，为了保护心爱的藏书，还委托了与读长镇渊源颇深的狐神，对每本书施加了奇妙的魔法。

这个故事要从珠树的孩子——御仓馆现任管理员御仓步武与御仓昼寐兄妹中的步武住院几天后开始说起。

只是，主人公并非步武与昼寐，而是他们的下一代——步武的女儿御仓深冬。

文体只要和刚看完的那本书相似就行。没想到写得特别流畅，深冬有点开心。她比给别人所写的故事时更为专注，编织着从自己心底流淌出的故事。主人公就是深冬自己。日子懒懒散散的，和平时毫无二致。她写着父亲过去的样子，关于昼寐姑姑的回忆。然后，不可思议的事情发生了。

深冬意识到自己不小心接触了来路不明的东西，急忙扔掉那张符，就在这一瞬间，不知从何处吹来一阵风，包住了她的身体。到底是从哪儿吹来的啊？她惊讶地回过头，但阳光房的窗户关得严严实实的。

那阵风像是有自己的意志一般离开了深冬的身体，那张符便轻飘飘地被吹向空中，骨碌碌地转了好几圈后，落在了走廊墙边的某个书架前。

而那里出现了人类的两只脚。

雪白的运动鞋，雪白的袜子，和深冬同样的高中校服，来人站得笔直。那是一个满脸稚气的少女。

深冬声嘶力竭地尖叫着向后退去,跌坐在地上。她认为那少女是幽灵。毕竟对方悄无声息就突然出现,齐肩的头发还像雪一样白。

这时,书库门"嘎啦"一声打开来,深冬听到了一个熟悉的声音:"深冬。"

她抬起头,只见一名头发雪白、长着狗耳朵的少女就站在眼前。

"我才不是鬼呢。你仔细看看。"

深冬记得,那时真白快被巨大的野兽吃掉,但还是回到吊舱里,说了相同的话。深冬双眼含泪,又看了看真白的身旁,不知什么时候,那个瞌睡虫也回来了,她轻轻地打着鼾,仍沉浸在梦乡中。

——我得快点去告诉爸爸,可在那之前……

深冬满面笑容地张开双臂,一下子拥住了她的挚友。好温暖。挚友的手也环上了她的背。

再也不会分开了。

首次发表于《文艺角川》2018年8月刊至2019年6月刊